O Despertar da Fênix

DISNEY

QUEEN'S COUNCIL

O Despertar da Fênix

LIVIA BLACKBURNE

São Paulo
2025

Grupo Editorial
UNIVERSO DOS LIVROS

Diretor editorial
Luis Matos

Gerente editorial
Marcia Batista

Produção editorial
Letícia Nakamura
Raquel F. Abranches

Tradução
Gabriela Peres Gomes

Preparação
Bia Bernardi

Revisão
Gabriele Fernandes
Yonghui Qio

Arte e adaptação de capa
Renato Klisman

Diagramação
Beatriz Borges

Dados Internacionais de Catalogação na Publicação (CIP)
Angélica Ilacqua CRB-8/7057

B562d

Blackburne, Livia
O despertar da fênix / Livia Blackburne ; tradução de Gabriela Peres Gomes.
– São Paulo : Universo dos Livros, 2025.
320 p. (Coleção Queen's Council ; Vol. 2)

ISBN 978-65-5609-720-6
Título original: *Feather and flame*

1. Ficção norte-americana 2. Literatura fantástica 3. Contos de fadas
I. Título II. Gomes, Gabriela Peres III. Série

24-5375

CDD 813

Universo dos Livros Editora Ltda.
Avenida Ordem e Progresso, 157 — 8º andar — Conj. 803
CEP 01141-030 — Barra Funda — São Paulo/SP
Telefone: (11) 3392-3336
www.universodoslivros.com.br
e-mail: editor@universodoslivros.com.br

Ao meu agente, Jim McCarthy.
Seis livros e mais a caminho!

PRÓLOGO

Uma gota de suor escorreu pelo pescoço da guerreira, pousando brevemente no ombro aquecido pelo sol antes de ser arremessada para longe por um balanço vigoroso de seu braço. A mulher levantou o bastão. Chutou o ar. Saltou. E em seguida abaixou o bastão com um grito.

Cem bastões golpearam a terra. Cem vozes gritaram. A guerreira sorriu ao ouvir o timbre intenso, livre de notas de barítono e baixo.

As mulheres ao redor estavam coradas pelo esforço e cobertas de poeira. As tranças pendiam úmidas, escurecidas pelo suor. Ainda assim, elas aparavam golpes e desferiam socos e chutes em perfeita sincronia. Nenhuma guerreira diminuiu a altura dos chutes ou suavizou os golpes à medida que o sol subia no céu, o calor cada vez mais implacável.

Em sua túnica, tinham bordado o nome de mulheres esquecidas havia muito: generais, soldadas, lutadoras, espadachins. Era uma homenagem a essas heroínas, talvez uma tentativa de invocar seus espíritos, caso a bordadeira se provasse digna.

A líder estava à frente da multidão, bradando os comandos em voz clara. Mulan, a heroína de guerra da China, tão diferente da garota que fugira anos antes para se juntar ao exército no lugar do pai. Ao olhar para Mulan, as guerreiras sentiam orgulho, mas também compaixão.

Mulan tinha dominado a arte da guerra, mas ainda havia muitos obstáculos pelo caminho, perigos mais sutis do que uma simples troca de espadas. Ela estava prestes a cumprir seu destino, mas primeiro teria que aprender o caminho dos espíritos, para usar a força deles como se fosse sua. E ela conheceria a dor. Porque fenghuang, a fênix, guardiã da harmonia imperial, não concede suas bênçãos a qualquer um. Apenas aos mais honestos, altruístas e leais. Apenas a uma pessoa corajosa o bastante para enfrentar a escuridão que ameaçava vir à tona.

CAPÍTULO UM

O tabuleiro de xadrez chinês diante de Mulan era claramente feito para homens. As peças arredondadas e entalhadas em pedra eram grandes demais para ficarem confortáveis nas mãos de uma mulher, demasiado pesadas para que Mulan as segurasse com facilidade entre os dedos. Ela conhecia tal desconforto de seus dias no exército: punhos de espada muito largos, selas muito compridas. A sensação lhe era muito familiar.

Mulan fez o canhão avançar pelo tabuleiro. O nome da peça estava entalhado no topo arredondado, e ela deslizou o polegar pela marcação antes de devolvê-lo ao lugar. Em seguida, admirou a própria mão. Apesar de as palmas e os dedos estarem calejados por anos de treino com espadas e bastões, sua estrutura óssea ainda era muito delicada se comparada à de um homem. A essa altura, já havia se esquecido do hábito de esconder as mãos dos olhares alheios. Com uma reprimenda silenciosa, curvou os dedos sob a palma e pousou os punhos cerrados no colo.

Por sorte, o adversário estava muito absorto na partida para reparar. Era um homem mais velho, bem-vestido. Tinha alguns fios grisalhos no bigode, embora a postura fosse impecável, com ombros robustos e musculosos. Uma cicatriz lhe cobria o olho direito, e a outra saía do nariz e seguia até a lateral esquerda do rosto. Os braços ostentavam mangas refinadas de seda, mas vez ou outra elas subiam, permitindo a Mulan um vislumbre de diversas outras cicatrizes. Caso ela espiasse por baixo da mesa, veria a espada que o sujeito usava à cintura. Armas não eram permitidas naquela casa de chá e xadrez, mas Yang Dafan agia como bem entendesse.

O homem enfim fez sua jogada, usando o elefante para capturar um dos soldados de Mulan.

— Está perdendo muitos soldados, jovem mestre Chen — comentou Dafan. — Por acaso é alguma estratégia nova que não conheço?

— Lamento dizer isso, mas xadrez não é o meu forte — respondeu Mulan, usando o diafragma para engrossar a voz.

— Ora, e o que veio fazer em uma casa de xadrez?

— Eu jogava xadrez de meio tabuleiro com meu pai. A nostalgia acabou me pegando na estrada.

— Xadrez de meio tabuleiro?

— Talvez você o conheça como xadrez às cegas. Quando as peças começam viradas para baixo e temos que desvirar todas, uma a uma.

— Uma versão para crianças.

— Bem, eu disse que jogava com meu pai.

Dafan arrancou uma cutícula do polegar. Mulan percebeu que a unha do mindinho dele estava bem comprida e se perguntou como o homem a protegia durante uma luta.

— Chega uma hora que todos precisam crescer — retrucou ele.

— Sei disso — concordou Mulan. — Mas essa versão para crianças me agrada. Gosto da ideia de manter os soldados disfarçados até estarem cara a cara com o inimigo.

Na verdade, tanto Mulan quanto seu adversário no xadrez eram especialistas em se esconder do inimigo. Cinco dias antes, Yang Dafan e seus capangas haviam emboscado uma caravana e matado metade dos guardas antes de fugir com uma fortuna em seda.

O bando de salteadores de Dafan tinha aterrorizado a região de Mulan por quase um ano. Mas ele era um sujeito cauteloso, para o desgosto do magistrado local. Dafan passava a maior parte do tempo escondido. Sempre que aparecia em público, em geral para desfrutar de música, xadrez ou chá, estava acompanhado de uma escolta. Colocava homens para vigiar as estradas sempre que adentrava um estabelecimento, e sua capacidade quase sobrenatural de sumir do mapa ao menor sinal de perseguição deixara o magistrado a ver navios em mais de uma ocasião. Depois de tantas tentativas frustradas, o magistrado reduziu os esforços para capturar o criminoso. Mulan suspeitava que fosse porque ele já não aguentava tanta humilhação.

Os dois enxadristas ergueram o olhar quando alguém apareceu para lhes servir mais um pouco de chá. Mulan agradeceu com um aceno de cabeça, mas a mulher mal a olhou. Em vez disso, voltou sua atenção para Dafan, convidativa.

Liwen tinha uma beleza sufocante, com lábios carnudos, cílios compridos, um nariz altivo e pele macia cor de oliva. Era jovem, mais ou menos da mesma idade de Mulan, e implacável com praticamente qualquer arma conhecida pelo homem. Mulan já a tinha visto partir uma flecha ao meio com outra e desarmar soldados apenas com a ajuda de um lenço. Mas, até aquele dia, ela nunca tinha visto Liwen flertar com alguém.

Era habilidosa. Pelo menos, assim pareceu a Mulan ao ver a forma como os olhos da moça pousavam furtivamente em Dafan e o rebolar divertido e eficaz de seus quadris conforme circulava pelo cômodo. Os espadachins que Dafan posicionara nos cantos do estabelecimento estavam muito ocupados admirando Liwen para procurar ameaças, mas Mulan imaginava que, em caso de luta, os capangas fossem se livrar desse torpor em um piscar de olhos. Para o azar de Liwen, no entanto, o alvo de sua atenção parecia mais interessado no tabuleiro de xadrez.

Mulan esquadrinhou o cômodo outra vez. Além dos homens ostentando espadas proibidas nos cantos, havia outros capangas de Dafan espalhados aqui e ali, bebericando chá e jogando xadrez. Pelas contas dela, havia pelo menos dez. E apesar de ter suas próprias guerreiras escondidas pelo salão — algumas com adagas enfiadas na cintura enquanto serviam o chá, outras com espadas curtas guardadas entre as panelas da cozinha —, Mulan preferia evitar um confronto direto. Seria melhor se Liwen conseguisse atrair Dafan para um dos cômodos do andar de cima, como tinham planejado. Quem capturasse o general venceria o jogo. Assim como no xadrez.

Mulan moveu o canhão para o outro lado do rio, obrigando Dafan a recolher um de seus cavalos.

— Para onde vai quando sair daqui? — quis saber o homem.

— Viajarei para oeste daqui a alguns dias — respondeu Mulan. — Meu pai pretende comprar uma propriedade para estabelecer um vinhedo. Nosso empreendimento de vinhos está indo de vento em popa.

— Eu não bebo vinho de uva — contou Dafan. — É bom?

— É mais doce do que o vinho de arroz — disse Mulan. — Tivemos a honra de fornecer vários barris ao imperador.

Dafan arqueou as sobrancelhas, surpreso, e o movimento repuxou as cicatrizes em seu rosto.

— É mesmo? Isso é uma grande honra, de fato.

Mulan assentiu com modéstia.

— Só um punhado de sorte.

Liwen se aproximou outra vez para encher as xícaras, embora nenhum dos dois tivesse tomado um gole sequer.

— Mestre Yang — chamou a jovem, pousando a mão com leveza no ombro do sujeito —, sua estratégia no xadrez é formidável.

Dafan tossiu baixinho e a dispensou com um aceno. Conforme se retirava, Liwen lançou um olhar exasperado para Mulan, que precisou se forçar para conter um sorriso. Se a situação não fosse tão arriscada, teria sido divertido ver Liwen, sempre tão boa em tudo, em apuros pela primeira vez na vida. Enquanto a observava se afastar, Mulan tomou uma decisão rápida.

— Mestre Yang — disse. — Talvez eu possa me redimir por não estar à sua altura nesta partida de xadrez. Tenho vários jarros de vinho nos meus aposentos lá em cima. Seria uma honra se os provasse.

Dafan ergueu a cabeça.

— E eu os provarei de bom grado. Peça que alguém os busque para nós.

É uma safra especial, não posso deixar cair nas mãos de qualquer um — explicou Mulan. — Eu mesmo a formulei, com uvas selecionadas de diferentes vinhas, e não gostaria que fosse vendida aos nossos concorrentes. E quanto a isto… é evidente que não tenho qualquer esperança de vencer esta partida. Talvez o senhor possa me poupar da humilhação da derrota e me acompanhar ao andar de cima.

O líder dos bandidos estudou o tabuleiro de xadrez, depois encolheu os ombros e afastou a cadeira da mesa. Ao se levantar, Mulan se lembrou de pegar a bengala e apoiar o peso do corpo na perna direita. A túnica que vestia era refinada, digna do filho de um comerciante rico. Estendia-se até os tornozelos, com a cintura adornada por um cinto incrustado de jade. Embora a roupa fosse larga o bastante para esconder uma espada, achou melhor não correr o risco. A bengala era a melhor alternativa. Assim, ao menos teria algo além de seus braços e pernas para deter uma lâmina afiada.

As mangas largas da túnica esvoaçaram quando Mulan acenou para Liwen.

— Leve alguns cálices para os meus aposentos — pediu.

Dafan se aproximou das escadas, fazendo sinal para que os espadachins o seguissem. Mulan engoliu a frustração quando um dos capangas subiu os degraus à frente, com outros três a reboque.

— Infelizmente, não posso oferecer uma bebida aos seus homens — avisou ela.

— Não dê atenção a eles — respondeu Dafan. — São uma precaução necessária no meu ramo de negócios, mas não esperam receber qualquer regalia.

— Ainda não me contou com o que trabalha, mestre — continuou Mulan, com uma pitada de desconfiança proposital na voz.

Por mais que desempenhasse o papel de um jovem rico recém-chegado na região, não podia fingir ignorar as cinco espadas proibidas dos sujeitos à sua volta.

— Sou um homem de negócios — declarou Dafan. — Mas não trato de negócios nos meus momentos de lazer.

O capanga que tinha ido na frente reapareceu no topo da escadaria quando Mulan e Dafan se aproximaram e, depois de um breve aceno de cabeça, tomou seu lugar atrás do líder dos bandidos.

O corredor do segundo andar era estreito, e de ambos os lados se estendiam as portas fechadas dos poucos quartos do estabelecimento. Os passos do grupo ecoavam pelo assoalho de madeira, mais estrondosos do que deveriam, pois os capangas estavam cobertos de armadura até os dentes. Pensar nisso deixou os nervos de Mulan ainda mais à flor da pele.

Ela parou diante da primeira porta e a abriu o suficiente para que Đafan pudesse espiar o interior. Era um cômodo pouco mobiliado, com uma cama pequena e uma escrivaninha equipada com pincéis e tinta nanquim em barra. No chão, ao lado da cama, havia duas malas e um grande jarro de argila.

— Como pode ver — anunciou Mulan —, não há nada ameaçador nos meus aposentos. Devo insistir que deixe seus homens do lado de fora.

Dafan assentiu. Os espadachins permaneceram no corredor enquanto o líder adentrava o quarto. Mulan se curvou sobre o jarro, que quase chegava à altura de seu quadril, e desamarrou o pano de juta que cobria o bocal.

— Está lacrado — explicou, afastando-se para que Dafan visse a tampa de fibra.

Em seguida, vasculhou uma das malas até encontrar a faca que buscava, mas o sujeito não esboçou a menor reação. Não tinha motivos para se preocupar. Não era como se ela fosse golpeá-lo com o objeto.

Passos ecoaram pelo corredor quando Mulan destampou o jarro. Dafan pareceu um tanto preocupado e fez menção de puxar a espada. Os capangas trocaram olhares intrigados do lado de fora.

— Taças para o mestre Chen — anunciou a voz de Liwen ao entrar no cômodo, acompanhada de outras três serviçais.

As mulheres sorriram com educação, os ombros curvados em um pedido de desculpa. Liwen segurava taças e guardanapos, a segunda trazia pratos e as outras duas carregavam bandejas com uma enorme variedade de frutas secas, nozes, peixe desidratado e sementes torradas.

Dafan recolheu a mão.

— Agradeço muito — disse Mulan.

Pegou as taças de Liwen e encontrou seu olhar, mas não deu nenhum sinal enquanto avaliava as opções. O plano era levar Dafan sozinho até o quarto, ou no máximo com um ou dois guardas. Em vez disso, havia quatro capangas dele e quatro guerreiras de Mulan. Provavelmente Liwen não conseguira chamar mais serviçais sem levantar suspeitas. Ainda assim, era impressionante ver quantos quitutes a comandante havia pensado em oferecer.

Seria uma luta equilibrada, cinco contra cinco. Mulan estava confiante em suas próprias habilidades, e Liwen era imbatível com a espada. Mas será que as outras três conseguiriam enfrentar bandidos experientes? Duas das garotas haviam passado quase um ano sob seu treinamento. Eram boas alunas, mas nunca tinham visto um combate de perto. A última, Zhonglin, era uma nova recruta que só se juntara às outras nos últimos meses. Na verdade, nem deveria estar ali. Mulan lhe dera ordens expressas para vigiar a estrada e impedir que algum bandido fugisse.

Duas veteranas, duas guerreiras habilidosas e inexperientes, e uma nova recruta contra cinco criminosos calejados. Liwen e Mulan poderiam dar cobertura às outras até certo ponto, mas as chances não pareciam muito favoráveis. Por mais que odiasse a ideia de abortar a missão a essa altura, não queria ter o sangue dessas mulheres nas suas mãos.

Zhonglin apoiou a bandeja na mesa e arregalou os olhos, agarrando o vestido. Um barulho metálico ecoou pelo chão quando uma espada curta caiu aos pés dela. O coração de Mulan afundou no peito.

— O que é isto? — questionou Dafan, e atravessou o quarto em dois passos para apanhar a espada. — Por que uma serviçal carregaria uma coisa dessas?

O rosto já pálido de Zhonglin ficou completamente branco. Os lábios rosados tremeram.

Mulan trocou um olhar de pânico com Liwen.

— Ela é apenas uma criada. Deve usar para cortar coisas na cozinha.

— Revistem as outras — ordenou Dafan aos seus capangas.

O primeiro agarrou Liwen pelo braço, alheio ao aviso glacial na expressão da falsa criada.

Ao que parecia, Mulan não tinha escolha.

— Yang Dafan, você está preso — declarou ela. — Sob ordem do magistrado.

Queria muito ter conseguido sacar a espada.

Dafan analisou as serviçais, intrigado.

— Mulheres armadas? — perguntou, antes de estudar Mulan com mais atenção. — Você não é o que diz ser.

— Não, senhor — respondeu Mulan, sem se preocupar em engrossar a voz. — Não sou mesmo.

Liwen desferiu um chute violento no joelho do espadachim que a segurava. O homem caiu, gritando de dor, enquanto uma adaga comprida se materializava na mão da guerreira.

— Cuidado! — alertou Liwen.

Mulan ergueu o bastão bem a tempo de impedir que a espada de Dafan rachasse seu crânio ao meio. O líder dos bandidos estava vermelho, com uma expressão selvagem no olhar, e atacou com uma ferocidade difícil de conter. Cada um de seus golpes reverberava pelo bastão, entorpecendo as mãos e os braços de Mulan. Ela recuou devagar, desesperada ao perceber que estava prestes a ser encurralada contra a parede.

Ao ver uma abertura, Mulan enfiou a ponta do bastão no plexo solar de Dafan, que curvou o corpo, ofegante, enquanto ela dava mais um passo para trás. Seu calcanhar bateu contra a mala ao lado da cama. Em uma manobra arriscada, largou o bastão e abriu a mala, de onde tirou uma espada e uma faca. Jogou a lâmina curta para Zhonglin, que estava encostada na parede, desarmada, e ficou com a espada para si. Uma gritaria veio do andar de baixo. As guerreiras de Mulan tinham barricado a escadaria.

Dafan recobrou um pouco do fôlego. Estava com a espada em riste, mas agarrava as próprias costelas com a outra mão. O olhar dele passou da porta para o espadachim ferido no chão, depois recaiu nos outros três capangas, ainda lutando contra as guerreiras de Mulan.

— As escadas estão bloqueadas e mais soldadas estão para chegar — anunciou ela. — Renda-se agora e será levado ileso ao magistrado.

Ouviram mais gritos, dessa vez vindos de fora. Pela janela, Mulan viu mulheres correndo para a entrada do estabelecimento, todas parte de sua tropa, vestidas como fazendeiras e camponesas. Era gratificante saber que Dafan passara direto por elas sem desconfiar de sua verdadeira natureza.

O bandido as encarou por um momento. Depois, guardou a espada na bainha e se içou para fora da janela.

Mulan teve que se conter para não praguejar. Deveria ter previsto aquela reação. Enfiou a própria espada no cinto e o seguiu janela afora. Do outro lado, havia uma passarela bamba, toda coberta, com um corrimão floral entalhado, já seco pela idade. Dafan correu até a ponta e, uma vez lá, saltou na balaustrada e se pendurou no telhado.

Dessa vez, Mulan não conseguiu reprimir os impropérios. Cerrando os dentes, subiu no corrimão e agarrou uma coluna de madeira para se equilibrar. Logo foi atingida por um bando de caquis, pendurados ali para secar ao sol. O telhado estendia-se acima, a um braço de comprimento da sacada, sustentado por uma viga transversal. Mulan era mais baixa que Dafan, então o salto seria mais desafiador.

Ela se lançou em direção à viga, fechando os dedos ao redor da madeira seca. O corrimão balançou aos seus pés, assim como o chão lá embaixo. Curioso como dali conseguia enxergar as bordas irregulares de cada pedra, as pontas afiadas de cada galho. Mulan ergueu os olhos. Balançando-se de mão em mão, avançou até a extremidade, depois passou o braço pelo beiral curvo do telhado escuro.

Quando ela pousou sobre as telhas quebradiças, Dafan já corria pelo telhado inclinado, escorregando e deslizando, mas sem despencar pelas bordas. Telhas se soltavam a cada passo e caíam ruidosamente na encosta. Mulan esperava que não houvesse ninguém parado lá embaixo. A construção desembocava em um bosque, e o líder dos bandidos correu direto para o mcio das árvores.

Mulan se pôs de pé, agitando os braços para se equilibrar. Os sapatos forneciam um pouco de tração, mas não o suficiente para uma travessia tranquila. O truque, descobriu logo depois, era colocar o próximo pé no chão rápido o bastante para que não fizesse diferença se o outro escorregasse.

Dafan tropeçou e desabou no telhado com um grande estrondo. Esticou os braços e as pernas, deslizando para baixo até os pés atingirem a borda curva do telhado. Mulan redobrou a velocidade e sacou a espada.

O bandido recuperou o equilíbrio assim que ela o alcançou. De alguma forma, tinha conseguido tirar a espada da bainha e a atacou. Mulan se deteve para evitar a lâmina, deslocando o próprio peso para aparar o golpe que se aproximava. As telhas se espatifaram sob seus pés, os estilhaços mergulhando no chão distante. De canto de olho, viu uma multidão se agrupar, suas expressões absortas externando tudo aquilo que ela tentava ignorar. A situação era perigosa. Mulan precisava resolver as coisas o quanto antes.

Dafan tentou acertar o rosto dela, mas em vez de aparar o golpe, Mulan se abaixou e desferiu um chute contra a perna dele, fazendo-o tombar para o lado com um baque. A espada do bandido escorregou pela beirada do telhado, e ele teve que se agarrar às telhas para não ter o mesmo destino. Mulan prendeu o pulso dele com um dos pés e pousou a ponta da espada em sua garganta.

— Já chega. O magistrado o aguarda.

Mulan não se atreveu a baixar a guarda enquanto amarrava Dafan. Mesmo desarmado, o homem era extremamente perigoso, e o ódio puro que cintilava em seus olhos era assustador. Além do mais, bastava um passo em falso para despencarem lá de cima e quebrarem o pescoço… Depois de ter atado as mãos do patife e o forçado a se sentar no telhado, Mulan sentiu todos os músculos do corpo doloridos de tensão.

Afastou-se do líder dos bandidos, ainda com a espada apontada para as costas dele, e enfim se permitiu espiar o pátio lá embaixo. A luta parecia ter diminuído. As guerreiras de Mulan eram mais numerosas do que os poucos inimigos restantes.

— Mulan! — chamou Liwen lá de baixo, as fitas pendendo esfarrapadas de suas tranças. — Está em segurança?

— Arranje uma escada para eu descer! — pediu ela.

Uma das recrutas avançou às pressas, com uma escada apoiada no ombro. Mulan teve medo de que o bandido se atirasse do telhado para evitar a captura, mas Dafan desceu os degraus com cuidado, agarrando-se a eles com as mãos atadas. Três mulheres armadas o aguardavam no pátio. Assim que o pé do patife tocou o chão, elas o empurraram contra a parede e o revistaram antes de acorrentarem suas pernas.

Mulan desceu a escada logo depois, aceitando a mão estendida de Liwen ao saltar do penúltimo degrau. Não havia mais sinais de luta, e uma fileira de prisioneiros se estendia na lateral do pátio. Os homens de Dafan variavam entre meros garotos e senhores de idade. Alguns pareciam derrotados, enquanto outros ainda precisavam ser vigiados de perto. Mulan os examinou de longe, com o estômago embrulhado ao ver os corpos que jaziam sobre os caminhos de pedra do pátio.

Respirando fundo, enfim perguntou:

— Alguma baixa?

— Não perdemos ninguém — respondeu Liwen, seguindo o olhar de Mulan. — Apenas algumas feridas, que já estão sendo tratadas. Jiayi quebrou o braço — acrescentou, com os lábios franzidos — e Fu Ning sofreu um corte feio na perna.

O nó no estômago de Mulan afrouxou um pouco, mas continuou ali. Liwen nem teria mencionado o corte se não fosse grave.

— Quero ver como ela está.

O salão de xadrez estava irreconhecível. Já nem parecia o mesmo de antes. As suntuosas mesas de madeira estavam tombadas no chão. Cadeiras jaziam em pedaços. A grande estátua de um cavaleiro tinha sido derrubada e partida ao meio. A treliça delicada das janelas estava pontilhada por amassados do tamanho de peças de xadrez, e o sangue escurecia alguns pontos do piso de pedra. Mulan sentiu um aperto no peito ao pensar nos donos do estabelecimento, um casal de idosos que parecia confiar muito nela. Primeiro tinham lhe contado sobre as artimanhas de Dafan, depois permitido que armasse a emboscada bem ali. Ela teria que dar um jeito de compensar os dois por tamanho prejuízo.

Os destroços tinham sido afastados do centro do cômodo, onde um grupo de mulheres se ajoelhava em torno de uma figura abatida. Mulan precisou de um momento para se recompor. Depois de reprimir o desespero que ameaçava tomar conta, vestiu a coragem que as outras precisavam ver. Só então se aproximou.

Fu Ning era uma das guerreiras mais jovens do grupo, tão esforçada que nunca se queixava, mesmo nos treinamentos mais extenuantes. Seu rosto estava pálido, quase verde, e uma camada de suor cobria sua testa. A garota cerrou os dentes quando outra mulher apertou o torniquete sobre o corte na coxa, mas não gritou.

A multidão se abriu para Mulan. A expressão de Ning tornou-se quase pesarosa ao ver a líder, como se pedisse desculpas.

— Não mantive a guarda alta — lamentou-se com uma seriedade que partiu o coração de Mulan. — O salteador conseguiu desviar da minha espada, como você me avisou que aconteceria.

Mulan envolveu a mão da jovem e a apertou, interrompendo sua fala.

— Está tudo bem. Ninguém dá o seu melhor no calor da batalha. É por isso que treinamos tanto. Você lutou e sobreviveu. Não teria se saído tão bem assim um ano atrás.

Ning sorriu. Seis meses antes, a garota não sabia diferenciar uma espada de um machado.

— Às vezes penso que estou destinada a ser apenas a filha de um fazendeiro.

— Não há por que se envergonhar do seu passado, pois alguém criado no campo pode muito bem manejar uma espada. Suas origens não definem quem você é e o que pode se tornar. Nunca permita que lhe digam o contrário. Você tem o mesmo sobrenome de uma grande guerreira, sabia?

Ning a observou, a curiosidade desanuviando seu olhar.

— O nome dela era Fu Hao — continuou Mulan. — Foi uma grande general, e liderou um exército de três mil guerreiros.

O rosto da jovem se iluminou.

— Uma mulher?

Mulan fez que sim.

— A grandeza corre nas suas veias, não importa o que os outros digam.

Uma das curandeiras da aldeia se aproximou com uma bebida de cheiro amargo.

— Isso vai ajudar a garota a dormir — explicou ela.

Mulan apenas concordou com um aceno, reprimindo o desejo irracional de mandar a curandeira embora e tratar sozinha dos ferimentos de Fu Ning.

— Cuide bem dela.

Depois de se afastarem, Mulan e Liwen permaneceram em silêncio até alcançarem um ponto onde não pudessem ser ouvidas.

— Acha que ela vai ter que amputar a perna? — questionou Mulan, por fim.

A mera pergunta parecia um convite ao infortúnio, mas não conseguiu se conter.

— Talvez os ancestrais intercedam a favor dela — teorizou Liwen.

— Já a viu nos festivais? Ning é uma dançarina e tanto.

Mulan se lembrava de ver a jovem rodopiar aos batuques acelerados do tambor, com uma expressão radiante no rosto e um leque emplumado em cada mão.

— Não podemos perder as esperanças.

O silêncio reinou outra vez, pois não havia muito mais a dizer. Lá fora, o pátio fervilhava de atividade. Mulheres corriam de um lado para o outro nos caminhos de pedra, ocupadas em amarrar prisioneiros, levantar estátuas caídas e despejar baldes de água nos ladrilhos. Ao ver as duas, algumas apertaram uma das mãos contra a outra e se curvaram antes de retornarem a seus afazeres.

Outra preocupação rondava a mente de Mulan, que precisou de um instante para descobrir o que era.

— Zhonglin não deveria estar com você.

Liwen apertou os lábios, depois assentiu de leve.

— Ela recebeu ordens de vigiar as estradas. Só a vi entre as outras quando chegamos ao andar de cima, e a essa altura já era tarde demais para tirá-la dali. Não sei como Zhonglin conseguiu nos seguir daquele jeito, mas peço desculpas.

Mulan ficou pensativa, limpando uma mancha de sujeira no braço. Não era a primeira vez que tinham problemas com Zhonglin. A garota era habilidosa, e o fato de ter passado despercebida pela vigilância de Liwen era prova suficiente disso, mas não obedecia a ordens.

— Eu teria cancelado o ataque se ela não tivesse derrubado a faca. Conseguimos dar a volta por cima, mas poderia ter terminado em desastre.

— Posso dar um sermão nela, se quiser — ofereceu Liwen. — Eu me importo bem menos com essas coisas do que você.

Era verdade. Liwen era a rebelde mais disciplinada que Mulan conhecia. Não nutria o menor respeito por autoridades autoproclamadas, fossem as monjas que a criaram ou o governador da província. Como braço direito de Mulan, porém, comandava tudo com mão de ferro, mais rígida do que qualquer monja ou governador. Pelo jeito, a contradição passava despercebida à jovem.

Por mais tentadora que fosse a oferta de Liwen, Mulan a recusou com um aceno da cabeça.

— Muito obrigada, mas a responsabilidade é minha. Terei uma conversa com ela amanhã.

Por fim, todos os prisioneiros foram amarrados e Mulan liderou a longa marcha de volta para a aldeia. Era uma visão e tanto: um bando de mulheres desgrenhadas, eufóricas e cobertas de sangue ajudando as companheiras que mancavam pela estrada enquanto os prisioneiros, acorrentados em pares, marchavam entre o grupo.

Quando chegaram, o magistrado já as aguardava diante de sua cabana de tijolinhos caiados. A procissão, imaginava Mulan, devia ter sido difícil de ignorar.

— Senhorita Fa — disse o homem, a voz tão rígida quanto o longo bigode.

A guerreira juntou as mãos diante do corpo e se curvou em saudação.

— Magistrado Fong, espero que esteja bem.

Aquelas conversas eram sempre desconfortáveis. Não que Mulan achasse que Fong não gostava dela, mas o sujeito sempre parecia nervoso em sua presença. Talvez a achasse imprevisível demais.

— Capturamos Yang Dafan — anunciou ela. — Além de quinze de seus capangas.

O magistrado estudou os prisioneiros com atenção redobrada.

— Acho que a subestimei, senhorita Fa. Como conseguiu tal façanha?

Mulan desejou ter uma visão melhor do semblante de Fong, que estava voltado para os cativos. As ações dela trariam constrangimento ao magistrado, mas só lhe restava torcer para que o homem tivesse a grandeza de não deixar isso interferir no próprio dever.

— Só precisei posicionar guerreiras armadas ao redor dele sem que percebesse. Todas com lâminas escondidas.

— Muito sagaz, senhorita Fa. A recompensa deve ser entregue na casa de seu pai?

— Não, pode entregar o dinheiro aos proprietários da Casa de Xadrez do Rio Bambu. Eles vão precisar de uma bela reforma.

— A senhorita estará disponível, caso eu tenha alguma dúvida?

— Pode me encontrar nos campos todas as manhãs, treinando minhas guerreiras.

As mulheres se reuniram antes do amanhecer no dia seguinte, como de costume. Ninguém se queixou abertamente, porque qualquer reclamação lhes renderia uma nova bateria de exercícios no campo que usavam para treinar. Mesmo assim, Mulan viu uma ou outra careta enquanto as guerreiras se espreguiçavam e bocejavam no frio que precedia a aurora. Ela própria sentia os efeitos da batalha: as pernas e os braços estavam cobertos de hematomas e doloridos de tanto escalar e correr pelo telhado. Apesar disso, assumiu o papel de comandante e se posicionou na frente das outras. Discretamente, massageou um machucado nas costas e olhou feio para o sorrisinho zombeteiro de Liwen.

— Em seus lugares! — bradou Mulan, a voz reverberando com clareza pelo vento frio.

As guerreiras correram para assumir suas posições, com os pés afastados na largura dos ombros e as mãos cruzadas atrás das costas.

— Vocês lutaram bem ontem — continuou a líder. — Derrotaram um bando de foras da lei que aterrorizou nossa região por quase um ano. Conquistaram o que nem o magistrado conseguiu.

As mulheres se empertigaram ainda mais.

— Mas lutar bem por um dia não garante o fim de uma guerra. A vitória só vem quando se continua a lutar, dia após dia, apesar da dor, da fome e da exaustão esmagadora, até que a missão esteja cumprida. — Fez uma pausa para deixar as palavras serem assimiladas. — Por isso, treinaremos como se estivéssemos em guerra. Agora, todas em postura de cavalo!

Apesar de alguns olhares contrariados, as mulheres se agacharam. Mulan não as obrigou a manter a posição por muito tempo, pois logo começou o primeiro exercício. Enquanto as guerreiras davam chutes, socos e saltos, a comandante percorria as fileiras, vez ou outra se detendo para corrigir a postura de alguém.

— Os homens querem nos fazer acreditar que não somos aptas para a batalha, que apenas eles podem dominar o uso de espadas e o kung fu.

Um bando de corvos levantou voo. Mulan esperou que o bater de asas morresse ao longe antes de voltar a falar.

— Mas não poderiam estar mais enganados. Afinal, foi uma mulher que nos forneceu a base da luta com espada. A donzela Yue aprendeu a manejar a lâmina sozinha e escreveu o primeiro tratado sobre essa modalidade de luta. Forjou uma espada curta para atender às próprias necessidades, com lâmina afiada mas maleável, e um núcleo flexível que respondia a todos os seus comandos. Muitas outras mulheres seguiram os passos da donzela. Generais, piratas, arqueiras, cavaleiras, lutadoras, espadachins. Bordamos esses nomes em nossa túnica para nos lembrarmos de sua bravura. Treinamos todos os dias para que, quando chegar a hora, aquelas que vierem depois possam bordar nosso nome em sua própria túnica.

As mulheres treinavam com valentia. Mulan as viu superar a dor e o desconforto e sentiu o orgulho brotar dentro do peito. Apesar do discurso arrojado sobre persistir mesmo no sofrimento, ela encerrou o treino meia hora mais cedo, fingindo não reparar nos suspiros e gritos de alívio.

— Zhonglin — chamou Mulan. — Quero conversar com você mais tarde.

A garota estava sentada no chão, alternando-se entre goles de seu odre e mordidas em um bolinho de arroz. Tinha atirado outro bolinho ali perto para dois pardais bicarem e tentava convencer um terceiro a se juntar ao banquete. Não pareceu surpresa por ter sido convocada, e suas companheiras, também impassíveis, trataram de se retirar depressa. Zhonglin pousou o odre de água no chão e espanou a poeira do corpo antes de se apresentar à comandante.

Mulan respirou fundo. Era melhor acabar logo com aquilo.

— Zhonglin, quais ordens recebeu ontem?

A garota a encarou abertamente.

— Vigiar as estradas, comandante.

— E o que foi fazer na casa de chá?

— Eu queria participar da luta.

Mulan procurou por sinais de remorso ou vergonha nos grandes olhos da recruta, mas não encontrou nenhum.

— Ordenei que ficasse lá por um motivo. Ainda é uma recruta. Está aprendendo a manejar a espada. Ainda não tem a habilidade necessária para ser valiosa na linha de frente.

Zhonglin empinou um pouco o queixo.

— Eu desarmei um bandido.

— Um inimigo derrotado não significa nada. Muitas vezes, vence-se uma luta por pura sorte. Uma guerreira destreinada não é apenas ineficaz, mas perigosa para suas companheiras. Ou já se esqueceu que foi sua lâmina caída que estragou nosso disfarce?

Os olhos da garota faiscaram.

— Nós vencemos, não foi?

— Porque suas companheiras salvaram a situação. Mas também tiveram que arcar com as consequências. Fu Ning pode nunca mais voltar a andar.

A expressão de Zhonglin vacilou ao ouvir o nome da guerreira. Por um momento, ela desviou o olhar, insegura, mas depois arregimentou as feições na máscara combativa de antes.

— Por que nos chama de guerreiras, então? Por que nos diz como somos fortes se depois faz tudo ao seu alcance para nos impedir de lutar? Um general do exército do imperador trataria seus soldados dessa maneira?

— Não me dê sermão sobre o exército imperial — rebateu Mulan. — Apenas uma de nós serviu em suas fileiras, e não foi você. Por desobedecer às ordens de ontem, você terá que ajudar a curandeira da vila pelo próximo mês em vez de comparecer ao treinamento. Assim, talvez consiga compensar o sofrimento que causou a suas companheiras. E pela insolência desta manhã, está encarregada de limpar todas as armaduras de treino.

O maxilar de Zhonglin se retesou e os olhos cintilaram em desafio. Mulan retribuiu seu olhar com a mesma força, sentindo a própria raiva aumentar. Por um instante, se perguntou se a recruta teria a audácia de desobedecer a uma ordem direta, mas a garota apenas lhe deu as costas. Mulan a viu respirar fundo e depois, de forma lenta e deliberada, recolher algumas armaduras do chão. Enquanto Zhonglin as empilhava nos braços, Mulan saiu do campo, com os nervos em polvorosa.

Liwen a encontrou no meio do caminho.

— A conversa não correu bem?

Mulan virou o pescoço para espiar a garota, que ainda juntava as armaduras em uma pilha. Não se lembrava de ter visto um guerreiro tão insolente, mesmo no exército imperial.

— Zhonglin precisa aprender a ter disciplina. Não posso manter uma recruta que não ouve ordens.

— Ela me lembra de quando eu era jovem — comentou Liwen. — Nunca me dei bem com regras.

— Foi por isso que as monjas expulsaram você?

— Não fui expulsa. Parti por conta própria.

— E desde então tem trançado seu cabelo.

Liwen passou a mão pelas tranças elaboradas. Naquele dia, tinha feito dois coques nas laterais da cabeça, depois os prendido com duas trancinhas menores.

— Você também cuidaria do seu cabelo se tivesse passado boa parte da infância sem um mísero fio na cabeça.

Mulan recordou seus dias no exército, quando havia cortado as longas madeixas para se misturar aos homens. Não sentia falta do antigo comprimento. Na verdade, o cabelo curto era muito mais fácil de cuidar. Mas havia uma enorme diferença entre aparar as pontas e ter que raspar a cabeça inteira.

— Acha que sou muito protetora em relação às guerreiras? — perguntou Mulan de repente.

O talento de Liwen para respostas rápidas evidenciou ainda mais o silêncio que se seguiu.

— É difícil determinar, a partir do treinamento, o quanto alguém está preparado para enfrentar uma batalha.

— Isso não foi nem sim, nem não — comentou Mulan.

Liwen apenas encolheu os ombros.

— Se eu quisesse ter as dores de cabeça de uma comandante, teria criado meu próprio grupo de guerreiras. Em vez disso, escolhi me juntar ao seu.

E isso acontecera de um jeito bem típico de Liwen. Alguns bandidos andavam a saquear um fazendeiro da aldeia de Mulan, que se ofereceu para patrulhar as redondezas com algumas de suas guerreiras mais experientes. Poucos dias depois, os cinco saqueadores deram as caras. Estavam no meio de um combate justo quando uma pessoa desconhecida se juntou à luta.

Era uma mulher. Apesar das roupas em farrapos, empunhava uma espada afiada. A estranha desarmou um dos bandidos com facilidade, como se aquilo não passasse de um treinamento de espada, depois passou ao seguinte. Quando a poeira abaixou, Mulan fez menção de falar, mas Liwen foi mais rápida.

— Você é Fa Mulan? — perguntou, tão ligeira quanto seus golpes de espada.

— Sou — respondeu a guerreira, surpresa.

— A que lidera um grupo só de mulheres?

— Isso mesmo.

Liwen apenas assentiu e foi embora.

Na manhã seguinte, apareceu bem cedo, pouco depois do início do treinamento, e observou em silêncio da lateral do campo. E assim prosseguiu por uma semana inteira, chegando sempre depois de já terem começado e saindo antes de terminarem. Até que, por fim, ela se aproximou de Mulan e ofereceu sua espada.

— Não posso garantir quanto tempo ficarei — disse. — Mas darei o meu melhor enquanto estiver aqui.

Mulan tivera dúvidas quanto a essa espadachim esquiva, mas Liwen provou ser fiel à própria palavra, demonstrando a mesma dedicação com a qual havia encarado aquela primeira luta. Com o tempo, Mulan descobriu mais coisas sobre o passado da guerreira: a infância como órfã em um monastério, o qual abandonara para cruzar o país como espadachim itinerante. Apesar de sempre dizer que não permaneceria ali por muito tempo, Liwen parecia se sentir em casa. Foi recebendo cada vez mais responsabilidades até enfim se tornar subcomandante e braço direito de Mulan.

Liwen espanou a poeira das mãos.

— Já terminei o que tinha que fazer. Quer… — começou a perguntar, mas estreitou os olhos ao ver algo na estrada. — Por que elas estão voltando?

Mulan se virou naquela direção, onde seis de suas guerreiras corriam rumo ao campo de treinamento. Teria ficado preocupada se não tivesse visto o sorriso alegre que ostentavam.

Wenling, uma das recrutas mais jovens, abanava os braços ao lado corpo quando as alcançou.

— Mulan, tem um cavaleiro se aproximando na estrada. Ele vem da Cidade Imperial.

A garota lhe lançou um olhar sugestivo enquanto as duas guerreiras atrás dela desataram a rir, sem um pingo de decoro militar.

— Certo, mas por que vieram me contar?

Mulan tinha uma suspeita, porém, e a mera possibilidade fez seu peito palpitar.

Wenling a puxou pela mão e a conduziu para longe de Liwen, que parecia achar graça da situação toda.

— Venha, vamos logo!

Mulan correu para acompanhar as garotas, serpenteando pelas casas de janelas de treliça e telhados íngremes, levantando a poeira das ruas em sua corrida desenfreada. Um comerciante teve que afastar a carroça às pressas para lhes dar passagem, e um vira-lata surgiu de repente e se pôs a latir em seu encalço. Finalmente, chegaram ofegantes à estrada imperial, pouco antes da saída da aldeia.

Um punhado de gente já havia se aglomerado ali, todos com os olhos voltados para o cavaleiro que se aproximava depressa. Mulan abriu caminho pela multidão para ver mais de perto.

O sujeito tinha ombros largos, com a postura e a tranquilidade de um cavaleiro experiente. Vestia a malha de ferro polida de um oficial militar de alta patente. Quando ele se aproximou, Mulan viu as maçãs do rosto salientes e a linha forte do maxilar, a boca expressiva que se curvava com tanta facilidade em um sorriso. A essa altura, ela já sabia quem era. Li Shang tinha chegado à aldeia.

CAPÍTULO DOIS

O cavaleiro desmontou a uma boa distância da aldeia, movendo-se com a mesma graça, tão incomum para um homem daquele tamanho, de que Mulan se lembrava de seu tempo no exército. Ela acenou em saudação, desejando ter tido tempo para se limpar depois do treino. Mas esse era um pensamento bobo. Shang já a tinha visto exausta e suada muitas vezes. Enquanto se aproximava com o cavalo, ele encontrou seu olhar e sorriu.

Na última vez que tinham se visto, Shang estava de cama, o semblante pálido devido a um corte profundo de espada. O regimento dele recebera ordens de enfrentar uma incursão balhae na Passagem de Shanhai, e Mulan havia se juntado à expedição. De alguma forma, os dois se separaram do resto das tropas e acabaram presos em uma fenda na montanha enquanto soldados inimigos vasculhavam os arredores. Depois de passar um dia escondidos, o suprimento de água acabou e eles decidiram arriscar uma fuga antes de sucumbirem à sede.

Os soldados balhae os encontraram quase de imediato. Shang conseguiu passar por eles, mas três inimigos encurralaram Mulan e a cercaram. Ela gritou para que Shang fugisse, mas ele voltou às pressas, nocauteando dois homens para alcançar a companheira. Mulan nunca esqueceria aquela batalha exaustiva, os dois lutando lado a lado enquanto cada inimigo derrotado era substituído por outro. E jamais esqueceria o desespero que a invadiu quando, com um grito, Shang desabou no chão. Ela gritara o nome dele, e aquele longo e aterrador momento antes de sua resposta dolorosa pareceu ter durado uma vida inteira.

Por um milagre, Mulan conseguiu acomodá-lo no cavalo de um inimigo. Por um milagre, os dois deram um jeito de despistar os soldados em seu encalço. E, por um milagre, ela o manteve vivo e acordado durante o longo e extenuante trajeto de volta ao acampamento imperial. Lembrava-se de rodear a tenda, apreensiva, até o médico lhe garantir que Shang estava suturado e repousando. Mas foi só quando ele acordou, no dia seguinte, que Mulan enfim voltou a respirar.

Quando chegou a hora de ela partir, Shang já estava bem o bastante para falar e comer, mas ainda não podia se levantar da cama. Mulan levou-lhe uma tigela de caldo para se despedir. Shang sorveu o líquido com satisfação e ela o observou, atenta, sem saber se apenas imaginava o tom esverdeado que recobria a pele dele ou o tremor que agitava sua mão quando levava a tigela aos lábios.

— Poderia ter evitado tudo isso se não tivesse voltado para me salvar — comentou ela. — Até onde sabíamos, poderia haver dezenas de inimigos à espreita. Você deveria ter fugido quando teve a chance.

Shang pousou a tigela. Sua mão estava firme como sempre, os olhos escuros profundos e expressivos.

— Sabe muito bem que eu jamais faria isso.

Havia um quê de emoção na voz dele, e Mulan o sentiu bem lá em seu âmago. Aquilo a fez remoer a conversa enquanto voltava para casa mais tarde naquele dia, e a ler e reler as cartas dele nos meses seguintes, buscando o significado oculto por trás de suas palavras, que expressavam o desejo de visitá-la o quanto antes. Fizeram planos de se encontrar quando a oportunidade surgisse, mas a vida ficou cada vez mais atribulada. Shang foi promovido a general e partiu em novas campanhas. Mulan foi soterrada pelos deveres com suas guerreiras. Os dois trocavam cartas sempre que podiam, embora a essa altura ela já se impedisse de analisar cada palavra de forma tão obsessiva. Era fato que Shang conheceria muitas pessoas interessantes em suas andanças pela China. Mulan precisaria encontrar a serenidade necessária para se adaptar a tal situação.

A risadinha estridente de Wenling a despertou de seu torpor.

— O que será que ele veio fazer aqui? — perguntou Ruolan.

A recruta era mais velha do que as outras, mãe de uma criança de quatro anos, então Mulan ficou surpresa ao ver a guerreira no meio daquela bagunça. Na verdade, estava pasma que qualquer uma daquelas mulheres se lembrasse de Shang, que dirá o reconhecesse, pois o general só tinha visitado a aldeia algumas vezes desde o fim da guerra. Não dava para negar, porém, que ele era uma figura memorável.

— Talvez esteja em uma missão para o imperador — teorizou Mulan.

Achou que tinha soado madura ao oferecer aquela explicação. Digna, até.

— Ou talvez ele só queira ver você — sugeriu Wenling.

Mulan tentou imaginar que tipo de histórias circulavam a seu respeito.

— Ora, não seja boba. Ele está com os trajes oficiais do exército.

— E fica ótimo assim — comentou uma voz cheia de malícia. Houve um breve tumulto, como se a responsável tivesse levado uma cotovelada nas costelas, pois tratou de acrescentar: — Aposto que ele está feliz em ver você.

— Também estou feliz em ver Shang — respondeu Mulan. — É sempre bom reencontrar velhos parceiros de batalha.

De canto de olho, ela viu as garotas trocarem olhares sugestivos.

— Já chega — determinou. — Podem ir andando, xô!

Ficou surpresa quando as garotas de fato obedeceram, mas a partida delas não aplacou em nada o frio que inundava sua barriga. A proximidade crescente de Shang também não ajudava. Ele estava a meros passos de distância, com uma tranquilidade visível em seu caminhar. Músculos revestiam seus ombros e braços, talvez mais fortes do que da última vez que Mulan o tinha visto. A armadura era bem mais sofisticada, como convinha ao seu novo posto. As escamas de metal do traje estavam polidas, dispostas em fileiras azuis e verdes, e a sobressaia de seda era toda bordada com leões e tigres em combate.

Continuava tão incrivelmente bonito quanto no dia em que se conheceram.

— Shang.

Uma simples mesura não parecia um cumprimento apropriado a outro soldado, e uma reverência era formal demais para alguém que ela havia arrastado quase inconsciente pelas montanhas.

— Eu não sabia que viria.

— Mulan.

O calor nos olhos dele despertou algo nela, uma calidez que se espalhou do peito até a ponta dos dedos.

— Peço desculpas por não ter avisado. As ordens chegaram de última hora.

Por um momento, nenhum dos dois se pronunciou. E então os lábios dele se curvaram em um sorriso.

— Espero não ter estragado seu dia.

Mulan riu, e qualquer constrangimento entre ambos se dissipou.

— Vou dar um jeito de compensar — disse ela. — O que o traz até aqui?

A multidão começava a se dispersar. Os mais educados regressavam à própria casa, ao passo que os outros arranjavam uma desculpa para se demorar ali por perto. Um punhado de crianças encarava o novo visitante abertamente, sem nem disfarçar. Shang acenou para elas, fazendo uma garotinha de cabelo preso correr para a barra da saia da mãe.

— A mensagem é para você, na verdade — explicou Shang. — O imperador exige sua presença na Cidade Imperial.

— O imperador?

Mulan estava ciente dos ouvidos atentos ao seu redor. Por isso, começou a descer a rua, afastando-se dos bisbilhoteiros, enquanto Shang a acompanhava.

— Não sei por qual razão. O imperador disse apenas que precisa de você na capital, e gostaria que partisse o quanto antes.

Mulan desacelerou o passo. Depois da guerra, tinha recusado o cargo que o imperador lhe oferecera e decidido voltar para casa. Desde então, só o tinha visto algumas vezes em suas visitas à Cidade Imperial, mas nunca recebera uma convocação direta como aquela.

— Aconteceu alguma coisa?

Será que uma nova guerra tinha estourado?

Shang negou com a cabeça.

— Que eu saiba, não. Está pronta para partir amanhã?

Tudo avançava muito depressa. Mulan repassou os afazeres dos próximos dias em sua mente.

— Acho que não tenho nada que me prenda aqui. Liwen pode liderar o treinamento por algumas semanas. Ela vai reclamar do acúmulo de responsabilidades, aposto, mas no fim vai concordar. Contarei aos meus pais esta noite.

— Excelente — respondeu Shang, e então sorriu. — Estou feliz em ver você, Mulan.

Ela sentiu o sol da manhã aquecer seu rosto enquanto sorria de volta.

— Também estou feliz em ver você, Shang.

A mãe de Mulan ficou toda alvoroçada com a chegada de Shang. Apesar da falta de tempo para os preparativos, conseguiu abater uma das galinhas e servir um banquete de bolinhos de cebolinha ao vapor, folhas de batata-doce e sopa. A senhora Fa estalou a língua ao ver a magreza de Shang e insistiu para que ele comesse até se fartar. Mulan deu uma espiada nos bíceps enormes do rapaz e decidiu não tecer qualquer comentário.

— Meus parabéns por ter sido promovido a general, Shang — disse o pai de Mulan. — É um feito e tanto para alguém tão jovem.

— Obrigado, comandante Fa.

Mulan se divertiu ao ver Shang corar com o elogio. Estava sem jeito na presença de Fa Hsu, o que era surpreendente, considerando que o pai do próprio Shang também tinha sido general.

— Minha filha acompanha sua vida de perto — continuou o patriarca. — Sempre que recebemos visitas da Cidade Imperial, ela faz questão de perguntar sobre você.

Mulan baixou a cabeça, morta de vergonha. Já se sentia constrangida o bastante perto de Shang. A última coisa de que precisava era que ele soubesse com que frequência habitava seus pensamentos.

— Por falar na Cidade Imperial... — tratou de interromper. — Alguma notícia de lá?

A senhora Fa chegou com a sopa e o ambiente foi tomado pelo aroma fumegante dos cogumelos das montanhas. Mulan se ocupou em servir as tigelas.

— Boas e más notícias — respondeu Shang, inalando a fumacinha que emanava do caldo. — Tudo anda mais pacífico agora que a guerra acabou, mas há alguns focos de agitação aqui e ali. Algumas pessoas perderam a fé nos líderes do reino por terem permitido que os hunos atacassem a capital. Tratados de rebelião têm sido distribuídos pela cidade.

— Direcionados ao imperador? — perguntou Mulan, surpresa. Não conseguia imaginar um líder mais amado pelo povo.

— As pessoas ainda são leais ao imperador, embora haja muita controvérsia em relação aos ministros.

— E o que os ministros dizem?

— Para ser sincero, eles parecem muito preocupados com o próprio umbigo para esboçar qualquer reação — contou Shang. — O imperador está ficando velho, e há tempos tem adiado a nomeação de um sucessor. Mas terá que resolver a questão em breve, ao que parece, e todos estão disputando sua atenção. Só não sei por que alguém se esforçaria tanto para assumir um cargo tão ingrato.

— É mesmo, Shang? — perguntou Fa Hsu. — Por acaso não se sente tentado por essa posição?

O rapaz limpou a boca, dobrando o lenço com delicadeza antes de responder.

— Um general deve obediência ao seu imperador, mas o imperador está comprometido com os céus e com o povo. Para mim, já bastam as responsabilidades de um general.

A mãe de Mulan serviu mais sopa na tigela de Shang.

— E como vão as coisas além da política? Pretende se casar em breve?

Mulan se engasgou com um ossinho de frango. Os olhos se encheram de lágrimas enquanto ela tossia, sem ar.

— Ainda não, senhora Fa.

Dava para ouvir o sorriso na voz de Shang, embora Mulan não estivesse em condições de averiguar.

— Mas nem está procurando por aí? Ora, um rapaz bonitão como você não deve ter problemas para encontrar uma noiva.

— Espero mesmo encontrar a noiva certa em breve.

Mulan pensou ter visto o olhar de Shang recair na sua direção, mas naquele estado o general não passava de um borrão. O ossinho de frango continuava entalado na garganta dela, recusando-se a descer. Depois de enxugar os olhos, ela empurrou a cadeira para trás. Abriu a boca, mas só depois de algumas tentativas conseguiu emitir qualquer som.

— Peço que me deem licença, por favor. Tenho que arrumar as minhas coisas para amanhã.

Enquanto ela fugia, ouviu o pai perguntar a Shang sobre as cargas de suprimentos do exército.

Arrumar seus pertences foi bem mais rápido do que o esperado. Era curioso como a mente dela ficava mais clara quando Shang não estava por perto. Preferia viajar com pouca bagagem, então levaria apenas alguns trajes masculinos e um punhado de vestidos simples. O bom de ser Fa Mulan era que ninguém esperava que ela aparecesse na corte envolta em seda e tantas joias que chegariam a pesar um cate inteiro penduradas no cabelo e no pescoço. Guardou tudo em um saco de viagem e o deixou ao lado da cama. Quando enfiou a cabeça para fora do quarto, não ouviu o burburinho de conversa. Os outros deviam ter acabado de jantar, e era provável que fossem dormir cedo. Mulan também queria se deitar, mas antes precisava resolver uma última coisa.

Os passos suaves ecoavam pelos corredores escuros enquanto ela se esgueirava em direção ao pátio. O ar da noite estava fresco lá fora. O aroma adocicado de osmanto permeava o caminho e os grilos cricrilavam perto do riacho borbulhante. Mulan atravessou a passarela de pedra sobre a ponte, passando por baixo do arco abaulado que desembocava na parte externa do pátio. Um pouco adiante, no topo da colina, estava o pequeno pagode vermelho.

O templo ancestral da família Fa sempre tinha sido um lugar sagrado, um espaço reverenciado onde repousavam os espíritos de seus ancestrais. Desde a morte da avó de Mulan, porém, o local adquirira um novo significado. Continuava a ser sagrado, mas também passou a ser um lar. Talvez fosse apenas fruto de sua imaginação, mas Mulan sentia que um calor a saudava sempre que entrava ali.

Os degraus de pedra eram lisos sob seus pés. Ela acendeu um incenso e se acomodou sem fazer barulho. Uma brisa suave arrepiou as laterais do seu cabelo, da mesma forma como a avó tantas vezes afastara a franja dos olhos dela.

Dali de cima, Mulan tinha uma visão clara do jardim. Mais adiante, ao lado do muro, ficava o banco gasto onde ela tantas vezes se sentara com a avó. Enquanto descascavam legumes, Nai Nai contava histórias fantásticas sobre o rei macaco, os animais do zodíaco, a esposa do deus trovão e a mulher na lua. Ao ver o fascínio da neta com tais relatos, a velha senhora passava a narrar as muitas aventuras que a aguardavam.

— Está vendo como sua testa é larga? — perguntava a avó. — É sinal de que vai viajar para longe e voltar cheia de sorte.

— Vou mesmo? — dizia Mulan, extasiada.

— Com certeza, mas nem sempre será fácil — continuava Nai Nai, e apontava para a cicatriz na têmpora da neta, fruto de uma queda na infância. — Essa cicatriz significa que vai enfrentar provações e dificuldades, mas, se persistir, as deixará para trás.

Nai Nai tinha acertado em cheio. Durante as noites frias e intermináveis no exército, quando suas esperanças pareciam soterradas pela neve, Mulan tinha se agarrado às palavras da avó.

Ela se virou para encarar a tabuleta memorial de Nai Nai.

— Vou passar alguns dias fora — informou em voz baixa, mas clara. — Shang chegou hoje da Cidade Imperial com a notícia de que fui convocada pelo imperador. É uma viagem longa, mas estou empolgada. Vai ser bom ver a capital outra vez.

E viajar para lá ao lado de Shang.

Não houve resposta, mas o ar parecia carregado, como se uma pessoa, ou muitas, estivessem ouvindo.

— Estou com saudade, Nai Nai — continuou Mulan.

Um ruído áspero veio de fora, como o de um pedregulho a rolar pelo chão. Mulan endireitou as saias quando viu o pai atravessar o jardim. Os olhos dele se enrugaram ao avistar a filha.

— Imaginei que fosse encontrar você aqui. Veio se despedir?

— Eu quis contar as novidades à vovó. Tenho andado tão ocupada com os treinamentos que não a visitei tantas vezes quanto deveria.

Enquanto o pai subia os degraus, Mulan reparou, com um aperto no peito, que ele se apoiava na bengala com mais força do que antes. O tempo cobrava seu preço, tal como tinha feito com Nai Nai. Ele se sentou ao lado da filha, e juntos os dois observaram a fumaça espiralada dos incensos. Os fiapos dançavam no ar, criando um efeito lúdico. Mulan conseguia imaginar a avó os fazendo rodopiar em padrões singulares.

— Ela teria ficado orgulhosa de ver tudo o que você fez nos últimos anos — comentou o pai. — Sua avó sempre soube que você era capaz de alterar o curso dos rios.

Mulan sorriu e sentiu um formigamento familiar no fundo dos olhos.

— Os riachos só se tornam rios porque os afluentes os fortalecem. Se alterei alguma coisa, foi apenas porque você, minha mãe e Nai Nai me emprestaram sua força.

A garota soltou um longo suspiro e uma faísca saltou de um dos incensos. Parecia se multiplicar conforme flutuava para baixo, uma e outra vez, até que o ar do templo estivesse tomado por centenas delas.

— Pai... — sussurrou Mulan.

As faíscas assumiram outras formas, se aglomeraram e se expandiram até se tornarem um dragão que voou pelo ar. Ao lado dele, um pássaro de fogo batia as asas. Planavam juntos, perseguindo um ao outro em círculos vertiginosos até que, de repente, se desfizeram em cinzas outra vez. As faíscas flamejantes rodopiaram lentamente até o chão e se apagaram uma a uma.

Por um momento, o ambiente ganhou uma nova dimensão, como se milhares de anos coexistissem em sincronia no interior daquele templo. E então um grilo cricrilou e o vento voltou a fluir.

— O que foi isso? — perguntou Mulan.

O pai se levantou e ajeitou a túnica, admirando a filha com orgulho.

— Viaje em paz, Mulan. Saiba que tem a proteção dos seus ancestrais.

Na manhã seguinte, Mulan e Shang acordaram antes mesmo de o sol despontar no horizonte. Prepararam os cavalos em relativo silêncio, passando um pelo outro enquanto buscavam as bagagens e prendiam as selas. Aquilo a lembrou de seus dias juntos no exército. À medida que o bando de recrutas se transformava em uma unidade coesa, ficavam tão familiarizados uns com os outros que já nem precisavam se comunicar durante os preparativos matinais. Em vez disso, trabalhavam sem nada dizer, sempre de olho no progresso dos companheiros, assumindo tarefas e ajustando o ritmo conforme necessário.

Mulan acomodou a última bagagem nas costas do garanhão Khan e percebeu que Shang também finalizava os preparativos. A mãe entregou um punhado de pãezinhos doces para ela.

— São fáceis de comer quando você estiver cavalgando — explicou a mulher.

Mulan enfiou um na boca. O recheio de pasta de lótus estava quentinho, adoçado na medida certa.

— São fáceis de comer agora mesmo — rebateu ela, com uma piscadela. Depois se curvou em reverência à mãe, e por fim ao pai. — Tomem cuidado, vocês dois. Voltarei em breve.

O bater dos cascos ecoava na quietude que precedia o amanhecer. Ambos avançavam em um ritmo constante, não tão depressa a ponto de cansar os cavalos, mas rápido o bastante para impossibilitar a conversa. Ainda assim era um silêncio agradável, e Mulan começou a aproveitar o passeio. Parecia natural viajar com Shang, cavalgar e caçar juntos em vez de se afundar nas cartas dele ou se esquivar das perguntas constrangedoras dos pais.

Vez ou outra, paravam para se refrescar e comer alguma coisa. Mulan compartilhou o bao que a mãe fizera, mas só depois de Shang ter implorado um pouco. No início da tarde, ele abateu um coelho na estrada. Para não ficar atrás, Mulan apanhou uma codorna pouco antes do pôr do sol. Os espólios prometiam um jantar satisfatório, e os dois montaram acampamento na base de dois enormes penhascos.

— É bem apropriado passarmos a noite aqui — comentou Shang enquanto esfolava o coelho.

Mulan afastou os olhos da fogueira que acendia.

— Por quê?

— Dois séculos atrás, um general chamado Wu armou uma emboscada bem neste ponto.

Ela olhou para os paredões de pedra ao seu redor. Embora a maior parte do trajeto consistisse em terras agrícolas planas, aquele trecho da estrada se tornava cada vez mais montanhoso. Ali, penhascos de arenito formavam um corredor largo o bastante para permitir a passagem de cinquenta homens caminhando lado a lado. Mais adiante, os paredões se alargavam ainda mais.

— Nada mau para esconder um exército.

— E oferece um bom abrigo contra o vento, se escolhermos o canto certo. O general enviava sinais de fumaça do topo dos penhascos — contou Shang. — Lá de cima, podiam ser vistos a uma grande distância.

Os dois estenderam os colchonetes. Quando a fogueira se reduziu a brasas, Shang se deitou de um lado e Mulan do outro. As estrelas brilhavam no céu.

— Eu deveria dormir ao ar livre mais vezes — comentou ela, admirando os pontinhos luminosos.

Shang riu baixinho.

— Falou feito um soldado que esqueceu como é dormir na lama.

Mulan sorriu para a escuridão.

— Verdade. Acho que me esqueci da sujeira, das pulgas e da falta de sabão.

A voz de Shang assumiu um tom pensativo.

— Parece que foi há tanto tempo, não acha? E agora estamos juntos em uma nova jornada, contrariando todas as probabilidades.

Era um jeito estranho de descrever a situação.

— As probabilidades eram assim tão ruins?

Houve um momento de silêncio, e ela sentiu que Shang tentava reorganizar os próprios pensamentos.

— Nós passamos por muita coisa. Ao longo desses anos todos, muitas delas poderiam ter acabado com a nossa amizade.

— Bem, o fundo do poço foi quando você quase tentou me executar.

A intenção era fazer piada, mas Shang ficou quieto.

Foi uma reviravolta do destino, nos dias mais sombrios da guerra, que acabou por revelar que o modesto soldado Ping era na verdade Mulan, uma mulher disfarçada. Um ferimento em local inconveniente foi tudo o que bastou para arruinar meses de um ardil cuidadoso. Mulan recebeu uma dispensa desonrosa do exército. E embora mais tarde tenha se redimido perante a nação ao salvar a vida do imperador, muitos meses se passaram até que ela reconquistasse a confiança de Shang. Os outros homens do regimento tinham se adaptado mais depressa, mas a situação era mais complicada entre os dois. Shang era seu comandante, afinal, e foi a reputação dele, até mesmo sua vida, que Mulan pôs em risco ao mentir sobre sua verdadeira identidade.

Mas não foi apenas o golpe em sua reputação que o tinha magoado. A verdade era que Ping e Shang haviam se tornado amigos; compartilhavam histórias ao redor da fogueira, trocavam confidências no turno da meia-noite. Os dois tinham pais condecorados no exército, a quem amavam profundamente, e sentiam medo de não lhes fazer jus. Depois de ter a verdadeira identidade revelada, Mulan tentou explicar a Shang que tudo o que dissera naquelas conversas era verdade. Tinha apenas substituído o gênero das palavras, quando preciso. Foi difícil reunir a coragem necessária para confessar tudo isso a ele. E foi ainda mais difícil para Shang escolher acreditar nela.

A punição para os crimes de Mulan tinha sido clara. Era dever de Shang, como capitão do exército, defender as leis do país. E ela havia desrespeitado uma das mais sagradas: tinha mentido sobre quem era, se passado por homem e zombado dos esforços de guerra do imperador. Naquele momento fatídico, ajoelhada na neve diante de Shang, Mulan sentira o peso do fracasso, a amarga desilusão de ter visto todos os seus planos irem por água abaixo. Lembrava-se bem de esperar a lâmina afiada de Shang em seu pescoço, tomada por um alívio perverso ao saber que a morte, ao menos, traria um fim à sua vergonha. Em vez de desferir o golpe, porém, Shang decidira poupá-la. *Uma vida por outra. Minha dívida está paga.*

E depois ele a deixara sozinha no topo daquela montanha.

— Eu não deveria ter abandonado você — declarou Shang.

Mulan percebeu que a mesma cena se desenrolava na mente do general.

— Pensando bem, prefiro isso a ser decapitada.

— Deixar você lá poderia muito bem ter sido uma sentença de morte. Você nos salvou tantas vezes no campo de batalha, e foi assim que retribuí.

— Mas cometi uma traição — ressaltou Mulan. — Menti para o exército e, por consequência, para o próprio imperador. Eu poderia ter levado a desonra a toda a minha família se as coisas tivessem corrido de outra forma.

— Você não teria desonrado ninguém. Teria persistido até conquistar a vitória. Agora sei disso. E acho que já sabia mesmo naquela época. Só não fui corajoso o bastante para admitir.

Mulan revirou as palavras em sua mente. Shang não buscava o perdão, e não teria sido certo absolvê-lo de forma tão leviana. Ainda assim, era reconfortante saber que tal ato pesava na consciência dele.

— Eu de fato merecia mais do que você me ofereceu — concordou ela. — Mas o passado é um bom professor. Talvez você se torne um general melhor graças a essa lição.

Uma sombra cruzou o céu, a silhueta de uma coruja em busca da refeição noturna.

— O que significa ser um general melhor? — quis saber Shang. — Derrotar mais inimigos? Proteger a vida dos meus soldados? Quando penso em tudo o que vimos durante a guerra, me parece que seria melhor viver em uma época em que não precisássemos de generais.

Ao ouvir as palavras de Shang, Mulan sentiu a dor dos companheiros mortos, o vazio da perda, mesmo na vitória. Mesmo ali, anos após a guerra, a fumaça da fogueira morredoura evocava imagens de aldeias queimadas, de uma boneca de pano deixada para trás.

— Talvez — disse —, se uma mulher pode aprender a lutar, um general possa aprender a buscar a paz.

Um estalo se desprendeu das brasas. Mulan observou uma centelha arder antes de se apagar.

— O que você fez com aquelas guerreiras é impressionante — elogiou Shang. — As notícias correm soltas até na Cidade Imperial. Seus pais devem estar orgulhosos.

Mulan soltou um grunhido à menção dos pais.

— Sinto muito que minha mãe tenha importunado você com toda aquela história de casamento. É coisa de mãe, acho. Não sei por que imaginei que não fosse ficar constrangida.

Ela esperava ouvir uma risada, mas em vez disso Shang apenas se virou de lado. Mesmo na escuridão, Mulan podia sentir que ele a observava.

— E o que você acha?

— Sobre o quê?

— Casar com alguém. Sossegar.

Mulan ficou paralisada, como um coelho apanhado em uma plantação de cenouras.

— Sossegar?

— Bom, talvez não sossegar, mas… casar com alguém — explicou ele em tom apressado. — Só para saber se, quando não estiver ocupada salvando a nação, teria espaço na sua vida para um marido.

Uma pontada de vergonha a invadiu com a pergunta. A verdade era que vez ou outra ela pensava, sim, em casamento, e normalmente isso envolvia fantasiar com declarações dramáticas e melosas vindas do general que se encontrava do outro lado da fogueira, com pedidos que a fariam sumir do mapa caso o interlocutor imaginário ao menos desconfiasse de sua existência.

— Hã, não sei. Maridos ocupam muito espaço. E nem sempre cheiram bem…

Uma mudança no clima a fez parar, a sensação inexplicável de que dissera algo errado.

Shang não respondeu.

— É só brincadeira, Shang — acrescentou Mulan, um tanto insegura.

— Sei disso. — E então virou-se de costas para ela. — Acho melhor irmos dormir. Temos que acordar bem cedo amanhã.

Mulan percebeu, ao ouvir o ritmo da respiração dele além da fogueira, que Shang demorou um pouco a dormir. O sono também não lhe veio com tanta facilidade, e ela não pôde deixar de se questionar, enquanto adormecia, se deveria ter respondido de outra forma. Os dois já tinham brincado muitas vezes sobre casamento, trocando farpas sobre as perspectivas um do outro. Mas, de repente, tudo parecia tão distante. Shang se tornara general, e sem dúvida vivia cercado de mulheres lindas e adoráveis que enfeitavam o cabelo com joias e assavam bolinhos perfeitamente uniformes. Shang era seu amigo, seu companheiro de lutas. Mulan aceitara isso, conformada com a situação. A essa altura, contudo, ela se perguntava se não teria cometido um erro.

À primeira vista, tudo parecia igual na manhã seguinte. Os dois acordaram e recolheram as coisas em silêncio, ocupados em enrolar as cobertas e selar os cavalos. Não trocaram uma palavra, a não ser pelo agradecimento de Shang quando Mulan lhe ofereceu o último pãozinho doce.

Ainda assim, tudo o que faziam parecia carregado de tensão. A forma cuidadosa como evitavam o olhar um do outro, como sutilmente mudavam de percurso para ficarem mais afastados. Não fazia sentido. Por que uma brincadeirinha tão boba, algo que já tinham feito tantas vezes antes, mudaria tudo tão de repente? Mulan queria se explicar, mas o que diria? *Peço desculpas por ter falado que homens são fedidos. Acho seu cheiro bom. Ótimo, na verdade. Acho seu cheiro maravilhoso, e estou apaixonada por você desde que o conheci, naquele primeiro dia de treinamento.* Ela se encolheu de vergonha.

Finalmente, os cavalos estavam prontos para partir. Mulan já se preparava para montar quando Shang enfim quebrou o silêncio.

— Mulan, espere.

Algo na voz dele provocou-lhe um arrepio.

Shang chegou ainda mais perto. Estava agitado, com os olhos inquietos a explorar todos os cantos, os dedos ocupados em alisar um vinco inexistente em sua túnica.

— Eu tenho que… Eu queria… antes de chegarmos à capital…

Era impossível não se contagiar por tamanho nervosismo. Mulan se obrigou a ficar quieta enquanto Shang fazia um esforço deliberado para se recompor. Ela não queria nutrir esperanças, e no entanto…

Shang encontrou seu olhar.

— Sei que um marido não lhe serviria de nada agora, mas espero… — Soltou um suspiro, e por fim se estabilizou. — Espero que, quando você estiver pronta, considere o pedido de alguém que já fez uma porção de coisas estúpidas. Alguém que cometeu tantos e tantos erros, mas que respeita e se importa muito com você. Muito mesmo.

A vulnerabilidade estampada nos olhos dele era assustadora. As palavras de Shang a deixaram sem reação. Mulan sabia que estava boquiaberta e que deveria dizer alguma coisa, mas parecia ter perdido a voz. À medida que a perplexidade se esvaiu, outra coisa brotou no lugar. Felicidade. Euforia.

— Shang, eu...

Ele recuou, com as mãos erguidas diante do corpo.

— Não agora, claro. Não quero tornar as coisas estranhas entre nós, e eu...

Mulan diminuiu a distância entre os dois e envolveu as mãos de Shang com as suas, depois as abaixou lentamente, usando a calmaria recém-descoberta para aplacar o nervosismo dele.

— Você entendeu errado — disse ela, e olhou no fundo dos olhos de Shang antes de acrescentar com delicadeza: — Seria uma honra.

Então ele sorriu, e todo o seu semblante se iluminou. Passaram um bom tempo assim, radiantes, a sorrir um para o outro.

Nos dias que se seguiram, Mulan se sentia nas nuvens. A jornada continuou como de costume. Os dois cavalgavam no mesmo ritmo de sempre, trocando apenas uma ou outra palavra pelo caminho. Mas, para ela, era como se um brilho os envolvesse.

Avançavam depressa, vez ou outra acelerando o galope em trechos remotos da estrada. À medida que se aproximavam da capital, as casas e fazendas se tornavam mais abundantes. Quando estavam a menos de uma hora da Cidade Imperial, pararam uma última vez em um riacho para beber água.

Antes de montarem novamente, Shang a chamou.

— Mulan, espere.

Ela se deteve, com a mão nas rédeas de Khan.

— Sim?

— Só mais uma coisa. Antes de chegarmos à cidade, eu queria...

O nervosismo que emanou dele outra vez, somado ao jeito como a olhava, fez o estômago de Mulan dar uma cambalhota.

— Queria o quê?

E a voz dela morreu aos poucos, porque Shang estendeu a mão e roçou seu braço com a ponta dos dedos. Como era estranho que ela pudesse sentir o toque mesmo através do tecido grosseiro da túnica, que a sensação pudesse viajar por todo o seu corpo até chegar à sola dos pés.

— Posso…? — perguntou ele.

Mulan se aproximou antes mesmo de Shang concluir a frase. Os lábios se tocaram com delicadeza. Era cálido. Suave. Perfeito.

Ao abrir os olhos, ela viu que Shang a observava com uma expressão de ternura nunca antes vista.

— Foi uma boa jornada — murmurou ele baixinho.

Mulan retribuiu o olhar. Shang, seu amigo. Seu parceiro de lutas. Seu amor.

— Sim, foi mesmo.

CAPÍTULO TRÊS

A Cidade Imperial estava tão cheia e movimentada quanto Mulan se lembrava. Viajantes entravam e saíam em enxurrada pelos portões. Os guardas saudaram Shang, e, enquanto o seguia, ela pensou ter visto um deles cutucar o outro. Sentiu que estava sendo observada mesmo depois de se afastar.

As ruas eram estreitas e abarrotadas. Homens e mulheres se aglomeravam debaixo dos telhados que assomavam nas esquinas, trocando os mexericos do dia e aplaudindo os artistas de rua. Os comerciantes se faziam ouvir no burburinho da multidão, aos berros para anunciar as novas mercadorias. Enquanto Mulan e Shang navegavam por entre casas e lojas atulhadas de gente, mais e mais pessoas se amontoavam ao redor. Homens, mulheres e crianças se acotovelavam e muitos gritavam o nome de Mulan. Às vezes, a lotação era tanta que ela e Shang mal conseguiam avançar. Ao menos os cavalos não se assustavam com tamanha balbúrdia.

— A cidade cresceu muito — gritou Mulan por cima da barulheira.

Shang riu.

— Está igual a como era antes. A diferença é que ficaram sabendo que você viria.

— Isso é por minha causa? Não pode ser.

Mulan escondeu a própria confusão ao acenar para um grupo de garotinhas, que prontamente se abraçaram com entusiasmo e deram no pé.

— Ainda não percebeu que é uma heroína? — perguntou Shang. — As lendas a seu respeito crescem a cada ano que passa. Fa Mulan, guerreira corajosa e salvadora da China. Aquela que soterrou os exércitos de Shan Yu sob uma montanha de gelo.

— Foi só um foguete e boa pontaria.

Ela se lembrou do estalar do gelo, do efeito em cascata da avalanche.

— A guerreira que veio em auxílio do imperador quando Shan Yu o tomou como refém. Que enfrentou e derrotou Shan Yu em um duelo mortal no topo do palácio, salvando o imperador e devolvendo a China ao seu legítimo governante. E fez tudo isso enquanto usava um vestido.

Aquela noite também lhe veio à memória, a luta vertiginosa nos telhados, o mar de rostos a espiar lá de baixo.

— Mas foi um trabalho em equipe, se bem me lembro, e tive muita sorte de não ter sido feita em pedacinhos. Além do mais, já faz tantos anos. Quase não visitei a Cidade Imperial desde a guerra.

— Isso, quando muito, serviu apenas para tornar sua história ainda mais grandiosa. Ao menos uma vez por mês, vejo uma garotinha brandindo um bastão e gritando para que os hunos libertem o imperador.

Ao ouvir isso, Mulan percebeu que as pessoas de fato pareciam se aglomerar mais ao redor dela.

— Estão enganados ao meu respeito — disse. — Tenho certeza de que qualquer um na minha posição teria agido da mesma forma…

— Não é o que eles acham — argumentou Shang.

A multidão se estendeu até os dois chegarem aos portões vermelhos imponentes do palácio imperial. Soldados os conduziram a um vasto pátio de pedra talhada, onde logo foram abordados por uma porção de eunucos e criados. Os cavalariços pegaram as montarias enquanto um eunuco de alta patente, vestido com uma longa túnica azul, os cumprimentava.

— Saudações e boas-vindas, general Li e comandante Fa.

As fitas penduradas no futou preto que adornava a cabeça do homem nem saíram do lugar quando ele se curvou em reverência.

— Sua Majestade Imperial solicita a presença imediata da comandante Fa para uma audiência.

Mulan deu uma olhada em seus trajes, todos cobertos de poeira da estrada.

— Antes preciso ficar mais apresentável.

— O imperador insistiu que viesse o mais depressa possível, comandante.

O jeito de falar do eunuco, apesar de extremamente educado, não abria margem para qualquer discordância.

Mulan trocou um olhar com Shang, que se limitou a encolher os ombros.

— Está bem, então. Leve-me ao salão nobre.

— Não ao salão nobre, comandante. O imperador já tratou dos assuntos da corte por hoje. Sua Majestade a aguarda nos aposentos imperiais.

Mais uma vez, Mulan se virou para Shang. Depois de se afastar do cavalariço que conduzia o cavalo para longe, ele pôs-se a observar o eunuco, com o semblante tomado pela confusão. O imperador sempre recebia os convidados no salão nobre. Os aposentos imperiais eram seu retiro particular, não um local aberto aos plebeus.

— Tem algo errado? — quis saber Mulan.

— Não há perigo imediato — respondeu o eunuco.

Não era uma resposta das mais animadoras. Mulan se despediu de Shang, com os nervos aflorados conforme o eunuco a conduzia por partes do palácio em que nunca estivera. Depois da invasão dos hunos, ela havia se encontrado com o imperador algumas vezes, mas sempre nas áreas cerimoniais da construção. O que poderia ter acontecido de tão urgente?

Os aposentos imperiais eram separados do restante do palácio. A sala do trono e os salões cerimoniais eram imensos e grandiosos, mas as construções pelas quais Mulan passava naquele momento eram de proporções mais modestas, embora ainda repletas de detalhes intrincados. As colunas que sustentavam a passarela coberta eram elegantemente esculpidas em madeira escura. As janelas eram revestidas de treliças em padrões geométricos delicados, e de quando em quando estátuas de leões e dragões vigilantes assomavam pelo caminho. A construção onde o eunuco enfim se deteve assemelhava-se a uma casa-pátio comum, embora tivesse as mesmas paredes vermelhas com telhados inclinados do resto do palácio. Dois soldados abriram a porta esculpida com dragões em pleno voo, e logo atrás estava o imperador, sentado a uma mesinha de madeira, com trajes de seda dourada e ocupado escrevendo em um pergaminho.

— Comandante Fa Mulan — anunciou o eunuco.

Mulan adentrou o cômodo e se ajoelhou, encostando a testa no chão.

Um farfalhar de tecido encheu o ar quando o imperador se virou para reconhecer sua presença.

— Pode se levantar. Para a senhorita, já não há necessidade de uma reverência tão profunda.

As palavras a intrigaram.

— Deixem-nos a sós — continuou o imperador, e acenou com a mão.

O eunuco fez uma reverência antes de se retirar. Passos ecoaram nos cantos do cômodo, e quatro guardas que Mulan não tinha notado também se afastaram.

— Sente-se, sente-se.

O imperador pousou o pincel na pedra de tinta na borda da mesa e afastou o pergaminho para o lado. Sobre o tampo havia um requintado bule de chá azul com estampa floral e duas xícaras, e o imperador estendeu a mão para alcançar as peças.

— Vossa Majestade — espantou-se Mulan, perplexa.

— Permita-me — respondeu ele.

Mulan observou o imperador servir-lhe chá, ciente de que por muito menos algumas pessoas haviam sido condenadas à execução. Dali, onde podia enxergá-lo melhor, percebeu que parecia mais envelhecido do que da última vez. A barba e o bigode ainda eram brancos e compridos, os olhos ainda bondosos, mas as rugas em seu rosto estavam mais pronunciadas. Parecia mais magro, com olheiras fundas. Havia um ligeiro tremor nas mãos enquanto enchia as xícaras.

— Imagino que a viagem até aqui tenha sido tranquila?

— Tudo correu muito bem, Majestade.

Mal acreditava que ainda vestia as roupas de viagem enlameadas enquanto tomava chá e trocava palavras cordiais com o imperador. Que mundo fantasioso era aquele em que tinha ido parar? Quase esperava que, a qualquer momento, o imperador ganhasse asas ou se transformasse em um camelo.

O imperador, por sua vez, agia como se fosse a situação mais corriqueira do mundo.

— Ouvi dizer que tem se mantido ocupada em sua aldeia.

— As coisas andam atribuladas por lá — respondeu Mulan com sinceridade.

— Que tipo de coisas?

— Dedico a maior parte do meu tempo a treinar minhas guerreiras.

— Sim, sim, um exército só de mulheres, não é isso?

Mulan assentiu, e o nervosismo foi se dissipando à medida que o entusiasmo tomava conta.

— Começou com um punhado de mulheres que me viam treinar pela manhã. Elas queriam aprender a se defender, por isso comecei a ensinar o básico. A partir daí, foram aparecendo cada vez mais mulheres. Todas têm famílias e obrigações, por isso treinamos logo cedo, antes de elas darem início a seus afazeres. Convenci alguns aldeões mais abastados a apoiarem a compra de equipamentos e armas, e agora temos guerreiras suficientes para fazer patrulhas regulares.

— Teve algum resultado?

— Creio que sim, Majestade — disse ela, esperando não soar muito arrogante. — Os fazendeiros se sentem bem mais seguros.

— E não apenas isso — retomou o imperador. — A paz e a segurança advindas dessa iniciativa aumentaram a prosperidade da sua aldeia. As arrecadações tributárias do distrito tiveram um aumento de quinze por cento, tudo graças ao crescimento na produção agrícola. Além disso, a senhorita usou sua influência para construir uma escola na região, onde alunos de todos os gêneros e níveis de riqueza são bem-vindos.

— Eu… Eu fico honrada por Vossa Majestade ter acompanhado tudo de perto.

— São feitos muito impressionantes — declarou ele. — E é uma pena que outras regiões da China não se beneficiem da sua liderança. Minha corte não é a mesma sem você, Mulan. Teria sido uma excelente conselheira imperial.

Mulan curvou a cabeça.

— Vossa Majestade foi muito gentil em me oferecer um lugar no palácio. Uma grande honra, de fato. Mas eu queria ficar perto dos meus pais, depois de ter sido separada deles durante a guerra.

— Claro, claro. Sempre soubemos da sua dedicação como filha. Mas muitas coisas mudaram desde o fim da guerra. Talvez agora eu consiga convencê-la a residir na capital.

Mulan pousou a xícara, sem saber o que dizer. A agitação da Cidade Imperial ainda lhe parecia tão pouco atrativa quanto havia sido depois da guerra, mas quantas vezes poderia recusar um pedido do imperador?

— Sou muito apegada ao meu lar — respondeu ela em tom cuidadoso —, mas, se Vossa Majestade deseja tanto que me torne conselheira imperial, posso conversar com meus pais.

O imperador sorriu.

— Ora, Mulan, não quero que seja minha conselheira. Quero que seja minha sucessora.

Mulan derrubou a xícara.

— Ai! — exclamou, enquanto o líquido escaldante escorria pela mesa.

Ela procurou uma toalha nos arredores, mas não viu nenhuma. Movida pelo desespero, arrancou o manto que vestia e jogou-o sobre a poça que se espalhava rapidamente, antes que pingasse no colo do imperador.

— Peço imensas desculpas, Majestade… Só estou…

— Surpresa?

O imperador a observou, parecendo achar graça.

— Isso, Majestade. Fiquei surpresa. Eu... — Depois de enrolar o manto encharcado, deixou-se contemplar a insanidade da situação. — Eu? Sua sucessora? Não pode estar falando sério.

O imperador reagiu à impertinência criminosa de Mulan com um toque de divertimento.

— Não há um sucessor óbvio para o meu trono, como a senhorita deve saber. Minhas três filhas abdicaram desse direito quando se casaram com plebeus, e não há mais ninguém na linha de sucessão, a não ser um ou outro parente distante sem a menor aptidão para governar.

Sem a menor aptidão para governar? Como se Mulan fosse versada nas burocracias do governo.

— Mas sem dúvidas há outras opções. Vossa Majestade tem um gabinete cheio de ministros, pessoas que dedicaram a vida a servir este reino.

— O povo perdeu a confiança nos meus ministros, e, embora me seja vergonhoso admitir, também perdeu a confiança em mim. Permitimos que os hunos invadissem nossos territórios. A nação estaria condenada se alguém — disse, e lançou um olhar cheio de significado a Mulan — não tivesse arriscado a própria vida para intervir. É imprescindível que o próximo imperador receba total confiança e devoção do povo.

Mulan encolheu as mãos.

— Vossa Majestade, sou apenas uma garota do interior. Não sei nada sobre a corte.

— A senhorita é a heroína perspicaz que salvou nossa nação. É a guerreira que enfrentou a possibilidade de perda e desonra para proteger sua família e, por consequência, toda a China.

Era absurda a diferença entre as palavras do imperador e a imagem que ela tinha de si própria. Tinha mesmo feito todas aquelas coisas, mas ainda era apenas Mulan, a filha de Fa Hsu, que tropeçava em galinhas e roubava pãezinhos doces da cozinha.

— Os costumes da corte podem ser aprendidos — continuou o imperador. — As leis podem ser consultadas nos livros. O mais difícil de conquistar, porém, é o caráter, a coragem e o altruísmo. A devoção do povo.

— Mas, Majestade…

O imperador ergueu a mão.

— Pode pensar que eu mal a conheço, mas está enganada. Tenho olhos e ouvidos espalhados por sua aldeia desde o dia em que a senhorita partiu da Cidade Imperial. Estou a par de todos os seus feitos, desde a quantidade de novas recrutas até o tamanho da multidão que se formou quando você e Li Shang chegaram esta tarde.

Mulan permaneceu quieta.

— Terá a ajuda de conselheiros, claro. Li Shang será o chefe dos seus generais. Também contará com o conselho dos meus atuais ministros. Eles cometeram erros, sim, mas juntos ainda são dotados de grande experiência.

O imperador parou de falar, e seu silêncio foi mais desorientador do que as próprias palavras, pois era sinal de que Mulan deveria se pronunciar. Mas como poderia responder a uma coisa dessas? Era tão absurdo quanto se o imperador tivesse lhe perguntado se estava disposta a se tornar esposa do deus do trovão.

— Estou muito honrada, Majestade. Mas… Peço perdão, mas eu não esperava por isso. Não posso…

Pela primeira vez, um toque de severidade marcou a voz do imperador. Seus olhos bondosos assumiram um novo foco.

— Fa Mulan, ponderei por muitos meses antes de chegar a esta decisão. Fiz o que considero ser a melhor escolha, mas não quero que lhe seja imposta. Um imperador ou imperatriz não pode ser coagido a liderar. Mas devo lhe perguntar se está disposta a pelo menos tentar assumir meu lugar. A permanecer na capital? A comparecer às reuniões com os ministros e se comportar como minha sucessora? A falar comigo todos os dias e aprender o que é necessário para governar? Está disposta a fazer isso… pela China?

Mulan abaixou a cabeça, incapaz de conceber a ideia de se tornar imperatriz quando, dias antes, estivera limpando titica de galinha no quintal. Tentou se imaginar subindo ao trono, assumindo tanto poder e responsabilidade. Um turbilhão de imagens lhe veio à mente:

jantares oficiais, visitas de dignitários, todo o povo da China a curvar--se diante dela. Era uma ideia sedutora, aterrorizante, avassaladora.

— Está disposta a fazer isso? — perguntou o imperador outra vez.

Mulan deixou o momento se estender ao máximo.

— Estou, Majestade.

Era mesmo a voz dela a falar? Sentia que acabara de mergulhar em um penhasco, sem saber se chegaria ao fundo, ou se ao menos haveria um.

O imperador curvou a cabeça, um ligeiro sorriso se formando sob o bigode.

— Excelente. O próximo passo será anunciar à corte. Conversaremos mais pela manhã. Mas, até lá, não conte a ninguém.

CAPÍTULO QUATRO

O mesmo eunuco que conduzira Mulan ao imperador a encontrou ao sair pela porta.

— As bagagens já foram levadas aos seus aposentos, comandante Fa. Gostaria que eu a acompanhasse até lá?

Mulan o encarou, piscou e depois voltou a encará-lo. Não entendia como o homem podia fazer uma pergunta tão corriqueira quando o mundo tinha acabado de virar de cabeça para baixo.

— Sim, por favor. Leve-me aos meus aposentos.

Imperatriz. Sucessora. Mulan avançou pé ante pé, com movimentos mecânicos ao seguir os passos ligeiros do eunuco. Servos e criados cruzaram seu caminho. Alguns se curvaram em reverência, mas outros nem sequer repararam em sua presença. Por que deveriam?

— Aqui estão seus aposentos, comandante — anunciou o eunuco ao destrancar a porta.

Mulan despertou de seu torpor.

— Obrigada.

O cômodo era simples para os padrões do palácio. As paredes eram feitas da mais fina madeira laqueada, mas não ostentavam entalhes tão intrincados. Havia uma cama de dossel encostada à parede do fundo, com uma mesinha alinhada à direita. No centro, uma tina gigante de água, com o vapor espiralando da superfície. Mulan correu até lá, ávida por mergulhar as mãos na água, mas um pedaço de papel na mesa chamou sua atenção. Estava escrito em uma caligrafia simples: a letra de Shang. *Espero que sua conversa com o imperador tenha corrido bem. Podemos nos encontrar para um chá antes de dormir?*

Mulan segurou o bilhete entre os dedos e imaginou Shang em seus aposentos fora do palácio, totalmente alheio ao que acabara de acontecer. O que ele diria? O que acharia da decisão do imperador? Ela se virou em direção à porta, tomada pela necessidade de conversar com o rapaz. Precisava de seus conselhos, de alguém com quem conversar sobre aquela situação absurda.

Mas o imperador tinha ordenado que não contasse a ninguém.

Seria impossível ver Shang e não lhe revelar o segredo. Bastaria uma rápida olhada e ele saberia que havia algo de muito errado. Por um instante, Mulan permaneceu imóvel. Por fim, pegou uma tira de papel em branco na mesa. Pingou um pouco da água da tina na pedra de tinta e esfregou a barra de tinta nanquim ali. Depois mergulhou o pincel e se pôs a pensar.

Estou exausta. Vamos descansar esta noite e deixar a conversa para amanhã. Ela soprou a tinta até secar. Com cuidado, dobrou o papel e abriu a porta que dava para o corredor. Uma criada do palácio estava parada lá fora, admirando o jardim. Era jovem e magra, com rosto comprido e nariz arrebitado. Usava um vestido simples, que pendia anguloso ao redor do corpo. Quando Mulan abriu a porta, a criada saltou em posição de sentido e se curvou em reverência.

— Coman... Comandante Fa Mulan! — exclamou, alarmada, os olhos arregalados como os de um cervo.

— Por favor, leve isto ao general Shang — pediu Mulan, e se perguntou se a culpa transpareceria em sua caligrafia.

A criada fez uma porção de reverências, como se a quantidade pudesse compensar a falta de jeito.

— Sim, sim. Claro.

Ao voltar para seus aposentos, Mulan percebeu que não tinha mentido sobre a exaustão. Mal conseguia levantar os braços e as pernas para tirar os trajes de viagem e entrar na tina de água. Ainda assim, depois de finalmente se secar e se acomodar na cama, ela se deu conta de que o cansaço nem sempre vinha acompanhado do sono. Embora seu corpo não quisesse nada além de adormecer, a mente continuava a vagar em círculos, de modo que ela passou a noite se revirando na cama.

— Comandante Fa? Comandante Fa?

Mulan abriu os olhos e deu de cara com a criada ao pé da cama, as feições contorcidas de apreensão no quarto iluminado.

— Perdão, comandante — continuou a jovem, retorcendo as mãos. — O imperador convocou uma audiência em seus aposentos particulares e exigiu sua presença. Começa daqui a quinze minutos. Eu não sabia a que horas gostaria de...

— Quinze minutos?

Mulan pulou para fora da cama, quase tropeçando nos lençóis emaranhados. Vasculhou os arredores em busca de seus pertences. As bagagens estavam no canto, já parcialmente desfeitas.

— Quer água para se lavar?

A criada estendeu uma bacia e fez uma mesura cautelosa, espiando-a como se fosse um tornado desgovernado.

— Hã, sim, obrigada.

Mulan jogou um pouco de água no rosto e revirou a mala de roupas. Só trouxera dois vestidos de linho, que estavam amarrotados da viagem.

A criada se aproximou com um passo hesitante.

— Talvez eu possa arrumá-los...

— Quanto tempo tenho? — quis saber Mulan.

A jovem conferiu o relógio de água no canto.

— A audiência começa daqui a seis minutos.

— Quanto demora para chegar lá?

— Oito minutos, se andar depressa.

Mulan enfiou o vestido de qualquer jeito e correu porta afora. Estava no fim da passarela quando se deu conta de que não sabia o caminho para os aposentos do imperador. Olhou para trás, desamparada, e cogitou a possibilidade de escalar os muros do palácio e fugir para as colinas.

— Comandante, posso acompanhar a senhorita, se quiser.

A criada a tinha seguido.

— Vá na frente, por favor.

A jovem parecia mais segura de si conforme conduzia Mulan pelo labirinto de corredores e pátios do palácio. Dessa vez, Mulan prestou bastante atenção no trajeto, memorizando todas as curvas e passagens.

— Perdão, não perguntei seu nome ontem à noite.

— Ah. — A criada corou. — Pode me chamar de Ting. Estou às suas ordens. — Ficou quieta por um instante, depois retomou em ritmo acelerado: — Ouvi tudo sobre seus feitos grandiosos, comandante. Como lutou contra os bárbaros nos telhados deste palácio. É verdade que criou uma tropa só de mulheres?

O entusiasmo da jovem criada ajudou a aliviar o pânico de Mulan, que não conseguiu conter um sorriso.

— É, sim. São todas ótimas guerreiras.

Ting arregalou bem os olhos, como se as guerreiras estivessem bem ali, diante dela. As duas enfim chegaram aos aposentos do imperador. Mulan desacelerou o passo, o nervosismo voltando com força total.

— Cá estamos, comandante — anunciou Ting, parada a poucos metros da soleira.

Mais uma vez, guardas abriram a porta para Mulan, e ela entrou sozinha.

A sala de estar estava vazia, embora fosse possível ouvir vozes mais ao fundo. Um eunuco parado junto à porta cumprimentou-a com uma reverência. O gesto a pegou desprevenida, quase a matando de susto. O homem apontou para uma passagem aberta ao fim do corredor e Mulan avançou depressa, entrando no que parecia ser uma sala de audiências em miniatura. O imperador estava sentado em uma poltrona de espaldar alto, com os pés apoiados em um pequeno pedestal de madeira. Nas paredes, painéis com pinturas de árvores floridas pairavam sobre uma multidão de ministros e criados. Um grosso tapete vermelho e dourado abafava os passos e as vozes de todos. O eunuco a seguira até o cômodo, e, quando anunciou o nome de Mulan, todas as pessoas ali reunidas se viraram para olhar.

O imperador sorriu.

— Ah, Mulan. Entre, entre.

Duas dúzias de olhos a avaliaram de cima a baixo, depois duas dúzias de sobrancelhas se franziram em espanto. Mulan sentiu o rosto arder e teve que reprimir o ímpeto de alisar o vestido. Estava tão amarrotado, porém, que nem adiantaria. De repente, ela avistou Shang em um dos cantos. Tinha trocado a cota de malha por uma armadura cerimonial. Em vez dos trajes habituais, um perponto de seda dourada bordado com nuvens vermelhas, azuis e verdes se estendia sobre o peitoral. Os ombros pareciam mais empertigados sem o peso extra, conferindo-lhe um ar descansado. Os lábios se curvaram quando ele assentiu em saudação. Mulan retribuiu com um sorriso apreensivo, desejando saber o que estava por vir.

O imperador pigarreou.

— Sei que todos aqui estavam ansiosos para que eu anunciasse meu sucessor, então saibam que tomei uma decisão.

O silêncio se estendeu por três segundos, e então os ministros ganharam vida.

Um homem mais velho, de rosto redondo e bigode ralo, deu um passo à frente.

— Ótimas notícias, Majestade — disse ele, cauteloso.

— Todo o povo anseia por esta notícia — acrescentou um ministro com verruga na cara.

O imperador apenas assentiu em reconhecimento.

— Considerei muitos fatores para essa escolha: caráter, sabedoria, capacidade de inspirar o povo. Por isso, decidi não deixar o trono para nenhum dos meus parentes distantes.

Ninguém se pronunciou, mas uma animação palpável encheu o cômodo. Mulan percebeu, exasperada, que todos ali esperavam ser os escolhidos. Mais uma vez, ela olhou de relance para Shang, que ouvia tudo calmamente, com uma pitada de curiosidade na postura.

O imperador também observou os rostos à sua volta antes de continuar.

— Neste dia, nomeio Fa Mulan como minha legítima sucessora.

Respirações entrecortadas. Queixos caídos em perplexidade. Se antes todos os olhares já pareciam estar voltados para ela, dessa vez não havia dúvidas. Ela tornou a espiar Shang, que parecia tão surpreso quanto os outros.

Mulan encontrou seu olhar. *Desculpe por não ter contado*. Mas a expressão dele não mudou. Ela queria que Shang reagisse, que demonstrasse felicidade, raiva ou confusão. O momento se prolongou, e então ele desviou o olhar, se ajoelhou e curvou a cabeça.

— Viva a princesa Mulan. Que seu reinado perdure por milhares de anos.

Shang falou alto, com a voz de comando que Mulan conhecia dos campos de batalha. Mas será que ela tinha imaginado a tensão por trás daquelas palavras?

Todos olhavam para Shang, ainda imóvel, com a cabeça baixa. Se não fosse pelo vaivém ofegante de seu peito, poderia muito bem ser uma estátua, curvado em uma postura de súplica que Mulan só o tinha visto dirigir ao próprio imperador. *Mas ele não está se curvando ao imperador. Está se curvando a mim.* O corpo dela se encolheu. Aquilo não parecia certo.

Ouviu-se um farfalhar de tecidos e um baque suave. Um criado também se curvara, seguido por um velho ministro de aspecto frágil. Uma a uma, as pessoas se ajoelharam, até que Mulan e o imperador fossem os únicos de pé.

— Por favor, levantem-se — pediu ela por fim. — Podem se levantar.

O cômodo se encheu com o ruído dos trajes esvoaçantes. Um ministro com olhos de coruja foi o primeiro a se levantar, e logo fez uma reverência ao imperador.

— Uma escolha boa e sábia, Majestade.

— Isso mesmo — concordou o ministro de aspecto frágil, aquele que se curvara logo depois do criado. — A imperatriz Mulan sem dúvida conduzirá a China a uma nova era de prosperidade.

Cada um dos ministros ofereceu seus votos de felicitação e aprovação. Mulan ficou ali, entorpecida, absorvendo os elogios de homens que minutos antes ansiavam por estar no lugar dela. Poderia mesmo ser assim tão fácil? Nem teve tempo para pensar, porque os ministros se aproximavam. Eram como pombos ao ver migalhas de pão: abanavam a cabeça e se curvavam ao lhe desejar uma chuva de bênçãos.

— O céu sorri para a China neste dia.

— Mas que sinal de boa sorte, ter uma imperatriz tão sábia quanto bela.

— Que seu reinado perdure por milhares de anos.

As palavras se agarravam na pele feito teias de aranha, e Mulan teve que se conter para não esfregar os braços.

— Obrigada — murmurava ela, desviando o olhar. — Que grande sorte ter... sua presença na minha corte...

Mulan voltou a atenção para Shang, ainda do outro lado do cômodo, enquanto o ministro de olhos de coruja tagarelava qualquer coisa sobre a importância de manter as barragens sempre conservadas. Ela assentiu com educação e tentou encontrar o olhar de Shang, mas seu parceiro de conversa se mexeu, ofuscando seu campo de visão. Quando o sujeito enfim saiu do caminho, Shang já desaparecia porta afora.

— O inverno é o momento ideal para avaliar o estado das barragens — continuou o ministro. — Antes das chuvas da primavera.

Mulan inclinou a cabeça e o contornou.

— Fascinante, ministro. Se me der licença, eu preciso...

E então ela avançou, sem saber se andava ou se corria. Quando chegou lá, Shang já estava a meio caminho dos portões.

— Shang!

Ele olhou para trás, com uma expressão cautelosa.

Mulan o alcançou.

— Eu queria...

E se calou abruptamente ao ver a tensão no maxilar dele.

— Por aqui — indicou Shang, e apontou com a cabeça.

Mulan o seguiu em direção ao jardim privativo do imperador. Era pequeno, bem cuidado e vazio. Shang a conduziu por imensos jardins de pedra porosa antes de cruzarem uma pontezinha arqueada. Um pagode assomava do lado oposto, cercado por árvores de galhos compridos.

Shang olhou ao redor, esquadrinhando o amontoado de árvores, e só então se permitiu relaxar os ombros. Mulan nunca o tinha visto agir com tanta cautela.

— Imagino que tenha sido por isso que o imperador a convocou ontem à noite.

— Foi. E depois ele me proibiu de contar a qualquer pessoa.

Shang assentiu como se entendesse.

— O imperador queria que todos ouvissem a notícia da boca dele.

Apesar da postura inquieta e preocupada, Mulan percebeu que Shang não parecia nem um pouco surpreso.

— Já suspeitava de alguma coisa? — quis saber ela.

— Passou pela minha cabeça, mas eu não quis tirar conclusões. O imperador fez uma boa escolha.

Shang estava agindo de forma tão solene. Mulan estudou seu rosto, tentando descobrir se era sincero.

— Mas tem um problema. Eu não sei como liderar um país.

A reação de Shang foi rápida como um relâmpago: agarrou Mulan pelos ombros e a virou de modo que ficassem frente a frente.

— Nunca repita isso na frente dos outros. Não demonstre o menor sinal de fraqueza. Tudo o que disser será usado contra você.

Mulan o encarou, atônita com tamanha veemência. Passado um momento, Shang pareceu se dar conta da força com que segurava a sucessora do trono, pois tratou de afrouxar o aperto.

— Peço perdão.

O pedido de desculpas a deixou mais atordoada do que todo o resto. Mulan pensou nas inúmeras vezes em que haviam trocado soquinhos amigáveis no ombro ou brincado de lutinha na fila do almoço. Dali em diante, se os dois se enfrentassem durante os treinos, Shang passaria a conter seus golpes?

— Quem está caçando motivos para me sabotar? — perguntou ela.

— Quem? Ora, mais fácil perguntar quem não está. Agora que se tornou a sucessora legítima, conseguiu o que todos no palácio almejavam.

Mulan o observou com atenção.

— Todos?

Shang retribuiu o olhar, reconhecendo a verdadeira pergunta por trás.

— Nem todos. Eu sei que o imperador fez a escolha certa. Você é a heroína da China e tem a minha total e eterna lealdade.

Como uma promessa de fidelidade podia soar tanto como uma rejeição?

— Lealdade? — repetiu Mulan, quase num sussurro. — É só isso que recebo?

Shang baixou os olhos.

— O que isso significa para nós dois, Shang?

As perguntas foram lançadas feito ganchos, uma tentativa desesperada de capturar o olhar dele, mas de nada adiantou.

Shang continuou a contemplar uma pedra do jardim, embora não parecesse enxergar coisa alguma.

— A nação vem em primeiro lugar — respondeu ele baixinho. — Nós sabíamos disso quando juramos servir ao exército.

— O que quer dizer?

— Logo você começará a receber visitas importantes. — Por mais que não tenha aumentado o tom de voz, as palavras saíam de forma deliberada, cada uma empurrada pela força da seguinte. — E depois virão as negociações, os convites.

O coração de Mulan afundou no peito.

— Alianças de casamento?

— Sem dúvida haverá propostas.

Mulan engoliu em seco, com os pensamentos tão enevoados que sentia o ímpeto de sacudir a cabeça.

— Deve haver outras formas de garantir acordos diplomáticos.

E em seguida se pôs a relembrar tudo o que sabia sobre história. Por acaso imperatrizes se casavam com generais? Nos livros, elas eram sempre meras consortes dos imperadores. Até onde sabia, nenhuma imperatriz havia assumido o trono por conta própria. Os muros ao redor do palácio de repente pareceram mais altos, mais sólidos.

Shang respirou fundo.

— Aconteça o que acontecer, saiba que sempre serei seu servo mais leal — declarou.

Depois de um último olhar hesitante, ele se virou e foi embora.

CAPÍTULO CINCO

Kin, ministro das finanças, sofria de alergias sazonais. Teve uma forte congestão ao longo de toda a semana, o que resultou em um tom particularmente anasalado quando falava, interrompido por uma ou outra pausa quando tentava, de forma heroica, respirar fundo. Mulan ficava apreensiva sempre que o homem arriscava uma frase muito comprida, temendo que ele desmaiasse pela falta de ar.

— As colheitas de painço diminuíram nas províncias vizinhas — disse o sujeito em tom monótono, espiando as próprias anotações.

Mulan, ele e o resto do gabinete estavam reunidos na sala do conselho, dispostos ao redor da poltrona do imperador.

— Por esse motivo, houve uma queda de vinte por cento nas arrecadações tributárias — continuou o ministro. — Sugiro um aumento nos impostos sobre os cereais para compensar o déficit. Caso contrário, isso pode afetar o orçamento para as melhorias nas estradas.

Mulan quebrou a cabeça para relembrar a somatória de arrecadações tributárias do ano anterior. Tinha certeza de que lera o relatório naquela mesma semana, embora fosse mais provável que tivesse adormecido durante o processo. Ainda assim, os números lhe escapavam. Sentia que todos os momentos do seu dia eram dedicados a se manter informada, mas nunca parecia ser o bastante. Os outros ministros e o imperador acompanhavam o desfile interminável de notícias e números com facilidade. Mesmo Shang, que sempre preferira os campos de treinamento às salas de conselho, fez perguntas astutas.

— Os produtores de cereais vão conseguir arcar com o aumento nos impostos? — quis saber Mulan.

O ministro a observou, intrigado.

— A carga tributária estimada está no terceiro gráfico do meu relatório.

— Verdade, tem razão — respondeu Mulan. — Peço que me desculpe.

— Vossa Alteza vai pegar o jeito com o tempo — disse o homem, mas não pareceu muito sincero.

Aquelas semanas deveriam ser um período de treinamento para Mulan, uma forma de conhecer as nuances da vida no palácio e se preparar para assumir o trono depois da morte do imperador. Às vezes, porém, parecia uma espécie de teste, no qual ela sentia que ia de mal a pior. Estava ali havia quanto tempo? Quatro semanas? Cinco? A cada dia que passava, parecia saber menos, não mais.

Shang se aproximou da mesa diante do imperador e apontou para um pergaminho pousado sobre o tampo. Ao receber a anuência do líder do império, o general apanhou o relatório e entregou a Mulan. Ela avaliou os números, enfileirados no papel como pequenos soldados.

— Pelo jeito, se houver um aumento nos impostos, cinco por cento dos produtores terão dificuldade em sustentar a própria família.

— Os dados parecem mais catastróficos do que realmente são — argumentou o ministro Kin. — Além do mais, camponeses são engenhosos.

— Engenhosos? — repetiu Mulan. — Por acaso vão descobrir um jeito de se alimentar com raízes de árvores?

O ministro esboçou um sorriso pesaroso.

— Vossa Alteza tem um senso de humor muito apurado. Mas posso garantir...

O imperador tamborilou os dedos na mesa.

— Concordo com a princesa herdeira. Não há necessidade de sobrecarregar indevidamente o povo — declarou. — Se for o caso, podemos adiar as melhorias nas estradas até o próximo ano.

O sorriso do ministro Kin endureceu, mas ele fez uma reverência.

— Como preferir, Majestade.

— General Shang — continuou o imperador. — Por favor, nos informe sobre os progressos nos treinos e recrutamentos.

Shang se curvou em respeito.

— Houve uma queda nos alistamentos este ano, mas os recrutas seguem conforme o planejado. As novas tropas completaram o treinamento básico e serão designadas para postos avançados dentro de duas semanas.

— Para onde pretende enviar as tropas? — perguntou Mulan.

Ao menos conseguia acompanhar os relatórios de Shang. O nome e a localização dos postos avançados lhe eram familiares, bem como sua importância tática.

— Enviarei quinhentos homens para cada destacamento relevante nas províncias e nas fronteiras.

— Menos do que temos enviado nos últimos anos — avaliou o imperador.

— Sim, Majestade. Eu gostaria de enviar mais soldados, especialmente para o norte. Há boatos de um novo líder ganhando força entre os hunos, mas um recrutamento militar não parece sensato na ausência de qualquer ameaça sólida.

— Acha que eles poderiam organizar um novo ataque? — questionou o imperador.

— Não tão cedo — respondeu Shang. — Mas estão nos vigiando, tal como nós continuamos a observar seus esforços. Se sentirem uma fraqueza, podem muito bem decidir atacar.

Mulan se perguntou se coroar uma imperatriz seria visto como um sinal de fraqueza.

— Já conversou com os líderes de cada província? — perguntou. — Se houver regiões bem protegidas pelos guerreiros locais, você poderia desviar as tropas imperiais para a fronteira.

Shang assentiu devagar.

— É uma ótima ideia, Alteza — elogiou o general, com um sorriso que elevou os ânimos de Mulan. — Vou enviar mensageiros hoje mesmo.

— Certo. Então está decidido. Podemos dar a reunião por encerrada — determinou o imperador. — Mulan e eu continuaremos a conversa nos meus aposentos.

Os ministros se curvaram mais uma vez e começaram a se afastar. Shang foi o primeiro a ir embora, como era seu costume naqueles dias.

Um servo se aproximou, de cabeça baixa, e estendeu uma bandeja laqueada na direção de Mulan.

— Uma carta de seus pais, Alteza. Pediu que lhe entregássemos assim que chegasse.

Mulan agarrou a carta de imediato, ligeira como um ganso a ciscar migalhas no chão. A pressa era tanta que ela quase rasgou o papel ao abrir o lacre de cera. Fazia semanas que esperava por aquela resposta. Depois de ter sido anunciada como a nova sucessora do imperador, Mulan escrevera para contar a novidade aos pais, além de convidar os dois para irem morar com ela no palácio.

Querida filha. Bastou ver a caligrafia elegante do pai para ela se encher de ânimo. *Nem em nossos sonhos mais delirantes poderíamos conceber tamanha honra. Os céus sorriem para nossa família. Temos deveres que nos mantêm aqui na aldeia, mas esperamos visitar a capital em breve.*

— Notícias dos seus pais? — perguntou o imperador.

— Sim, Majestade.

Mulan se virou e fingiu esquadrinhar o cômodo em busca de seus pertences enquanto tentava esconder a decepção. Sabia que os pais tinham responsabilidades e obrigações, que não podiam simplesmente fazer as malas e ir embora, mas uma parte dela tinha se permitido nutrir tal esperança.

Uma criada segurou o imperador pelo braço e o ajudou a se levantar da cadeira. Mulan percebeu o esforço que ele despendeu em tal gesto. Avançou com dificuldade, e mesmo a curta caminhada até a porta pareceu deixar o homem sem fôlego. Era mais do que o cansaço habitual da velhice. O imperador estava doente, embora nunca tocasse no assunto.

— O que achou das reuniões de hoje? — quis saber ele.

Mulan o amparou de um lado enquanto a criada lhe segurava o braço do outro. Dava para sentir os ossos do imperador através das mangas pesadas do traje.

— Ainda é muita coisa para assimilar — admitiu ela —, mas estou começando a entender melhor os relatórios.

Enfim chegaram aos aposentos imperiais, onde se sentaram enquanto mais criadas traziam uma refeição leve composta de bolinhos e brotos de feijão refogados. Os bolinhos estavam tão suculentos que Mulan usou uma colher para apanhar o caldo que escorria a cada mordida.

O imperador ficou em silêncio quando começaram a comer, e Mulan soube que deveria esperar. Ao longo das últimas semanas, passara a entender melhor a personalidade e a história do imperador, bem como seus trejeitos. Sabia que ele estava perdido em pensamentos, então lhe deu o tempo de que precisava. Os dois almoçavam juntos todos os dias. O imperador não parecia ter definido um cronograma, e muitas vezes dizia apenas o que lhe vinha à cabeça.

— A senhorita está testemunhando em primeira mão as dificuldades de governar um país — comentou ele. — Reuniões de conselho. Cálculos de impostos. Coisas bem menos glamorosas do que sentar no trono e ser bajulado pelo povo. Muitos querem governar. Muitos querem ter poder, mas poucos percebem os sacrifícios por trás.

Mulan pensou em Shang, que parecia distante desde o dia da nomeação. Apesar de ela nunca ter desejado o poder, ainda assim o recebera.

— Sei que não quer o poder — declarou o imperador, como se lesse a mente dela. — Essa é uma das razões pelas quais a escolhi como sucessora.

Dizia isso como se tal relutância fosse uma virtude rara, mas na verdade Mulan só queria ir para casa. Nunca se sentira tão incompetente, nem mesmo em seus primeiros dias no exército. Nunca se sentira tão sozinha.

O imperador tomou um longo gole de chá antes de continuar.

— Um governante não pode agir como bem entender. Os céus nos vigiam. Os deuses concedem ou tomam poder. Se o imperador for um bom governante, eles recompensam a nação com colheitas fartas e prosperidade. Mas um mau governante perderá o Mandato do Céu. Verá seu reino ser assolado por desgraças: guerras, terremotos, fome, inundações, avisos escritos nas estrelas.

Mulan tentou recordar se alguma desgraça ocorrera durante o reinado do imperador.

— Os deuses parecem aprovar seu governo.

— Não enviaram terremotos nem fome, e nos deram uma heroína para nos salvar dos hunos — concordou ele. — Embora eu não tenha a ousadia de reivindicar a aprovação dos deuses, arrisco-me a dizer que ao menos não me desaprovam. Mas nem sempre foi assim. E houve muitos sacrifícios nessa jornada, não só da minha parte, mas daqueles ao meu redor. Sabia que não nasci da imperatriz? Ela nunca chegou a ter filhos, e eu era o primogênito das concubinas do meu pai. Por isso, fui tirado da minha mãe para ser criado pela imperatriz.

Fez uma pausa, depois retomou:

— Eu nunca quis ser imperador. Sempre fui estudioso, desde muito jovem, e não desejava outra coisa senão ficar a sós com meus livros. Mesmo depois da coroação, ignorei minhas responsabilidades e colhi as consequências de tal negligência. A decisão de um governante pode destruir inúmeras vidas. Até mesmo a inércia pode matar milhares. Aprendi isso nos meus primeiros anos de governo.

Mulan não entendeu qual era o significado daquelas palavras, e uma parte dela não queria saber.

— À medida que fui envelhecendo, aprendi a arcar com minhas responsabilidades. Apesar de não ter gostado no início, acabei por entender que meu trono não era a prisão que pensei que fosse ser. Percebi que não precisava esquecer os acadêmicos e filósofos que tanto me fascinavam na juventude. Eu poderia usar a inteligência desses sábios para conduzir meu reinado.

A voz do imperador se tornou mais branda.

— Mesmo assim, tive que abdicar de certas coisas. Quando era apenas um rapaz, apaixonei-me pela filha do alfaiate imperial. Mas imperadores não podiam se casar com filhas de alfaiates. Naquela época, havia uma inquietação política nas províncias ocidentais. Os governadores da região não me aceitavam como imperador. Eu precisava que viessem para o nosso lado, e casar com a filha de algum deles era a forma mais certeira de atingir meu objetivo. Às vezes, um líder tem que abrir mão dos próprios sonhos e desejos pelo bem da nação, entende?

O imperador a estudou com atenção, e por mais que Mulan quisesse desviar o olhar, não conseguiu. Nos olhos dele, viu décadas de responsabilidade, alegria, sacrifício e dor. E sentia que o próprio imperador também via todos os sofrimentos dela, todos os apegos. Ele sabia exatamente do que lhe pedia para desistir.

Mulan pressionou as mãos contra a mesa para impedir que tremessem.

— Entendo.

O imperador assentiu, e um leve sorriso apareceu por baixo do bigode.

— Eu sabia que entenderia. Essa é outra razão pela qual a escolhi.

Mulan percebeu que Shang não esperava receber visitas naquela noite. Tinha trocado a armadura cerimonial por um simples manto azul que pendia solto de seu corpo musculoso. Assim que a porta foi aberta, ela entrou apressada nos aposentos, deixando-o com uma expressão confusa na soleira.

— Mulan?

— Não posso fazer isso — disse ela, erguendo as mãos. — Não posso ser imperatriz.

Shang fechou a porta e lançou-lhe um olhar de reprovação, que ela retribuiu com ar de desafio, antes de cruzar o quarto e alcançar a janela. Depois espiou através da treliça, de um ângulo e de outro, sondando os arredores. Mulan sabia que deveria estar arrependida por causar tanta preocupação, mas o rancor era maior do que a culpa. Estava cansada de manter as aparências. Cansada de esconder o que sentia.

Os aposentos eram meticulosamente arrumados. Na sala de estar, havia uma mesinha baixa cercada por esteiras de palha. Através da porta, Mulan podia ver a cama de estrado com cobertores dobrados na ponta. Por um instante, ela se perguntou como seria viver ali. Guardar os sapatos ao lado dos dele junto à porta, acordar todos os dias e dar de cara com Shang. E depois tratou de afastar o pensamento, porque doía demais.

Shang recuou da janela.

— O que aconteceu?

— Não posso fazer isso — repetiu Mulan, com a voz trêmula. — Nunca pedi para ser imperatriz. Tudo o que eu queria era levar uma vida tranquila na minha aldeia. Não quero abrir mão da minha família. Não quero abrir mão de...

Ela se deteve antes de dizer "você", mas algo se acendeu nos olhos de Shang. Uma pontada de desejo, uma pontada de dor, e por fim um minúsculo vislumbre de esperança.

— Você está mesmo cogitando desistir, não está? — perguntou ele com delicadeza.

— É a minha vida, Shang. O resto da minha vida.

Shang sacudiu a cabeça, como se tentasse clarear os pensamentos.

— Pretende recusar a oferta do imperador? Renunciar a tudo isso?

— Por que seria assim tão absurdo?

As palavras soaram estridentes aos ouvidos dela. Shang massageou as têmporas. Sentou-se em uma cadeira, mas logo ficou de pé e começou a andar em círculos pelo cômodo, como um leão enjaulado.

— Quem assumiria o trono? — perguntou ele por fim.

— Deve existir outra opção. Um dos ministros. Não é possível que eu seja a única pessoa qualificada.

Mulan viu uma miríade de emoções cruzar o rosto de Shang: tentação, dúvida, cautela, determinação.

— Diga alguma coisa, Shang — implorou ela.

Ele tornou a se sentar. Afundou o rosto nas mãos, com a testa franzida. Cada segundo sem resposta a enchia de agonia, mas Shang era daquele jeito. Sempre deliberado. Sempre cuidadoso. Finalmente, ele encontrou seu olhar.

— Não posso ajudar você com essa decisão. Meus próprios interesses egoístas são fortes demais. Mas se isso lhe causa tanta angústia, precisa conversar com o imperador.

Mulan engoliu em seco.

— Sei que devo. Não sei o que vou dizer, mas é necessário.

Mulan não jantou com a corte naquela noite, alegando estar muito cansada. Em vez disso, pediu a Ting que levasse uma refeição aos seus aposentos. Os sete pratos permaneceram intocados na mesa enquanto ela andava em círculos pelo cômodo.

Recusar o cargo de imperatriz seria o mesmo que abandonar seu dever? Conseguiria mesmo desistir de tudo? Na mesinha estava a carta que recebera dos pais. O que os dois pensariam se ela simplesmente voltasse para casa? Mas ao lado dos pensamentos sobre o dever vinha a raiva. Já não havia se sacrificado o suficiente por sua nação? Imaginou a vida que a aguardava caso se tornasse imperatriz. Anos intermináveis de intrigas na corte e relatórios incompreensíveis. Viver sob a constante vigilância dos céus, com milhares de vidas afetadas por cada decisão que tomava.

E teria que enfrentar tudo isso sozinha. Ou, na melhor das hipóteses, com uma aliança política, um príncipe estrangeiro que ela poderia aprender a respeitar com o tempo, mas a quem jamais amaria.

O imperador devia ter outros candidatos. Talvez Mulan pudesse lhe perguntar quem eram, convencê-lo de que algum deles seria a melhor escolha. Ele ficaria decepcionado, claro, mas seria mesmo sensato ter uma governante que não queria governar?

Mas o imperador também nunca desejou governar. Apesar disso, aceitou seu dever e trouxe prosperidade à nossa nação.

Mulan afastou esses pensamentos. O imperador, ao contrário dela, nascera para a vida na corte. Torná-la sucessora era uma decisão, no mínimo, arbitrária. Sabia que precisava dizer alguma coisa o quanto antes, enquanto o imperador ainda tinha tempo para treinar um novo candidato.

A noite não lhe trouxe muito descanso. Na manhã seguinte, Shang bateu à porta logo cedo. Mulan, com os olhos inchados de cansaço, afastou-se da soleira em silêncio para lhe dar passagem. O rosto dele trazia uma expressão solene, as olheiras fundas como um indício de outra noite maldormida. Quando Shang fechou a porta atrás de si, Mulan se deu conta de sua proximidade, da distância entre os dois, dos poucos passos que os separavam.

— Pretende conversar com o imperador? — perguntou ele.

— Tenho uma audiência daqui a uma hora.

Shang assentiu e ela viu a esperança inundar suas feições, sonhos que ele cuidadosamente reprimira por tanto tempo. Mulan admirou os contornos do seu rosto, permitindo-se olhar mais de perto do que se atrevera naquelas semanas. Viu os olhos escuros e expressivos, a curva dos lábios. Ainda poderiam ter a vida a dois que tanto queriam?

Mulan estendeu a mão e apertou o braço dele.

— Shang…

Ele amoleceu ao toque e, após uma breve hesitação, puxou-a para mais perto, os dedos fechados com delicadeza em sua omoplata.

— Espero que…

Mas Shang se interrompeu, como se tivesse medo de colocar aquilo em palavras, embora seus olhos transmitissem o que não conseguia dizer em voz alta. O calor irradiava de sua pele, que cheirava a sabonete.

Uma batida frenética soou na porta. A mão de Shang deu-lhe um breve aperto nas costas e depois os dois se afastaram com relutância. Trocaram um olhar apreensivo, e então Mulan se encaminhou até lá.

Do outro lado havia um eunuco agitado, um dos servos pessoais do imperador.

— Vossa Alteza... — começou a dizer.

Estava com os olhos tão arregalados que era possível ver a parte branca acima e abaixo da íris. Uma camada de suor encharcava sua testa. O criado sempre se portara com o máximo de compostura, mas naquela ocasião tremia tanto que as fitas de seu futou balançavam de um lado ao outro.

— O que aconteceu? — perguntou Mulan.

— É sobre o imperador.

Com uma pontada de pânico, chegou a pensar que o imperador havia descoberto seus planos de renunciar ao trono.

— Eu tenho uma audiência com ele daqui a uma hora. Por acaso...

— A audiência foi cancelada — declarou o eunuco, depois respirou fundo. — O imperador está à beira da morte.

CAPÍTULO SEIS

Shang e Mulan se entreolharam com perplexidade.

— O que aconteceu? — ela enfim conseguiu perguntar.

— O imperador se queixou de dores no peito logo após o desjejum — respondeu o eunuco em um fiapo de voz. — E em seguida desabou no chão.

— Posso fazer uma visita?

— Cabe ao médico decidir. Se quiser, pode me acompanhar e esperar que ele termine de examinar o imperador.

O palácio parecia estranhamente quieto conforme Mulan e Shang se dirigiam apressados aos aposentos imperiais. Criados cuidavam de seus afazeres. Jardineiros arrancavam folhas de lótus do laguinho. Mulan percebeu uma ligeira tensão na postura dos guardas na porta do imperador, mas talvez fosse só impressão. Era estranho como tudo continuava igual, mesmo quando a história estava prestes a ser reescrita logo ali, a poucos passos de distância.

Quando Mulan e Shang chegaram, já havia dois ministros na antessala do imperador. Wei, ministro da justiça, estava parado em um dos cantos, seu corpanzil imenso como uma sombra ameaçadora para os criados que passavam. O ministro Huang, da administração de funcionários, andava pelo cômodo com passos ligeiros, repuxando o bigode ralo. Nenhum deles pareceu notar a chegada dos dois. Passado um tempo, os três outros ministros se juntaram aos restantes.

A porta do quarto do imperador estava fechada, mas dava para ouvir o vaivém de passos lá dentro. Mulan e os ministros continuaram vigilantes, sem dizer nada. Parecia que qualquer movimento súbito ou declaração imprópria poderia, de alguma forma, atrair o infortúnio.

De repente, a porta se abriu. O médico real apareceu, com a testa coberta de suor.

— O imperador está acordado, mas nada bem — declarou. — E gostaria de falar com Mulan.

Ela nunca sentira olhares tão ferozes quanto aqueles que lhes perfuraram as costas enquanto seguia o médico até os aposentos do imperador. Mal sabiam eles do discurso que ela passara a noite ensaiando. Era impressionante como tudo podia mudar em um piscar de olhos.

O imperador jazia na cama, apoiado em travesseiros vermelhos e dourados. Apesar de terem se visto no dia anterior, o homem parecia mais magro, mais emaciado do que antes. A pele do rosto adquirira um tom cinzento. Era terrível ver o homem que ela tanto conhecia e respeitava se transformar naquele ser abatido.

Se ele morrer assim, ficarei presa ao trono. Renunciar significaria guerra civil. Assim que o pensamento lhe cruzou a cabeça, Mulan foi dominada pela culpa.

— Majestade.

Ele se virou ao ouvir a voz, estreitando os olhos para enxergar as feições de Mulan. A impressão era de que o imperador juntava os pedaços dispersos dela em uma imagem que só ele conseguia ver.

— Imaginei que algo assim fosse acontecer — confessou o homem. — Mas não tão cedo. Talvez a senhorita tenha que assumir o trono bem antes do esperado.

Parecia que um único movimento repentino o faria escorregar dos travesseiros.

— Não diga essas coisas, Majestade. É um homem forte e tem um médico habilidoso.

Os olhos do imperador cintilaram diante da mentira descarada.

— Sei que está com medo.

— Estou mesmo, Majestade.

Ao menos isso era verdade.

— De quê?

Mulan hesitou, com todas as palavras ensaiadas a rodopiar na sua mente. Mas não podia expressar suas dúvidas. Não naquela situação.

— Tem medo de não estar à altura do cargo — adivinhou o imperador.

— Isso.

Sabia que não estava à altura o cargo.

O imperador respirou fundo, puxando o ar lentamente.

— Nem todos os governantes acreditam que não estão à altura do cargo, mas todos deveriam. Se não se sente apta a assumir o trono, é sinal de que compreende a magnitude da responsabilidade que recai sobre seus ombros. Isso é bom.

Mas e se eu não conseguir arcar com tanta responsabilidade? E se não conseguir pagar o preço?

O imperador estendeu o braço trêmulo. A mão pairou brevemente no ar antes de Mulan a envolver entre seus dedos.

— Partirei deste mundo livre de preocupações quanto ao futuro da China. Sei que o reino estará em boas mãos. A senhorita tem o Mandato do Céu. Seu reinado será lembrado como um período de prosperidade em nossa história.

Mulan não tinha escapatória.

A porta se abriu com um rangido.

— Deveria descansar, Majestade — aconselhou o médico.

O imperador apertou a mão de Mulan uma última vez antes de a soltar.

Quando ela saiu pela porta, Shang encontrou seu olhar. Mulan se limitou a negar com a cabeça. Mesmo que os ministros não estivessem ali, ela não teria sido capaz de explicar o que acabara de acontecer no quarto do imperador, tudo o que estava por vir e a jaula que de repente se fechara à sua volta. E ainda assim, Shang parecia entender. Ficou de cabeça baixa quando Mulan se sentou ao seu lado.

O silêncio se prolongou. Mais uma vez, o médico emergiu do quarto.

— O imperador adormeceu. Talvez não volte a acordar.

Minutos se transformaram em horas. A vigília continuou na sala de estar. Liu, ministro dos ritos, acendeu incensos e ofereceu libações aos ancestrais do imperador. O dia deu lugar à noite. O médico ia e vinha entre o leito do imperador e o cômodo onde todos esperavam, embora nunca voltasse com notícias. Criados serviam água e comida. Mulan permaneceu em jejum e bebeu apenas água suficiente para molhar a garganta.

Antes de ter retornado à Cidade Imperial, sempre tinha visto o imperador como um deus, uma entidade viva e acessível que a presenteara com honras militares, mas não deixava de ser alguém distante e poderoso. Ao longo daquelas últimas semanas, ela tinha ouvido as histórias e os tormentos do imperador. Familiarizara-se com seu jeito de pensar, com as coisas que valorizava, com as decisões de que se arrependia. Sabia que ele era uma boa pessoa.

A noite avançou. As velas queimaram até o toco. Mulan perdeu a noção do tempo em meio ao vaivém dos criados e ao acender e apagar dos incensos.

Quando o céu começou a ficar cinza, o médico apareceu mais uma vez. A princípio nada disse, apenas se manteve imóvel. Mulan soube, pela expressão em seu rosto, o que estava prestes a falar.

— O imperador partiu para o reino seguinte.

Era como se o coração dela tivesse virado chumbo. Mulan se voltou para Shang, que a encarou com um olhar vazio. Fazia poucas horas que os dois haviam se permitido ter esperança, mas o momento parecia pertencer a uma outra vida.

Shang se levantou e avançou com um ar pesaroso terrível de se ver, mas impossível de ignorar, a expressão dura feito pedra. Mulan observou, com o coração na garganta, quando ele se virou e a encarou deliberadamente. Depois caiu de joelhos e encostou a testa no chão.

— Viva a imperatriz Mulan.

— Shang…

Mulan se pôs de pé, atordoada. A realidade do momento se abateu sobre ela, prendendo-a no lugar.

— Viva a imperatriz Mulan — ecoou o médico real, e também se ajoelhou.

E então os criados se curvaram um a um. Depois o eunuco-chefe. Uma criada largou o bule de chá e se ajoelhou. Mais três eunucos à porta a saudaram em uníssono.

Os ministros continuavam em seus lugares. Mulan viu a fúria desenfreada no semblante do ministro Wei e o desprezo nos lábios franzidos do ministro Fang. O perigo se insinuou junto ao choque, a sensação de uma lança apontada para suas costas, um arqueiro escondido entre as árvores.

Liu, ministro dos ritos, se levantou. Fitou os companheiros com severidade antes de dirigir um olhar bondoso a Mulan, observando-a de longe. Depois, ajoelhou-se lentamente no chão.

— Viva a imperatriz Mulan — declarou com sua vozinha fina.

O gesto de Liu pareceu incitar a mudança nos outros. Um a um, os ministros Fang, Huang e Kin se curvaram em reverência. Apenas Wei, ministro da justiça, permaneceu impassível com sua presença imponente, aterrorizante em sua fúria. De canto de olho, Mulan viu Shang erguer a cabeça. A ameaça estampada nos olhos do general era palpável, assim como o ar desafiador no semblante de Wei.

Mas de repente o ministro da justiça desviou o olhar e se virou para Mulan.

— Viva a imperatriz Mulan.

E então ele caiu de joelhos e se curvou, de modo que Mulan era a única no cômodo a permanecer de pé.

CAPÍTULO SETE

Na manhã seguinte, Mulan acordou com a pior dor de cabeça de sua vida. O sol brilhava lá fora, já avançado no céu. O travesseiro estava encharcado, mas ela não sabia se por conta das lágrimas ou do suor.

O imperador tinha mesmo partido?

As criadas haviam deixado uma tina com água no canto, onde ela lavou o rosto. Por que ninguém a acordara? Havia tarefas a cumprir, planos a fazer. Teria que se dirigir ao povo, contar o que havia acontecido. E depois disso... Não queria nem pensar.

Mulan se vestiu depressa e abriu a porta, assustando Ting. A jovem estava do lado de fora, com o rosto manchado de lágrimas.

— Então já ouviu as notícias sobre o imperador — concluiu Mulan.

Ting fez um esforço valente para conter o choro, mas isso só fez com que seus lábios tremessem ainda mais. Ela assentiu com a cabeça, fungando.

Uma grande parte de Mulan desejava seguir o exemplo da criada e desabar, mas não podia se dar a esse luxo.

— Aconteceu mais alguma coisa?

— Não que eu saiba, Majestade, mas estive aqui toda a manhã.

Ting a chamara de "Majestade" em vez de "Alteza". Era muita coisa para assimilar de repente.

— Pode me trazer comida e algumas folhas de papel?

A criada fez uma reverência, mas, em vez de ir embora, apenas se remexeu no lugar, como se quisesse dizer alguma coisa.

— Estou contente em ter a senhorita como imperatriz — enfim declarou, em tom apressado, antes de correr para longe.

Mulan a observou se afastar, deixando a tristeza, a incerteza e a devoção inesperada da criada a dominarem antes de se livrar do sentimento. As palavras de Ting, apesar de reconfortantes, não aplacavam a tempestade de inquietude em sua mente. A princípio, Mulan cogitou esperar ali até que a criada retornasse, mas parecia-lhe muito doloroso ficar sozinha. Precisava sair do quarto. Ver com os próprios olhos que o sol ainda brilhava no céu, como fazia todos os dias. E se não fosse o caso? Bem, então também teria que descobrir.

Conforme avançava pelo corredor, pensou no que faria em seguida. Primeiro teria que se reunir com os ministros para discutir os planos. Qual era a questão mais urgente? O funeral do imperador?

A porta da sala do conselho estava fechada, o que era estranho, pois normalmente era deixada aberta, a menos que os ministros estivessem reunidos lá dentro. Uma voz familiar atravessou a porta quando ela passou, fazendo-a diminuir o ritmo. Estendeu a mão para a maçaneta e levou um susto quando um criado anunciou o nome dela em alto e bom som.

A porta foi escancarada e revelou todos os ministros de Mulan, com exceção de Shang, reunidos ao redor da mesa do imperador. Eles se endireitaram quando a viram ali.

— Vossa Alteza — saudou o ministro Huang, com uma expressão plácida no rosto redondo.

Mulan olhou de um ministro para o outro, com um arrepio de desconforto na nuca.

— Por que estão reunidos aqui?

— Viemos apenas debater algumas questões sem importância.

O ministro Huang ainda a chamava de "Vossa Alteza". Embora não estivesse errado, uma vez que ela ainda não havia sido oficialmente coroada, a escolha parecia ocultar algo a mais. Mulan se aproximou para inspecionar os documentos em cima da mesa.

— Os senhores estão tratando dos impostos sobre os cereais — percebeu ela.

Soou como uma acusação, e assim pareceu.

— Foi só uma mera conversa — defendeu-se o ministro Kin, baixando os olhos antes de tirar um lenço do bolso. — Não queríamos incomodar a senhorita com um assunto tão pequeno.

— Achei que tínhamos decidido não aumentar as taxas — insistiu Mulan. — Para não prejudicar os agricultores.

— Nossas circunstâncias mudaram desde então — rebateu o ministro Kin. Depois assoou o nariz, dando a Mulan um momento para refletir sobre o significado daquelas palavras. — A coroação de um novo imperador e a garantia de uma transição tranquila sempre sobrecarregam o tesouro.

O ministro Fang bateu um leque dobrado na palma da mão.

— Em tempos assim, às vezes é necessário deixar nossos ideais de lado e nos curvar perante a realidade. Vossa Majestade entenderá isso à medida que for ganhando experiência e sabedoria.

Mulan sentiu o rosto corar. No passado, as alusões à sua inexperiência a teriam feito duvidar de si mesma, mas as tentativas descaradas dos ministros de contornar sua autoridade a instigaram a se manter firme.

— Se quiserem discutir os impostos, podemos retomar o assunto mais tarde, quando eu estiver presente desde o início. De agora em diante, quero ser informada de todas as reuniões do conselho.

O ministro Kin fez uma reverência.

— Claro, Majestade. Peço que nos perdoe.

Mas ele não pareceu nem um pouco arrependido.

Mulan respirou fundo e teve que reunir todas as suas forças para não ser dominada pela raiva. Não fazia nem um dia desde a morte do imperador e os ministros já tentavam assumir as rédeas da situação.

Liu, ministro dos ritos, também se pronunciou. Era o mais velho dos conselheiros, um sujeito grisalho e encurvado.

— Faço das desculpas do ministro Kin as minhas — disse ele em um tom mais sincero. — É bom que Vossa Majestade esteja aqui, pois temos que planejar o funeral do imperador. O astrólogo do palácio escolheu um dia auspicioso na próxima semana.

— E também há a questão do sacrifício — interrompeu o ministro Fang.

— O sacrifício em nome do antigo imperador?

Mulan tinha lido sobre o assunto. Sabia que o sacrifício deveria ser realizado no túmulo, mas não se lembrava de outros detalhes.

— Isso mesmo — respondeu o ministro Liu, assentindo em sinal de aprovação.

— E qual é o problema? — perguntou ela, cautelosa.

O olhar apreensivo do ministro dos ritos se alternou entre Mulan e o ministro Fang.

— Saber quem vai fazer a oferenda.

— Não é sempre a próxima pessoa a ascender ao trono? — questionou Mulan.

Os ministros se entreolharam.

— No passado, sempre foi realizada por um imperador — explicou o ministro Fang, e fez questão de enfatizar a última palavra.

Dessa vez, Mulan não se deu ao trabalho de esconder a raiva.

— Eu sou a próxima governante da China.

— Seria algo inédito ter a oferenda feita por uma mulher — declarou Wei, o corpulento ministro da justiça. — É difícil saber como os deuses reagiriam.

Como se o beligerante ministro Wei nem sequer se importasse com a opinião dos deuses.

— Quando o antigo imperador me escolheu como sucessora — continuou Mulan —, queria que eu assumisse todos os deveres de um governante.

— Os aspectos práticos do dia a dia do governo, sem dúvida — intrometeu-se o ministro Huang, com um sorrisinho arrogante. — Mas quanto a um sacrifício simbólico perante os deuses, certamente…

Mas essa era a questão. Símbolos eram importantes. Aquela seria a primeira vez que o povo a veria cumprir os deveres de um imperador. O gesto teria uma importância tremenda, e era justamente por isso que os ministros não queriam a participação dela na cerimônia. Com um aperto no peito, Mulan percebeu que não tinha aliados naquele cômodo. Não era coincidência que Shang não estivesse ali.

— Eu farei a oferenda — determinou Mulan.

Por um longo momento, ninguém respondeu. Ela se perguntou se os ministros teriam coragem de contrariar uma decisão direta.

De repente, o ministro dos ritos limpou a garganta.

— A imperatriz tem razão — disse, e a voz dele soou ainda mais delicada após aquele debate acalorado. — Devemos honrar os desejos do antigo imperador. Os deuses certamente ficarão satisfeitos com o desejo honesto da imperatriz Mulan de cumprir todos os deveres de um governante.

Mulan o encarou, boquiaberta. Depois de ter passado os últimos minutos se preparando para uma discussão, ficou um tanto atordoada diante daquelas palavras amigáveis.

— Obrigada — agradeceu ela, por fim.

O ministro Liu se curvou em reverência.

— Estou às suas ordens, Majestade.

O clima amanheceu sombrio naquele dia, como convinha a um funeral. As nuvens encobriram o sol, mas a chuva não atrapalhou o cortejo do imperador. Cidadãos enchiam as ruas, vestidos com o branco e preto do luto. Os lamentos sobrepunham-se aos cantos fúnebres, por vezes os abafando.

Os soldados de Shang carregavam o caixão e a tabuleta memorial recém-esculpida do imperador pelas ruas, e dez lanceiros os escoltavam. Mulan os seguia a cavalo, acompanhada dos familiares do falecido. As filhas do imperador haviam chegado à capital dois dias antes, e Mulan se juntara ao seu pranto.

Atrás da família real marchavam os criados que traziam todos os objetos de que o imperador poderia precisar em sua próxima vida: roupas, móveis, livros, potes de bronze e terrinas cheias de vinho e comida. Outros servos carregavam estatuetas de barro no formato de cavalos, ajudantes e soldados para o acompanharem no além. Todas seriam enterradas com o imperador.

O luto encobria a cidade. Placas coloridas foram cobertas por panos pretos. Cada vislumbre de vermelho e dourado estava escondido. Mulan contemplou as expressões pesarosas ao seu redor. Era estranho pensar que seria seu dever cuidar de todas aquelas pessoas. Será que também chorariam quando ela partisse?

A procissão saiu dos portões da cidade, arrastando-se por estradas que tinham sido reparadas às pressas para a ocasião, livres de imperfeições. Para Mulan, parecia que até as árvores à beira do caminho se curvavam perante o imperador. Finalmente, chegaram a um túmulo digno da realeza. Estátuas de animais e soldados vigiavam o caminho espiritual, enquanto estelas esculpidas com dragões e leões proclamavam os feitos do imperador. No fim da estradinha havia uma série de construções palacianas: aposentos, uma sala do trono e um jardim subterrâneo para o imperador desfrutar na próxima vida.

O maior edifício era o salão de sacrifícios, no qual Mulan entrou com os criados que carregavam as oferendas. Os sacerdotes acomodaram a vaca recém-abatida sobre o altar e Mulan acendeu a pira debaixo da estrutura, observando a fumaça que espiralava em direção às nuvens. O sacerdote entoou uma prece aos céus e Mulan recitou as palavras do ritual, convidando o espírito do imperador a fazer dos túmulos sua morada. O sacrifício parecia tão simples e reverente, tão incompatível com as discussões que o antecederam.

O sacerdote proferiu uma bênção e o cortejo seguiu para a câmara funerária subterrânea, onde o imperador foi sepultado sob um enorme túmulo. Shang e um batalhão de soldados imperiais deram início ao longo processo de cobrir a sepultura. Mulan observou a chuva de partículas enquanto o caixão lentamente sumia de vista, até que nada restasse do antigo imperador, exceto a terra que o cobria.

Vinte dias de luto foram decretados na Cidade Imperial. As músicas foram proibidas e as cores foram atenuadas. O próprio palácio recolheu suas estátuas e tapeçarias mais chamativas e as guardou para o ano seguinte. Mas, apesar dos atavios do luto, as burocracias do palácio avançavam como de costume. A coroação deveria acontecer em breve, e Mulan passava horas a fio a analisar os preparativos com o ministro dos ritos, desde os rituais até as roupas.

Com exceção de Shang, aquele era o ministro de que ela mais gostava. Tinha um comportamento gentil que a fazia pensar no antigo imperador, embora lhe faltasse o ar de autoridade. Liu não a tratava com a mesma condescendência dos outros ministros. No dia seguinte à morte do imperador, na verdade, ele a chamara de lado para se desculpar por seus colegas.

— Eles não estão habituados a aconselhar uma imperatriz, mas com o tempo vão cair em si. Tenho plena confiança no julgamento do antigo imperador.

Aquilo significara muito, em especial naqueles dias, quando Mulan temia que o próximo acontecimento, por menor que fosse, bastaria para condená-la à ruína.

Ainda havia tanto a fazer. O astrólogo do palácio fornecera uma lista de dias auspiciosos para a coroação, e ela escolheu o primeiro que caísse após o período de luto da cidade. Com a incerteza a respeito da sucessão do imperador, não seria sensato deixar o país tanto tempo sem um governante coroado. O alfaiate tirou-lhe as medidas para os trajes da coroação, o ministro das finanças apresentou o orçamento suntuoso para os festejos e o ministro das obras públicas compartilhou seus planos de remover os mendigos das ruas. Quando Mulan expressou seus desejos de reduzir os custos e deixar os pedintes em paz, seguiu-se uma discussão de uma hora até que os ministros enfim recuassem.

Em uma tarde tranquila, o ministro dos ritos lhe mostrou os trajes da cerimônia. Contava com um vestido dourado, sem mangas, e feito em seda brilhante. A capa, bordada em vermelho, azul e preto, tinha mangas boca de sino que pendiam até o chão. O conjunto era arrematado por um fino lenço azulado e sapatos de brocado macio, as pontas viradas para cima em formato de pássaros. Mulan pegou o vestido nas mãos. Era pesado, macio e suave. Já havia se habituado ao luxo depois de tantas semanas no palácio, mas a opulência dos trajes era impressionante.

— É lindo — comentou.

O ministro Liu fez uma reverência.

— Tem uma fênix bordada — continuou ela, analisando a estampa.

— Sim, Majestade. Esse é o símbolo tradicional de uma imperatriz.

— Achei que fosse ser um dragão.

Era o que o antigo imperador usava em suas vestes cerimoniais, além de ser o animal esculpido no trono e no teto da sala de audiências.

— O dragão representa o imperador. A fênix representa a imperatriz. Ambos são criaturas majestosas que inspiram grande autoridade.

Mulan deslizou os dedos pelo vestido. A fênix de fato era uma criatura tão nobre quanto o dragão. Como imperatriz, ela não pretendia abdicar dos adornos da feminilidade só para marcar sua posição. Algo nessa mudança não lhe cheirava bem, mas ela já havia travado batalhas demais. Precisava fazer concessões, ou nunca conseguiria a colaboração de seus ministros.

— Obrigada, ministro Liu. É uma obra de arte.

O homem se curvou outra vez.

— Vossa Majestade será uma visão e tanto para os céus.

Alguns dias antes da coroação, uma caravana de viajantes chegou à capital, vinda da aldeia de Mulan. Ao ouvir a notícia, ela largou a tigela de sopa pela metade e correu para o pátio de entrada do palácio, seguida por uma turba confusa de servos e criadas. Uma vez lá, ela se deteve e esquadrinhou os arredores, sentindo o coração acelerar quando avistou o grupo que atravessava o portão a cavalo.

As mulheres estavam ao lado de suas montarias, conversando entre si enquanto admiravam o palácio ao redor. Gritinhos de alegria irromperam quando, uma a uma, elas avistaram Mulan.

Liwen estava na ponta do grupo, dando instruções detalhadas a um azarado cavalariço. Mal teve tempo de se virar antes de ser abraçada por Mulan. Quando as duas colidiram, Liwen ajeitou a postura e enganchou a perna em sua canela. Braços conduziram a trajetória e, no momento seguinte, a herdeira do trono chinês se viu atirada sem cerimônias ao chão. Liwen desabou ao lado dela e as duas ficaram ali, rindo tanto que mal conseguiam respirar.

— Não sei se eu deveria ter feito isso — comentou Liwen, ofegante, ao ver a expressão atônita dos criados.

Mulan se levantou e espanou a poeira de seu vestido de seda de valor inestimável. Estava eufórica.

— Concederei o perdão se você for condenada à morte — respondeu, ajudando a outra a ficar de pé. — É bom ver você, minha amiga.

Depois Mulan seguiu pela fila, cumprimentando as mulheres uma a uma. Nem todas as guerreiras estavam ali, mas ainda eram muitas. Ruolan e Wenling, que tinham disparado gracinhas quando Shang visitara a aldeia, expressaram sua decepção com a ausência do general. Mulan ficou surpresa ao ver Zhonglin entre o grupo, sem saber se a jovem rebelde estaria ali por causa dela ou apenas para conhecer a Cidade Imperial.

— É você, Fu Ning? — perguntou Mulan, ao avistar alguém de muleta.

A garota abriu um sorriso largo para combinar com seus ombros fortes, depois apontou para a perna toda enfaixada.

— O médico disse que foi um milagre — contou ela. — Nem sinal de infecção, e parece estar se curando. Ele avisou que eu poderia fazer a viagem na caravana, e que talvez até consiga voltar a andar sem muleta um dia.

— Foi mesmo um milagre — concordou Mulan.

A notícia a encheu de alívio. Nem percebera o quanto ainda se sentia culpada pelo ferimento de Fu Ning. Enquanto passava de mulher em mulher, tentando ficar a par da vida de todas ao mesmo tempo, uma última carroça adentrou o pátio. A porta se abriu.

— Mãe! Pai!

Mulan correu outra vez, dispersando os lacaios e cavalariços em seu caminho. A mãe saiu primeiro, depois o pai, que desceu mais devagar, massageando o quadril machucado. Ela diminuiu o passo, invadida por uma pontada de culpa. Quem estaria tratando dos cavalos e dos porcos todas as manhãs em sua ausência?

A expressão dos pais, no entanto, não mostrava qualquer sinal de decepção. A mãe a puxou para mais perto e segurou seu rosto entre as mãos.

— Minha filha — disse ela, com a voz embargada de orgulho.

— Sentimos sua falta — confessou o pai, sorrindo como se tivesse encontrado um tesouro perdido havia anos.

Demorou um pouco para todos se situarem, mas por fim as guerreiras retiraram-se para os aposentos de hóspedes e Mulan conduziu os pais aos seus próprios aposentos. Ficou envergonhada quando cruzaram as grandes portas de madeira, ciente de que os cômodos, embora pequenos para os padrões do palácio, tinham o dobro do tamanho de sua casa na aldeia. Sentia-se como uma garotinha experimentando as roupas da mãe, sem perceber o comprimento exacerbado das mangas até ser pega no flagra.

— Sentem-se — pediu Mulan, apontando para as cadeiras. — Devem estar cansados da viagem.

Enquanto ela servia o chá, a mãe admirava a estampa azul delicada na lateral do bule.

— Imagine só, ter seu chá servido por uma imperatriz — comentou a mãe.

— Até as imperatrizes honram os próprios pais — respondeu Mulan. A calidez do chá se espalhou por ela, que enfim relaxou. O cômodo parecia mais abafado do que nunca. — Como andam as coisas lá em casa? Vai ficar tudo bem enquanto estiverem fora?

— Os Hong prometeram tomar conta do jardim e dos animais — explicou a mãe. — Fico preocupada com nossos crisântemos, mas eles estão em boas mãos. Mas, ora, temos coisas mais interessantes para discutir além do jardim. Conte-nos como você está.

Mulan ponderou sua resposta. Tinha dispensado as criadas e os guardas para que pudesse falar livremente, mas não sabia se queria preocupar os pais com seus problemas.

— Ocupada — disse, por fim. — Um pouco sobrecarregada, mas estou aprendendo.

O pai assentiu com a cabeça.

— Tenho certeza de que há muito para aprender, mas você vai conseguir. Você é o orgulho da China.

— Espero que sim. Na maior parte dos dias, sinto que é impossível assimilar todas as coisas que preciso aprender. Como vou liderar um reino sabendo tão pouco?

— Bem, nunca fui da realeza, mas já tive que arcar com grandes responsabilidades — contou a mãe. — Quando você nasceu, eu não fazia ideia de como cuidar de um bebê. Chorava quando você chorava e me sentia sobrecarregada a cada minuto do dia. Mas sua avó me disse: "O importante é amar sua filha. Se o seu amor for forte o bastante, você vai dar um jeito". Imagino que isso também se aplique aos governantes. O mais importante é amar a China e se importar com seu povo. Se fizer isso e ouvir os conselheiros, será capaz de enfrentar essa situação.

Mulan pensou nas discussões diárias com os ministros rebeldes e desejou que fosse assim tão fácil.

Foi o dia mais feliz que Mulan teve desde sua chegada à Cidade Imperial. Fez questão de mostrar o palácio para todos os interessados. Liwen estava particularmente empolgada para ver os campos de treinamento e seus vastos arsenais, e Mulan prometeu que as guerreiras poderiam praticar lá na manhã seguinte. À noite foi servido um banquete no salão nobre, com apresentações de acrobatas e cantores de ópera. Os cozinheiros se superaram no uso criativo de plantas nativas da aldeia de Mulan. Uma espécie folhosa, em geral consumida em refogados, foi picada e servida com ovos cozidos ao vapor, enquanto flores amarelas adornavam o arroz glutinoso. Todos se empanturraram além da conta.

Enquanto Mulan engolia mais uma garfada pegajosa de arroz, Liwen se aproximou e se acomodou ao seu lado. Era costume que a imperatriz fizesse a refeição longe dos convidados, mas Mulan insistiu em se misturar, indo de um lado ao outro do salão durante o banquete.

A amiga se afundou na cadeira com menos graça do que convinha ao seu traje elegante.

— Shang está no palácio? — perguntou.

— Está, sim.

Liwen apanhou um punhado de arroz no prato de Mulan, enfiou-o na boca e lambeu cuidadosamente os dedos.

— Ainda não o vi.

— Nós dois temos andado bem ocupados.

As sobrancelhas de Liwen eram mais eloquentes do que muitos membros da corte, e naquele momento acusavam Mulan de ser uma bela mentirosa.

— É complicado — explicou ela, ciente de como soava na defensiva.

Liwen franziu os lábios e a observou como se a comandante fosse uma armadura com defeito.

— Sabe que não precisa ser imperatriz se não quiser, não sabe?

O primeiro instinto de Mulan foi esquadrinhar o cômodo para ver se alguém tinha escutado. O segundo foi rir, embora tenha soado mais ríspida do que esperava.

— A Cidade Imperial não é um monastério. Não dá para simplesmente dar as costas e ir embora.

— Por que não? Deixe que se virem sozinhos. Eles podem muito bem cuidar da própria vida. — Liwen fez uma pausa, estudando o rosto de Mulan. — Mas você não fará isso, não é?

— As coisas já estavam tensas quando o imperador me escolheu como sucessora. Imagine o caos que seria se eu renunciasse. Todos os meus ministros querem governar. Não respeitariam minha escolha de sucessor. O país poderia ficar dividido.

Mulan meneou a cabeça, depois continuou:

— Prometi ao imperador que iria governar a China e cuidar do povo.

O sorriso de Liwen era uma mistura de angústia e afeição resignada.

— Já cheguei a contar por que atravessei a China atrás de você?

— Não, acho que não.

Estranho que não tivesse contado, dado o tempo que haviam passado juntas.

— Ouvi a história de como você se disfarçou de homem para se juntar ao exército e fiquei fascinada com tamanha rebeldia. Bem, eu mesma já tinha desistido de me portar como uma dama havia tempos, mas sua façanha foi muito além. — Ela bebeu um longo gole de vinho. — Depois que a encontrei, porém, eu me dei conta de que nunca conheci alguém que goste tanto de seguir regras quanto você.

Mulan não sabia se aquelas eram as melhores palavras para descrevê-la, mas entendia o que a amiga queria dizer. Ela era guiada por um forte senso de dever e responsabilidade. Não tinha sido a rebeldia que a incentivara a ir para o exército, mas o amor que nutria pelo pai. A sua recusa absoluta em condená-lo a uma morte sem sentido.

— Sinto muito por ter decepcionado você — rebateu ela com ironia.

Liwen limpou os dedos no cantinho do lenço da amiga.

— Ah, fazer o quê? Ninguém é perfeito. Mas, por falar nos seus ministros, vi um homem em trajes oficiais no mercado da cidade. Acho que faz parte do seu gabinete. Um sujeito pequeno com rosto redondo? Que se mexe de um lado para o outro enquanto fala?

Mulan a encarou na hora.

— Pela descrição, deve ser o ministro Huang. Ele cuida da administração de funcionários… Mas não é do tipo que sai para fazer as próprias compras.

— Ele não comprou nada. Estava sendo o centro das atenções, por falta de palavra melhor. Conversava com as pessoas, ouvia seus problemas e por aí vai.

— Entendo.

Apesar de a princípio não haver nada de errado na situação, o relato de Liwen fez o estômago de Mulan embrulhar. Os ministros eram livres para conversar com quem bem entendessem, mas não era do feitio de Huang se misturar com o povo por pura bondade.

— Ele falava sobre alguma coisa em particular?

Liwen torceu o nariz.

— Sobre tudo e qualquer coisa. Ele tem um comportamento dissimulado.

Por acaso era uma tentativa de conquistar as pessoas? De cair nas graças do povo?

— Não posso fazer muita coisa se ele está apenas passeando por lá.

Liwen suspirou.

— Subordinados impertinentes são uma baita dor de cabeça, não são?

Mulan seguiu o olhar da amiga até Zhonglin, que degustava a sobremesa em silêncio do lado oposto do salão. Embora houvesse outras mulheres na mesma mesa, a cadeira da jovem estava um tanto afastada das outras, de modo a não se juntar à conversa.

— Fiquei surpresa ao ver Zhonglin aqui — confessou Mulan.

— Ela é bem reservada — concordou Liwen. — Às vezes some no meio da floresta e chega atrasada para o treinamento.

Mulan a encarou com espanto. A subcomandante não era do tipo que tolerava atrasos. Liwen, porém, apenas a dispensou com um gesto da mão.

— Ah, ela já recebeu muita punição. De certa forma eu esperava que a viagem até aqui a ajudasse a se sentir parte do grupo. Ela seria acolhida pelas outras se ao menos se esforçasse um pouquinho.

Zhonglin se virou na direção das duas, com os grandes olhos brilhando à luz das velas. Mulan teve a impressão de que a garota sabia que estavam falando sobre ela.

O banquete se estendeu noite adentro. Quando Mulan enfim retornou aos seus aposentos, sentia que os olhos quase se fechavam por conta própria. Percebeu que uma pilha de pergaminhos tinha caído da prateleira e ficou tentada a deixar tudo no chão. Mas, como tinha pedido a Ting que a acordasse antes do raiar do dia, não queria que a criada tropeçasse ao entrar. Por isso, ela os recolheu e empilhou todos em cima da mesa. Um deles, que caíra aberto no chão, era um tratado filosófico sobre o ato de governar.

A autoridade do imperador foi concedida pela vontade do Céu. É dever do povo servi-lo conforme necessário. Da mesma forma, cabe ao imperador não sobrecarregar seus súditos com impostos elevados ou exigências de serviço.

Mulan enrolou o pergaminho, divertindo-se com a ideia de citar o tratado na próxima vez que discutisse os impostos sobre cereais com os ministros.

Ela adormeceu assim que se deitou na cama. Teve a impressão de que, no instante seguinte, Ting já estava ali para acordá-la e lhe oferecer os velhos trajes de treino. Apesar dos protestos incessantes do próprio corpo, Mulan se arrastou para a manhã fresca, surpresa com a rapidez com que recuperou os ânimos. O palácio estava mergulhado em silêncio. O sol despontava no horizonte. E a mera perspectiva de treinar com as amigas em vez de vestir os trajes cerimoniais e se reunir com os ministros trouxe uma leveza inegável ao seu caminhar.

A maior parte da tropa local treinava em um campo além das muralhas da cidade, mas o palácio oferecia uma alternativa para a nobreza e para os guardas que trabalhavam no complexo. Várias guerreiras de Mulan já estavam lá, ocupadas em fazer alongamentos, conversar e esfregar os olhos para afastar o sono.

Liwen atravessou o campo para cumprimentar a amiga. O cabelo pendia em duas tranças impecáveis que desciam até as costas, e a simplicidade do penteado dizia muito sobre o cansaço que devia ter sentido na noite anterior.

— A vida no palácio a deixou mais molenga, imperatriz — provocou ela, com um brilho de travessura no olhar. — Nunca imaginei que a comandante Mulan fosse ser a última a chegar para o treinamento.

— Nem tenho como negar.

Uma voz vinda de trás perguntou se a imperatriz ainda era capaz de segurar uma espada. Ao se virar, viu apenas Zhonglin, absorta nos alongamentos matinais. Mulan sentiu uma pontada de irritação, mas imaginava que demonstrar fosse justamente o que a recruta queria.

— Quer conduzir o treinamento? — perguntou Liwen.

— Talvez mais tarde. Antes, quero saber em que pé estão as coisas.

Mulan pensou ter visto um pouco de anseio na forma como Liwen correu na direção das guerreiras, dando ordens para que assumissem suas posições. Apesar de alguns protestos bem-humorados, as mulheres logo se colocaram em formação.

Liwen se postou diante do grupo e começou a coordenar os exercícios enquanto todas entravam em sincronia. Mesmo que só tivessem se passado algumas semanas, Mulan podia ver que os movimentos estavam mais precisos, mais ordenados. Elas se moviam como uma só, e dava para sentir a energia que circulava entre as guerreiras, a consciência que tinham umas das outras. Até mesmo o farfalhar das roupas a cada golpe estalava em uníssono. O coração de Mulan se aqueceu ao ver como pareciam competentes.

A primeira bateria de exercícios terminou e Liwen ordenou que descansassem. Todos os olhares se voltaram para Mulan. Quando ela sorriu, vinte pares de ombros se endireitaram.

— Todas vocês se saíram muito bem — elogiou a comandante. — Wenling, seus chutes estão bem mais fortes do que antes. Ruolan, está manejando o bastão com muito mais firmeza. E todas vocês se movimentam em sincronia, como uma equipe.

— Temos feito patrulhas regulares — contou Liwen. — Já tivemos três conflitos com bandidos, e em um deles até fizemos prisioneiros.

Vocês são verdadeiras guerreiras. Tenho muito orgulho de todas.

A disciplina as impedia de se mover sem permissão no campo de treino, mas todas pareciam radiantes. Foi um momento melancólico para Mulan, pois sabia o quanto aquelas mulheres haviam progredido e o quanto continuariam a evoluir longe dela.

Liwen bateu palmas.

— Muito bem, chega de ouvir elogios. Assumam as posições de batalha. Vamos, vamos, vamos!

As mulheres recuaram e depois voltaram a se reagrupar em grupos de dez. Algumas seguravam escudos, outras empunhavam lanças. Mulan se afastou do campo enquanto as diferentes equipes se revezavam nos ataques, e Liwen a seguiu. As duas assistiram ao treino lado a lado, em silêncio.

— Tenho treinado Ruolan nos últimos tempos — contou Liwen de repente.

— Sozinha?

Parecia algo estranho a se dizer, uma vez que a mulher treinava todas aquelas guerreiras.

— Para assumir meu lugar.

Apesar de direta e reta, a resposta foi dada em tom gentil.

E então Mulan entendeu: Liwen estava determinada a cumprir sua promessa de ir embora. Por mais que já soubesse disso, a notícia ainda doía.

— Para onde você vai? — perguntou.

— Ainda não tenho certeza. Vou ver para onde a estrada me leva.

Parte de Mulan queria saber mais sobre as motivações de Liwen, mas resistiu e ficou quieta. Não parecia ser a hora certa para perguntar.

— Vai me avisar antes de partir, não é?

— Claro — respondeu Liwen.

Seguiu-se um silêncio desconfortável, enquanto Mulan debatia se deveria dizer mais alguma coisa. E então Liwen correu para longe e foi se juntar às outras mulheres.

Enquanto a observava treinar as guerreiras, Mulan tentava digerir aquelas palavras. Não tinha o direito de culpar a amiga, já que ela mesma tinha sido a primeira a ir embora. E não era como se as duas fossem se encontrar com muita frequência, mesmo se Liwen mudasse de ideia. Ainda assim, a China era um lugar imenso e, sem as guerreiras para manter a jovem por perto, parecia bem possível que Liwen simplesmente desaparecesse em um recanto distante qualquer, sem nunca mais dar notícias.

— Elas são boas — disse uma voz profunda e familiar ao seu ouvido.

Mulan pulou de susto e, ao se virar, deu de cara com Shang. Os olhos dele brilhavam, e a armadura de treino pendia com leveza ao redor do corpo. Ela afastou os pensamentos sobre Liwen e curvou a cabeça em agradecimento.

— É difícil de acreditar, mas quase nenhuma delas tinha sequer segurado uma espada antes de se juntarem ao grupo. Eram fazendeiras, em sua maioria. Algumas vinham de famílias comerciantes. Mas todas eram determinadas.

— E colheram os frutos dessa determinação.

O olhar de Shang se deslocava de um lado ao outro do campo, atento aos movimentos das guerreiras.

— Eu ficaria orgulhoso de ter treinado essas tropas.

Mulan sentiu o coração se aquecer.

— Obrigada. Significa muito ouvir isso do homem que me treinou.

Os olhos de Shang se desviaram das guerreiras e pousaram nela.

— E como você está?

Pelo tom de voz, Mulan percebeu que ele não se referia apenas ao seu estado de humor naquela manhã. Ela olhou em volta, em parte para esconder o rosto de seu escrutínio e em parte para se certificar de que estavam a sós.

— Ainda não sei. Os ministros mudaram depois da morte do imperador.

Shang assentiu.

— É uma decepção, mas não me surpreende. Agora eles já não têm por que esconder suas verdadeiras intenções. Mas seja lá o que fizeram, você é a imperatriz. A autoridade, no fim das contas, é toda sua.

Mulan sentiu uma pontada de irritação. Sabia muito bem que era a imperatriz, mas nem por isso as discussões diárias com os ministros ficavam menos cansativas.

— Já faz um tempo que quero dizer... — começou Shang. Depois fez uma pausa, com as sobrancelhas franzidas, como se tentasse encontrar as palavras certas. — Sinto muito por estar tão distante nos últimos dias. Não foi mero acidente. Foi difícil digerir a ideia da sua coroação e o que isso poderia significar para... nós dois. Sei que foi infantil da minha parte, especialmente em um momento em que você precisava do meu apoio. Mas não vou desaparecer de novo. E aconteça o que acontecer, eu sempre serei seu súdito leal.

O peito dela apertou com a escolha de palavras.

— Súdito?

O ar ao redor deles parecia carregado de todas as coisas não ditas. O olhar de Shang amoleceu.

— E seu amigo.

Por mais que pudesse ter soado como uma rejeição, Mulan sabia que as juras de lealdade eram genuínas. Ainda assim, sentiu um embrulho no estômago ao pensar em tudo o que poderia ter acontecido entre os dois. Mais tarde, talvez ela se permitisse sofrer aquela perda e se queixar das injustiças do mundo, mas por ora estava cansada demais para revisitar a ideia de casamento ou se preocupar mais uma vez com o futuro de ambos. De certa forma, era um alívio aceitar a oferta de amizade e nada mais.

— Obrigada — disse Mulan. — Eu não poderia ter um amigo melhor.

Ela viu o carinho e a consideração estampados nos olhos de Shang, mesmo quando tentava disfarçar seu arrependimento.

— Você tem uma opinião muito gentil ao meu respeito — respondeu o general. — E prometo me esforçar para estar à altura.

Mulan acordou com Ting a sussurrar ao lado da cama.

— Majestade.

Ela grunhiu, exausta, e tentou bloquear a voz da criada. Estava escuro feito breu lá fora.

— Majestade, está na hora de começar os preparativos.

Ao abrir um dos olhos, Mulan viu a silhueta magra de Ting saltitar de empolgação. *Preparativos?* Tentou entender do que se tratava, e de repente a consciência a atingiu como um raio. O motivo pelo qual se debatera até tarde na cama. O nervosismo que invadira seus sonhos.

Era o dia da coroação.

Mulan se levantou da cama com um salto. O movimento súbito embaçou sua visão e tirou seu equilíbrio. Ela ficou bambeando de um lado para o outro até aceitar a mão estendida pela criada e se deixar conduzir à tina de água. Em geral tomava banho sozinha, sem a ajuda de ninguém, mas Ting avisara da quantidade de embelezamento necessária para a ocasião. A jovem havia demonstrado uma coragem surpreendente, chegando até mesmo a trazer outras criadas para ajudar com a tarefa. Por isso, Mulan enfim cedera.

Enquanto tinha cada parte do corpo lavada e untada em óleos e perfumes, Mulan sentia-se mais como uma galinha sendo depenada para um guisado do que uma imperatriz prestes a receber sua coroa. Quando o banho enfim terminou, ela foi envolvida em um luxuoso roupão de seda e conduzida ao guarda-roupa.

Para encarar aquela manhã, Mulan achou mais fácil fingir que estava vestindo uma armadura. O manto rígido da coroação que Ting alisava sobre seus ombros? Imaginou-o todo tecido com fios de ouro, as fênix bordadas em ferro vermelho-vivo. A faixa, que pendia solta nas costas, era uma ombreira de metal azulado, e as fênix nos sapatos eram lâminas e esporas.

— Por favor, mantenha a cabeça erguida, imperatriz.

Uma criada agarrou um punhado de cabelo, puxando-o com tanta força que os olhos de Mulan chegaram a lacrimejar. Ao menos era fácil imaginar o penteado como um elmo de batalha. Quando a criada terminou de prender os grampos e enfeitar as camadas intermináveis de coques com todo tipo de adornos, desde flores a pedras de jade e sininhos dourados, o penteado parecia um escudo melhor do que qualquer coisa que os ferreiros do palácio pudessem fabricar.

A jovem enfiou o último grampo e deu um passo para trás.

— Prontinho.

Depois ajeitou a cauda do manto enquanto Mulan se postava diante do espelho de corpo inteiro. O reflexo estava distorcido e metalizado na superfície acobreada, mas dava para ver que estava arrumada com a delicadeza das melhores damas da corte, com o rosto coberto de pó branco, os olhos delineados com carvão e os lábios pintados do mesmo tom de vermelho da faixa. Suas sobrancelhas tinham sido raspadas e redesenhadas com pigmento preto-azulado. Pequenas contas de prata adornavam a testa tingida de amarelo, e três flores foram pintadas no lado direito do seu rosto.

— Armadura — sussurrou Mulan.

— O que disse, Majestade?

— Nada, só estava falando sozinha.

Existiam muitos tipos de armadura. Ela jamais se esqueceria da noite fatídica em que roubara a do pai, tirando-a do armário em meio ao breu, tropeçando com o peso inesperado. Lembrava-se do cheiro adocicado do óleo para couro enquanto a vestia, da angústia enquanto forçava o cinto além da conta, da sensação de que ela própria era pequena demais, fraca demais, uma decepção antes mesmo de sair de casa. Quem pensava que era para acreditar que poderia viver e lutar como um homem por meses a fio? Quem pensava que era para acreditar que poderia cumprir o dever de um filho homem?

Naquela primeira noite, ou melhor, naquele primeiro mês, o fracasso a perseguira, arranhando e mordendo como as pulgas que assolavam o acampamento. E, no entanto... lá estava ela, imperatriz da China. Durante a guerra, a armadura pesada do pai tinha guardado seus segredos e a mantido viva. Dessa vez, ela precisava confiar que os trajes cerimoniais desempenhariam o mesmo papel.

— O ministro dos ritos acabou de chegar — anunciou um eunuco do lado de fora dos aposentos.

— Deixe-o entrar — ordenou Mulan.

Até mesmo o ministro Liu havia se arrumado. O cabelo grisalho estava penteado para trás, encimado por um elegante futou preto, e não se via um mísero vinco em sua túnica.

— Vossa Majestade está esplêndida — elogiou ele.

— E imperial, espero — respondeu Mulan.

— Isso nem precisa ser dito.

Os criados fizeram uma reverência profunda quando ela e o ministro deixaram os aposentos e seguiram em direção ao pátio. O sol da manhã lançava seus raios sobre a procissão que se reunia atrás dos portões do palácio. Uma orquestra de músicos começava a afinar seus alaúdes e cítaras e polir seus sinos. Dançarinos rodopiavam e se alongavam em trajes coloridos, agitando faixas compridas. Fileiras e mais fileiras de soldados os seguiam, com armaduras tão reluzentes que pareciam capazes de cegar os dançarinos. Mulan soube, sem nem olhar, que Shang liderava as tropas.

No centro do cortejo havia uma liteira forrada com tecido dourado, com a frente toda aberta e paredes laterais que só se estendiam um pouco além do assento principal, e borlas amareladas que pendiam do topo.

— Sua liteira, Majestade — anunciou o ministro.

Mulan entrou e se acomodou no banco largo e acolchoado em seda. Alguém bradou uma ordem e quatro servos levantaram a liteira com um solavanco que a fez agarrar a beirada do assento.

Abaixo dela, o ministro dos ritos fez sinal para o maestro da orquestra. Os tambores soaram como as batidas de um coração, em um ritmo baixo e constante. Flautas trinaram uma melodia, e logo os alaúdes e os erhu se juntaram a elas. Ao grito de outra ordem, cinco homens abriram os portões do palácio.

O som da orquestra, por mais alto que fosse, não era nada comparado ao barulho da multidão. Um mar de rostos se ergueu para admirar Mulan. Jovens e velhos, homens e mulheres, todos se acotovelando por um mero vislumbre da imperatriz. Calor, som e energia emanavam daquela turba de gente. Todos aqueles olhares, todas aquelas expectativas, eram esmagadores, e por um momento o peito de Mulan sucumbiu ao pânico. Mas de repente ela avistou um rosto familiar: Liwen, pulando e acenando com o resto das guerreiras. E embora Mulan não conseguisse ouvir o que diziam em meio ao barulho, sabia que estavam gritando seu nome. Ela acenou para as mulheres, e depois para todos ao seu redor.

A procissão avançava com lentidão pelas ruas. Depois de superar o barulho e o nervosismo, Mulan achou que era uma ótima forma de contemplar a Cidade Imperial. A quantidade e diversidade de rostos na multidão era espantosa, e ela lutou para entender que, dali em diante, aquelas pessoas a procurariam em busca de orientação e proteção.

Quando estavam na metade do caminho, Mulan avistou outro rosto familiar na multidão. Não a reconheceu a princípio, mas aqueles lábios rosados e a face perfeitamente oval eram inconfundíveis. Tratava-se de Zhonglin. A jovem guerreira estava bem ao fundo do mundaréu de gente e fazia algo estranho com as mãos: primeiro levantava quatro dedos diante do rosto, depois juntava os punhos cerrados. Zhonglin sumiu de vista antes que Mulan pudesse dar outra olhada, mas ela logo começou a reparar que o gesto era repetido por outros na multidão. Seria algum tipo de comunicação? Um sinal?

Os portões do palácio foram abertos outra vez, revelando o pátio. Ali, enfileirados, estavam todos os funcionários imperiais e os soldados do exército, dispostos como o maior tabuleiro de xadrez do mundo. Os soldados ladeavam o caminho, com os ombros empertigados e as armas reluzindo ao sol. Logo em seguida vinham os eunucos, vestidos com túnicas azuis, verdes, marrons e castanhas, como convinha à patente. Servos e criadas estavam um pouco atrás, com os trajes simples engomados e impecáveis para a ocasião. O ministro dos ritos a aguardava nos portões. Mulan desceu da liteira e o acompanhou ao salão nobre.

— O cortejo correu bem, Majestade? — perguntou o ministro.

— Sim.

Mulan ficou admirada com o silêncio do palácio comparado ao tumulto da celebração lá fora.

— Vi algumas pessoas fazendo gestos no meio da multidão — contou ela. — Quatro dedos cruzados diante do rosto, depois os punhos cerrados um sobre o outro. Por acaso sabe o que isso significa?

A expressão do ministro anuviou-se por um instante.

— Todos os imperadores enfrentam alguns sinais de rebelião. Às vezes o melhor a fazer é ignorar, para não acabar por atiçar as chamas.

— Acha que o gesto é um sinal de rebelião?

Mas Zhonglin também o fizera.

O ministro Liu fez uma pausa para sorrir e acenar para a multidão antes de responder.

— Posso estar enganado — disse em voz baixa. — É mais provável que não seja nada. Vossa Majestade só precisa se preocupar com tais coisas se começarem a se espalhar.

Mulan fincou as unhas na palma das mãos, concentrando-se em avançar um passo por vez.

— Espalhar? Quanto?

— Não se preocupe com essas coisas agora, Majestade. É um dia de celebração.

Era como dizer a alguém para apreciar a vista de uma montanha que ardia em chamas. Por acaso Mulan teria uma traidora entre suas próprias guerreiras?

A imensa porta da sala do trono se abriu diante deles, revelando governadores locais e dignitários sentados em fileiras. Na frente havia um estrado onde os sacerdotes do Templo Celestial e os ministros a aguardavam. Mulan teve um primeiro vislumbre da armadura cerimonial de seda azul usada por Shang. Tigres estampados saltavam sobre o torso em busca de presas invisíveis. Parecia um guerreiro de uma lenda ou pintura, e o peito dela apertou quando seus olhares se encontraram.

Na ponta do estrado estavam os pais de Mulan. O coração dela se encheu de alegria ao ver o pai em sua velha armadura, que reluzia de tão polida. A mãe parecia uma imperatriz em vestes brancas e amarelas. Nenhum dos dois gostava de toda aquela pompa e cerimônia. Isso era nítido pelo jeito como a mãe afastava os braços e as pernas da extravagância que a cercava, pela tolerância divertida com que o pai observava os funcionários atarefados. Mas quando olharam para a filha, os dois não demonstraram nada além de amor.

Quando Mulan tomou seu lugar no trono, a badalada sonora de um carrilhão de pedra sinalizou o início da cerimônia. Lendo um pergaminho, o sumo sacerdote entoou a longa lista dos deveres de um imperador. Mulan recebeu um incensário de bronze, moldado para se assemelhar a uma montanha nas nuvens, todo incrustado com joias turquesa e vermelhas. O incenso soltou uma fumaça adocicada quando ela ofereceu o objeto aos deuses e depois se curvou perante os pais.

— Viva a imperatriz Mulan — bradou o ministro dos ritos.

— Que seu reinado perdure por milhares de anos.

Um gongo soou e todos se ajoelharam diante dela, seus gritos ecoando pelo salão nobre. Mulan sentiu o som reverberar sob seus pés, como se estivesse mergulhada em um trovão. Havia poder naquele salão, poder no ritual que acabara de ser realizado, e, se Mulan não o dominasse, acabaria por ser esmagada por ele.

Os sons enfim desvaneceram no silêncio. O sacerdote entoou uma última oração para encerrar a cerimônia e a multidão se pôs de pé, todos com os ânimos elevados na expectativa do banquete que se aproximava. O ministro Liu conduziu Mulan ao salão de banquetes imperial, onde ela se sentou à mesa principal com os ministros. Enquanto os convidados da coroação tomavam seus lugares, uma série de iguarias começou a ser servida: pato assado com a pele caramelizada à perfeição; sopa de tartaruga e pata de urso assada; maçãs silvestres banhadas no mel; bolinhos com uma variedade de recheios, desde carne e verduras até pasta doce de lótus, moldados no formato de peixinhos dourados, borboletas e flores.

A comida chegava em profusão. O vinho fluía livremente. Pratos eram servidos diante de Mulan e então levados embora, mesmo quando ela já não conseguia comer mais nada. Lançou alguns olhares furtivos na direção de Shang, sentado a quatro lugares de distância, e percebeu que o general também não parecia estar forrando o estômago.

Acompanhando a comida, veio o entretenimento. Uma trupe de acrobatas se equilibrou em cima de torres de cadeiras. Depois chegaram os dançarinos de leques e espadas, seguidos por uma ópera de um ato só. Mulan se alegrou com o espetáculo, pois assim não precisava conversar com os ministros. Toda a cena ainda lhe parecia surreal, uma celebração ruidosa que pertencia mais a um sonho do que à realidade em si.

Finalmente, o fluxo de comida e vinho diminuiu. A cantora de ópera entoou a última ária e encerrou as apresentações.

Todos os olhares se voltaram para Mulan.

— Venha — chamou o ministro Liu. — Agora devemos apresentar a imperatriz ao povo.

Os dois saíram juntos do salão de banquetes. Mulan tomou cuidado para não tropeçar nas vestes enquanto eles subiam as escadas para a varanda, que ficava de frente para o imenso pátio do palácio. A noite já começava a cair, e uma larga faixa avermelhada cruzava o céu ocidental. As fileiras ordenadas de soldados tinham desaparecido, substituídas por uma multidão tão abarrotada que mal dava para ver o chão. As pessoas, seu povo, ficaram em silêncio quando Mulan se aproximou do parapeito.

— Eu vos apresento a imperatriz Mulan — anunciou o ministro Liu.

Se os aplausos no salão tinham soado como trovões, a ovação do pátio foi um terremoto. Estendeu-se por um bom tempo, chacoalhando o palácio e tudo o que havia nele. Mulan teve medo de despencar lá de cima, por isso se segurou com força no peitoril. Mas os aplausos também elevaram seu ânimo. Olhou para os rostos extasiados à sua volta e, por um momento, os sinais de rebelião de antes pareceram algo muito distante. Tinha sido incumbida da tarefa de cuidar daquelas pessoas, e de repente sentiu um ímpeto feroz de proteger seu próprio povo.

Por fim, depois do que pareceu uma eternidade, a multidão se calou. A expectativa encheu o ar.

Mulan respirou fundo, com a sensação de que estava prestes a se dirigir ao próprio universo.

— Os deuses decidiram que eu deveria ascender ao trono. Saibam que não encaro essa responsabilidade levianamente. Durante a guerra, lutei ao lado dos soldados mais corajosos da China para salvar nossa nação dos hunos. Juro que continuarei a proteger e guiar nosso reino.

Houve uma mudança repentina nos ânimos da multidão, difícil de perceber a princípio, mas a inquietação se espalhou como ondas. Dedos apontaram para o céu e Mulan ergueu o olhar bem a tempo de ver cinco estrelas cadentes caírem logo além das muralhas do palácio.

Quando o clarão desvaneceu, uma mulher gritou. As vozes se elevaram na multidão.

— Presságio...

— Sinal dos céus...

— Os deuses desaprovam...

O ministro Liu ficou pálido.

— Termine seu discurso, Majestade. Depressa.

Mulan puxou uma respiração trêmula. As estrelas tinham abalado sua determinação, fazendo-a esquecer o que diria em seguida.

— Que os céus zelem por nossa nação e nos encham de bênçãos — concluiu ela.

Depois lançou um olhar de súplica ao ministro, que fez sinal para um dos criados.

— Comecem a queima de fogos!

Por um longo momento, nada aconteceu. E então uma faísca sibilou pelo ar, seguida por outra, e mais uma, até que fogos de artifício multicoloridos enchessem o céu.

CAPÍTULO OITO

Naquela noite, os sonhos de Mulan foram tomados por chamas e faíscas. Fogos de artifício se transformavam em estrelas cadentes, depois assumiam a forma de uma fênix que logo era engolida por um dragão. Figuras sombrias dançavam entre as criaturas míticas, vez ou outra levantando quatro dedos diante do rosto. Mulan teve um sono inquieto, com a vaga consciência de que estava em sua própria cama e que deveria descansar, pois o verdadeiro trabalho estava prestes a começar.

Ainda estava escuro lá fora quando ela decidiu se levantar. Tinha dormido apenas um punhado de horas, apesar de ter ficado acordada até tarde para a coroação. Embora tivesse passado a maior parte do dia sentada, sentia que havia corrido cem li.

Ela jogou as cobertas para o lado e foi até a janela, lembrando-se das estrelas cadentes a riscar o céu. Tinham sido uma visão impressionante, caindo uma depois da outra. O que significavam? Seriam mesmo um mau presságio?

Do lado de fora, ouviu o ciciar das cigarras e o piar solitário de uma coruja. Sabia que não conseguiria voltar a dormir. Tinha muitas perguntas e não encontraria as respostas ali, naquele quarto.

O cômodo do armário nos aposentos imperiais era maior do que a maioria dos quartos de hóspedes. Entrou lá, munida de um candeeiro, e passou por camadas de sedas e lençóis. As roupas que buscava não estariam penduradas bem na frente. Por fim, encontrou sua mala de viagem junto à parede dos fundos. Lá dentro havia uma túnica simples e calças, bem como luvas, uma capa e botas gastas.

Mulan prendeu o cabelo em um coque, avaliando as opções. Havia dois guardas de vigia do lado de fora da porta. Tinham sido escolhidos a dedo por Shang, e, por mais que ela não duvidasse da lealdade ou discrição dos sujeitos, não queria que a acompanhassem naquela empreitada.

Por sorte, tinha aprendido um ou dois truques no exército. Havia duas longas faixas douradas no dossel da cama, usadas para prender as cortinas. Mulan soltou uma delas, depois abriu em silêncio a janela que dava para o jardim. O perfume do jasmim entrou pela fresta.

Havia uma réstia de luar, apenas o suficiente para mostrar que o pátio estava vazio. Ela se esgueirou para o lado de fora, enrolou a faixa em um grande pilar e a usou como apoio para escalar. Quando enfim alcançou o telhado, sentiu que os ombros queimavam. Tinha sido relaxada em seu treinamento. As telhas estavam frias e escorregadias, mas por sorte ela estava de luva. Depois de se içar pelo beiral, passou para o outro lado e deslizou de volta ao chão. Ficar no topo do telhado seria um convite para ser alvejada por um guarda. Não seria a maneira mais auspiciosa para dizimar uma dinastia.

Para onde iria a partir dali? Não queria se aventurar pela cidade sozinha. Felizmente, conhecia alguém que se juntaria àquela aventura sem pensar duas vezes.

Esgueirar-se pelo palácio a fazia se sentir como uma criancinha travessa. Era mesmo divertido correr de arbusto em arbusto, esconder-se de qualquer servo ou soldado que cruzasse seu caminho, escapar dos requintes da vida imperial de uma forma que lhe era impossível durante o dia. Ela atravessou os terrenos do palácio até chegar aos aposentos reservados aos hóspedes. Os visitantes de menor prestígio compartilhavam grandes quartos de dormir, enquanto os de maior prestígio tinham as próprias dependências. Depois de averiguar os arredores, Mulan deu uma batidinha na janela de papel encerado.

Não houve resposta. Intrigada, voltou a bater. Dessa vez, as tábuas do assoalho rangeram e a janela se abriu, revelando o rosto sonolento de Liwen.

— Venha comigo para a cidade — sussurrou Mulan.

Liwen esfregou os olhos e alisou a trança grossa com os dedos.

— Que tipo de imperatriz é você?

— Uma péssima. Ou ótima, vai saber? Eu quero ver a cidade. Venha, vamos logo. Você vai embora amanhã. Quem sabe quando vamos ter outra oportunidade de explorar?

Liwen grunhiu, mas Mulan sabia que a convencera.

— Tenho de trocar de roupa primeiro.

Quinze minutos depois, as duas escalavam juntas os muros do palácio. Estavam vestidas como camponesas e riam de uma forma nem um pouco imperial. Correram por alguns quarteirões, dobrando as esquinas até terem a certeza de que ninguém as seguia. Depois diminuíram o ritmo para uma caminhada mais tranquila.

A cidade estava um caos depois do desfile de coroação. Restos de comida, tiras de papel e lascas de fogo de artifício atulhavam as ruas de terra batida. As pessoas começavam a varrer as portas de casa. Mulan e Liwen apertaram o passo, rápidas o bastante para não serem abordadas pelos transeuntes, mas não tão depressa a ponto de chamar atenção. Quando se aproximaram de uma esquina onde alguns madrugadores tinham se reunido para conversar, Mulan desacelerou.

— Cinco estrelas, ainda mais brilhantes do que os fogos de artifício que vieram depois! — dizia um sujeito.

— Os deuses não aprovam...

— Talvez tenha sido uma bênção dos deuses.

— Estrelas caindo do céu? Ora, isso nunca é bom sinal.

Mulan baixou a cabeça e andou mais depressa até deixar as vozes para trás. Por um momento, se arrependeu de ter convidado Liwen. Embora a amiga tivesse presenciado muitas de suas humilhações nos treinamentos, Mulan teria preferido enfrentar aquela ofensa sozinha.

Bem, já era tarde demais para isso, e ela não podia simplesmente fingir que nada tinha acontecido.

— Você viu as estrelas cadentes? — perguntou Mulan.

— Eu cheguei ao pátio pouco antes de acontecer.

Liwen fez uma pausa e sugou as bochechas, deixando as maçãs do rosto ainda mais proeminentes do que o normal.

— Mas elas não eram mais brilhantes do que os fogos de artifício — concluiu.

— Acha que significam alguma coisa?

Mas um mau governante perderá o Mandato do Céu. Verá seu reino ser assolado por desgraças: guerras, terremotos, fome, inundações, avisos escritos nas estrelas.

Liwen apenas deu de ombros e seguiu em frente.

— Acho que não cabe aos homens decifrar os sinais dos céus.

— Você não acredita em presságios?

— Eu não diria que são todos falsos, mas já vi tantos darem errado que me tornei um pouco cética. Mesmo que as estrelas tenham vindo dos deuses, como saberia que eram destinadas a você? Talvez os deuses quisessem enviar um sinal a alguém de um reino vizinho.

Mulan caminhou em silêncio e, depois de um tempo, Liwen a encarou.

— Não concorda?

— Minha avó acreditava em presságios — contou Mulan, quase em um sussurro.

A amiga inclinou a cabeça.

— Eu nunca conheci sua avó.

— Você teria gostado dela. Vivia cozinhando e adorava receber visitas. Vez ou outra, quando lhe dava na telha, lia as mãos dos convidados, ou até queimava um osso oracular para ajudar aqueles que estavam sem rumo. Parecia tão bobo às vezes. Sempre pegávamos no pé dela por causa dos grilos da sorte, mas ela parecia saber das coisas. Tinha intuição.

— O que você acha que ela diria sobre as estrelas?

Era uma boa pergunta. Mulan não imaginava que a avó lhe diria que os deuses estavam contra ela e que deveria renunciar ao trono. Mas também não achava que Nai Nai fosse descartar o presságio como se não fosse nada.

Alguém atravessou a rua na frente delas, caminhando a passos leves. Mulan se deteve. Parecia familiar.

— Por acaso era…

— Zhonglin? — perguntou Liwen.

As duas trocaram um olhar. Parecia impossível, mas…

Mulan caminhou mais depressa e Liwen a seguiu, e juntas correram para a rua transversal onde tinham avistado a figura. Pararam de súbito no meio do cruzamento e olharam ao redor. Ruas sujas, bancas de comércio cobertas. Um velho estava sentado na soleira da porta, com os joelhos cruzados, as encarando. Mais ninguém.

— Talvez fosse só alguém parecido com ela — sugeriu Liwen ao seu lado. — Uma pessoa que mora nas redondezas.

Talvez, mas era a segunda vez em dois dias que Mulan via Zhonglin onde a garota não deveria estar.

— Ela estava com você durante o cortejo de coroação?

— Estava — respondeu Liwen.

Mulan suspirou de alívio, mas a amiga logo ficou pensativa.

— Se bem que… não me lembro de ver Zhonglin por perto. Achei que estivesse, mas nem pensei em procurar. Por que a pergunta?

— Acho que a vi em outra parte da cidade. Sozinha.

Liwen encolheu os ombros, pragmática.

— Talvez ela estivesse irritada com o grupo todo. Não seria a primeira vez.

— Eu gostaria que você ficasse de olho nela.

— Está suspeitando de algo?

— Naquele dia, eu a vi fazer um sinal com as mãos — contou Mulan, repetindo o gesto. — E ele pode estar associado a uma rebelião.

Liwen arregalou os olhos e franziu a testa. Precisou de um momento para digerir as palavras da amiga.

— Quer que eu a confronte?

Mulan refletiu por um momento. Qual seria a melhor forma de lidar com uma possível traidora?

— Não, mas fique de olho. Se Zhonglin estiver mesmo escondendo alguma coisa, podemos descobrir do que se trata se a vigiarmos.

Liwen assentiu, estreitou os olhos e lançou-se à frente.

— Aonde você vai?

Uma grande construção de dois andares assomava na esquina. Grudado nas paredes, a meio caminho das sombras dos beirais salientes, havia um pedaço de papel. Liwen se postou diante dele.

— O que é isso? — quis saber Mulan.

A amiga se afastou para que ela o visse. Parecia ser um tratado escrito em caligrafia refinada.

Galinhas não devem anunciar o amanhecer com seu canto. Ter uma mulher no palácio só trará o julgamento dos céus sobre o povo. Os deuses alardearam sua insatisfação através das estrelas.

Mulan sentiu o suor frio brotar em sua testa. Aquilo era muito mais direto do que gestos feitos na multidão. As palavras a acusavam, a condenavam. Ler o que estava ali era como esfolar a própria pele, mas ela não conseguia parar.

Liwen arrancou o papel da parede.

— Você precisa contar aos seus ministros.

— Do jeito que as coisas andam, isso pode muito bem ter sido obra deles — confessou Mulan.

Era como se estivesse do lado errado de uma barragem prestes a se romper. Quantos furos conseguiria tapar antes de simplesmente desistir e deixar tudo para trás?

Liwen correu pela rua. Parou três quarteirões abaixo e arrancou outra folha, depois mais outra quatro ruas à frente.

Mulan correu atrás dela.

— Liwen — sibilou. — Você está chamando muita atenção.

De fato, as pessoas se viravam para espiar as duas, e Liwen retribuiu com um olhar gélido.

— Não tem nada para ver aqui — declarou, agarrando o braço de Mulan e a puxando para longe. — Você não pode deixar essas coisas à vista de todos — chiou ela, sem fôlego. — Até eu sei que isso só vai fortalecer a rebelião.

Olhares curiosos as seguiram. Mulan os sentiu grudados nas costas, deslizando por toda a sua pele.

— Que tipo de poder eu exerço se, para mantê-lo, preciso silenciar todos aqueles que se opõem a mim?

Na manhã seguinte, todos os visitantes da aldeia de Mulan se reuniram para começar a jornada de volta para casa, e a imperatriz tentou manter um semblante alegre enquanto se despedia.

— Tem certeza de que não nos quer aqui por mais tempo? — perguntou a mãe.

— Sei que estão com saudade de casa — respondeu Mulan. — E eu não quero os aborrecer com minha pilha de obrigações. Vou ficar bem.

Era difícil não trair as próprias emoções ao dizer isso, uma vez que tinha três panfletos maldosos a seu respeito escondidos debaixo da cama. Decidira não os mostrar a ninguém. Os instintos diziam para não demonstrar sinais de fraqueza diante dos ministros, e lhe faltava coragem para contar aos pais. Já tinha dado muita preocupação aos dois ao longo da vida, e não queria acrescentar mais essa à lista. Embora os pais tivessem gostado da novidade de residir no palácio, dava para ver que estavam cansados e ansiosos para voltar para casa.

Depois de se despedir dos dois, Mulan se aproximou das guerreiras, que estavam paradas ao lado de suas respectivas montarias. Disse adeus a todas elas, uma por uma, e se deteve por um instante quando chegou a vez de Zhonglin. A jovem tinha guardado seus pertences e estava sentada de pernas cruzadas no chão, ocupada em tomar uma sopa de rabo de boi. Quando Mulan se colocou à sua frente, ela demorou um instante para baixar a tigela dos lábios. Era tempo suficiente para insinuar o desprezo, mas não longo o bastante para escancará-lo. O utensílio pertencia à cozinha do palácio, e Mulan se perguntou se a garota pretendia ficar com ele.

— Gostou de ter passado um tempo aqui na capital? — perguntou Mulan.

— Muito — respondeu Zhonglin, limpando a boca suja de gordura com as costas da mão.

Era presunção que emanava da jovem? Ou tinha sido só impressão? De qualquer forma, estava aliviada por saber que, depois de ir embora, a recruta seria vigiada por Liwen. Ao pensar na amiga,

Mulan percebeu que não a tinha visto entre os viajantes que se preparavam para ir embora. Olhou ao redor, buscando avistar as tranças intrincadas.

— Está procurando alguém? — sussurrou a voz de Liwen ao seu ouvido.

Mulan pulou de susto, depois a olhou de cima a baixo. A amiga vestia uma longa túnica azul e tamancos de madeira, nem um pouco apropriados para uma viagem.

— Não vou embora — explicou ela, com tom despreocupado.

A novidade deixou Mulan atônita.

— O quê?

— Vou ficar aqui. Você precisa de uma amiga.

Algo dentro de Mulan se alegrou com a ideia, mas ela tratou de reprimir o sentimento.

— Mas não pode ficar. Precisam de você na aldeia.

— Deixei Ruolan encarregada de liderar os treinos e vigiar — começou a dizer Liwen, e espiou Zhonglin por sobre o ombro — qualquer um que cause problemas entre as guerreiras. Não vou deixar você sozinha com os lobos.

As palavras, ditas de forma tão rotineira como se estivessem discutindo os exercícios matinais, tirou um peso enorme das costas de Mulan. Ela piscou para conter as lágrimas que ameaçavam vir à tona.

— Obrigada.

Os viajantes montaram em seus cavalos e se reuniram no portão. Mulan mordiscou o interior das bochechas e acenou conforme a carruagem dos pais se afastava. Liwen deu-lhe um apertãozinho na mão, e ela retribuiu.

— As celebrações terminaram — murmurou Mulan. — Chegou a hora de governar o país.

Um país cheio de ministros que não queriam cooperar e camponeses que não a queriam como líder.

— É uma pena que sua avó nunca a tenha ensinado a se comunicar com os espíritos — comentou Liwen. — Os conselhos deles bem que viriam a calhar.

— Achei que você não acreditasse nessas coisas.

— E não acredito mesmo, mas você precisa de toda ajuda possível.

Apesar de terem sido ditas em tom de brincadeira, as palavras de Liwen plantaram a semente da dúvida na cabeça de Mulan. Era verdade que Nai Nai nunca a ensinara sobre a arte da adivinhação, mas as duas tinham passado muito tempo juntas ao longo dos anos. Mulan a vira quebrar muitos ossos de oráculo e se lembrava de todos os passos do ritual. A avó sempre dissera que eram os ancestrais de Mulan que falavam através dos ossos. Será que eles eram muito exigentes em relação aos pormenores? Decerto fariam vista grossa caso ela se atrapalhasse em alguma das etapas, não fariam?

Quando Mulan se recolheu para seus aposentos naquela noite, já havia tomado uma decisão. Era esperado que os ancestrais oferecessem orientação, algo de que ela tanto precisava.

Ao abrir a porta do quarto, avistou Ting do lado de fora, distraída enquanto enrolava uma das fitas em seu cabelo.

— Ting, pode ir até a cozinha e pedir escápula de boi? Só os ossos.

A criada soltou a fita.

— Ossos, Majestade?

— Isso. E os traga inteiros. É melhor que estejam bem secos.

— Não prefere que eu sirva antes uma sopa?

— Não, só os ossos. E, se não houver nenhum seco por lá, peça que separem alguns frescos para mim.

Enquanto Ting se afastava com uma expressão confusa, Mulan se ocupou de acender a lareira. Alimentar o fogo antes de saber se teria os ossos parecia uma demonstração de fé apropriada, mas a verdade era que estava inquieta. Pensar na avó trazia à tona muitas lembranças, assim como o desejo profundo de a rever. Queimar ossos não a traria de volta, mas talvez servisse para relembrar sua presença, ainda que por um momento. Quando as chamas estavam tão altas quanto a lareira permitia, Mulan pousou o atiçador no meio do fogo e se acomodou, à espera.

A criada retornou meia hora depois, ainda visivelmente perplexa com a tarefa.

— Só tinha estes na cozinha — informou a jovem, e mostrou dois ossos grosseiros de aspecto triangular.

Mulan os pegou. Eram suaves ao toque.

— Obrigada. Vão servir.

Na mesinha de cabeceira havia um conjunto impressionante de aparatos de caligrafia: um pincel de pelo de cabra com dois dedos de espessura, um de pelo de doninha com a ponta fina como agulha, além de pincéis de pelo de coelho e guaxinim e penas de galo. Depois de refletir por um instante, Mulan escolheu o de doninha. Derramou um pouco de água na pedra de tinta e moeu o bastão até obter uma mistura preta homogênea. Com cuidado, colocou um dos ossos sobre a mesa e molhou o pincel. Adorava o cheiro de tinta fresca.

Uma onda repentina de nervosismo a atingiu ao aproximar o pincel do osso. Estava mesmo prestes a conversar com a avó? O que lhe diria? Em termos práticos, precisava de uma pergunta que rendesse uma resposta específica e útil.

A China enfrenta algum perigo iminente? Logo abaixo da pergunta, escreveu *sim* e *não*.

A tinta cintilava, demorando mais a secar do que no papel. Mulan soprou o osso até que o brilho aos poucos diminuísse, depois pegou uma sovela na mala de viagem. Fez um furo bem no meio do osso e o colocou diante da lareira. Com cuidado, retirou o atiçador que deixara junto às chamas, a ponta ardendo em vermelho. Nem parou para pensar. Cada momento de hesitação só serviria para esfriar o atiçador. De forma deliberada, Mulan enfiou a ponta incandescente no buraco que fizera no osso.

Um estalido reverberou pelo cômodo. Faíscas voaram do atiçador. Mulan o observou, atônita. Ossos não soltavam faíscas, soltavam? E ela podia jurar que, por um momento, as faíscas tinham assumido a forma de um dragão. Piscou para clarear as vistas, depois se ajoelhou para inspecionar o osso. Uma nova fissura se formara ali, bem em cima da palavra *sim*.

Apesar do suor causado pelas chamas, sentiu um arrepio se espalhar por todo o corpo. Até mesmo o formato irregular da fissura irradiava uma sensação de ameaça. Seria mesmo uma mensagem dos ancestrais?

Só restava um osso. Trêmula, Mulan escreveu a segunda pergunta.

O perigo vem do norte, sul, leste ou oeste?

Dessa vez, repetiu os passos mais depressa, tanto por familiaridade quanto por urgência. O segundo osso também estalou ruidosamente, mas não soltou faíscas. Quando Mulan se curvou para inspecionar o objeto, viu que uma nova fissura havia se formado na superfície. Esta, porém, assinalava a palavra *norte*.

Shang não escondeu a surpresa ao encontrar Mulan parada à porta de seus aposentos. Já era tarde da noite, e ela também se espantou ao ver a luz ainda acesa na janela.

O general devia estar se preparando para dormir, pois não usava camisa, apenas um par de calças. Mulan desviou os olhos, mas não sem antes ter um vislumbre do peitoral musculoso.

— Mul... imperatriz — disse Shang.

— Sinto muito por ter vindo tão tarde — desculpou-se ela, agarrando com mais força os ossos de oráculo que trazia junto ao peito. — Tenho algumas perguntas que talvez você consiga responder. Posso entrar?

No ar pairava a verdade incômoda e silenciosa de que Mulan não precisava de permissão para nada. Era a imperatriz, afinal, e podia fazer o que bem entendesse.

Mesmo assim, Shang deu um passo para o lado e a convidou a entrar. Depois se retirou para o quarto dos fundos, onde ela o ouviu revirar as próprias roupas. Mulan esperou em silêncio, um tanto distraída com a impropriedade da situação: os dois guardas que ela deixara do lado de fora, os criados que a tinham visto sair do palácio e tudo o que poderiam dizer sobre as andanças noturnas da imperatriz. Mas, afinal, estrelas tinham caído do céu no dia da coroação e a rebelião corria solta pelas ruas. Que diferença faria mais um escândalo?

Shang retornou, vestido com a túnica comprida que usara no dia anterior. Por um momento, os dois hesitaram.

— Quer se sentar? — ofereceu ele.

— Sim, obrigada.

Mulan contornou o sofá e se acomodou em um banquinho de vime em forma de ampulheta. Shang sentou-se bem de frente e apoiou o cotovelo no joelho, esperando que ela falasse.

— Os líderes dos espiões se reportam a você, não é? — questionou ela.

Shang endireitou os ombros, visivelmente surpreso com a pergunta.

— Isso mesmo. Desde que me tornei ministro da guerra.

— O que você sabe sobre as ameaças vindas do norte? Como está a situação com os hunos?

— Eles nunca foram amigáveis em relação ao nosso povo. Sofreram um duro golpe quando derrotamos Shan Yu, mas são compostos de muitas tribos, com muitos líderes capazes de unir todas elas. Um líder tribal tem se destacado, cada vez mais poderoso. O nome dele é Ruga.

— Houve alguma movimentação da parte deles? Alguma preparação para entrar em guerra?

Shang pareceu confuso.

— Não houve qualquer sinal de guerra iminente. Observamos um ou outro conflito ao longo da fronteira, mas eles foram cuidadosos para não os tornar atos de guerra. Por que a pergunta?

Mulan percebeu que ainda segurava os ossos junto ao peito. Shang nunca havia presenciado os rituais de Nai Nai, então não dava para saber qual seria sua reação.

Ela pousou os ossos sobre a mesa.

— Minha avó costumava quebrar ossos de oráculo — começou a contar, desembrulhando os panos. Pequenas partículas de cinzas salpicavam as extremidades dos ossos. — Fiquei preocupada esta noite, então parti dois deles e perguntei sobre ameaças ao nosso país. Os ossos dizem que há um perigo vindo do norte. Não sei se está relacionado a uma guerra. Nem tenho certeza de que os ossos são confiáveis, mas é difícil pensar no norte sem associá-lo aos hunos.

Mulan se perguntou se deveria revelar as outras coisas que tinha visto, as faíscas e a forma do dragão, mas isso parecia muito pessoal.

Shang se curvou para inspecionar os ossos sobre a mesa. Mulan se obrigou a ficar quieta enquanto ele os pegava, de cenho franzido, e lia as inscrições, depois os inclinava para ver as fissuras com uma expressão indecifrável.

Os olhares se cruzaram.

— Você confia no ritual da sua avó?

— Confio.

— Então mandarei mais espiões para o norte, para ver se conseguem descobrir alguma coisa.

Mulan só se deu conta da tensão que a dominava quando a sentiu se dissipar dos ombros.

— Obrigada.

Pensou em dizer mais alguma coisa, confessar o quanto apreciava a amizade que tinham, ou como estava aliviada por ter acreditado nela, mas as palavras ficaram entaladas na garganta. Um silêncio incômodo se instalou entre os dois. De repente ela se lembrou de que estavam sozinhos ali, na calada da noite.

— É melhor eu ir andando.

— Claro — respondeu Shang, antes mesmo que ela concluísse a frase.

Mulan resistiu ao ímpeto de espiar os arredores enquanto saía. Era a imperatriz, afinal. Podia ir e vir como bem entendesse. Os guardas a seguiram de perto, com a expressão impassível de sempre. As ruas estavam quase vazias àquela altura, embora o punhado de gente por perto tenha feito reverências apressadas ao vê-la passar.

Estava a poucos passos dos portões do palácio quando ouviu uma sentinela anunciar um visitante. Mulan estancou de repente, e os guardas pararam de forma brusca logo atrás. As sentinelas

analisavam todos que desejavam entrar no palácio, mas só anuncia-
vam convidados importantes. Era tarde demais para ser um visitante
qualquer, e a distância a impedira de escutar o nome.

Mulan se aproximou, com os guardas em seus calcanhares.
Uma multidão de criados havia se aglomerado ali. Ao avistarem a
imperatriz, alguns se apressaram em fazer uma mesura, acotovelando os outros, até que uma onda de reverências se espalhou por
todos os presentes.

Ela olhou para um dos guardas do portão, que correu para se
ajoelhar perante a imperatriz.

— Quem é que acabou de chegar? — quis saber Mulan.

— Um emissário oficial do norte — respondeu o soldado. —
Ele veio representar os hunos.

CAPÍTULO NOVE

O que eles vieram fazer aqui? — perguntou Fang, ministro das obras públicas, com uma piscada lenta que o fez se assemelhar ainda mais a uma coruja. — Não foram convidados.

— Bem, os hunos não são conhecidos por seu respeito às regras — argumentou Huang, ministro da administração de funcionários.

Estava afastado dos outros ministros, agitando-se sobre os próprios calcanhares em seu lugar junto à parede.

Mulan respirou fundo e conteve um grunhido. Tinham se passado doze horas desde a chegada do emissário huno, e o pânico tomara conta do palácio. Era um feito impressionante, uma vez que o emissário viera apenas anunciar a chegada do embaixador mais tarde naquela noite. A comitiva mal pusera os pés no palácio e os ministros já antecipavam uma crise.

— O que eles querem? Negociar? — questionou o ministro Kin. — Formar uma aliança?

— Tenha cuidado com eles, Majestade — aconselhou o ministro Wei em sua voz estrondosa. — Não são de confiança e têm exércitos poderosos.

— A imperatriz está bem ciente disso — retrucou Shang com ironia.

— Sim, sim, mas a imperatriz deve ter cuidado para não os ofender com uma fala tão direta. Eles podem não estar acostumados a ver uma mulher se portar desse modo.

— Ao contrário da sua forma de agir, Wei? — questionou Shang, com um quê de impaciência. — O retrato da diplomacia e dos bons modos?

Mulan afastou a cadeira da mesa, irritada por discutirem a seu respeito como se não estivesse presente. Os pés da cadeira rasparam ruidosamente no assoalho de madeira. Estava exausta depois de uma noite maldormida, com enxaqueca por causa do coque apertado.

— Serei tão educada quanto a situação exigir — declarou. — E não vejo motivo para mais especulações. Descobriremos suas verdadeiras intenções assim que chegarem.

Quando os demais fizeram menção de partir, Mulan chamou a atenção do ministro dos ritos.

— Ministro Liu, se me permite uma conversa a sós.

Os olhos do ministro se arregalaram antes de voltarem ao normal.

— Claro, Majestade.

Mulan esperou até que todos os outros tivessem saído.

— Mal ouvi sua voz durante a reunião, ministro. O que acha do assunto?

— Vou guardar minha opinião para quando tivermos conversado com o embaixador.

A voz do ministro estava tão baixa que provavelmente ninguém o ouviria, mesmo se tivesse se pronunciado durante o conselho.

— Tem uma coisa que eu quero lhe perguntar — confessou Mulan.

— Estou ao seu dispor, imperatriz.

Ela demorou um instante para superar a hesitação.

— Minha avó me ensinou a arte de ler ossos de oráculo.

— Vossa Majestade sempre me surpreende.

O tom do ministro era divertido e bem-humorado, não desdenhoso.

— Conheço apenas os princípios básicos do ritual, mas parti dois ossos ontem à noite. Eles previram um perigo vindo do norte, mesmo antes da chegada do emissário.

O ministro assentiu.

— Acha que as duas coisas estão relacionadas, Majestade?

— Seria muita coincidência, não concorda?

Liu endireitou a postura sempre curvada.

— Ainda tem os ossos, Majestade? Posso consultar o astrólogo do palácio para ver o que ele diz.

— Sim, vou pedir que os levem até o senhor — respondeu Mulan, encorajada pela confiança do ministro. — Muito obrigada.

Liu fez uma mesura.

— Eu a avisarei assim que descobrir alguma coisa, Majestade.

O embaixador dos hunos chegou naquela noite, conforme o esperado. Mulan não viu a comitiva entrar na Cidade Imperial, mas os soldados de Shang informaram que o embaixador chegara acompanhado de três carruagens e uma delegação de cinco pessoas. A imperatriz concedeu-lhes uma audiência na tarde seguinte.

Seria a primeira audiência realizada no salão nobre depois de Mulan ter assumido o trono. Durante toda a manhã, os servos do palácio se ocuparam em deixar o ambiente impecável. Montes de poeira haviam se acumulado nas semanas que se seguiram à morte do antigo imperador. A mobília precisava ser encerada, as terrinas decorativas tinham que ser polidas, o chão deveria ser limpo e as cortinas e tapetes careciam de ser espanados. Até mesmo os dragões esculpidos no teto do salão tinham que ser lustrados. Mulan se perguntou se a chegada inesperada do embaixador não teria sido motivada, ao menos em parte, por um desejo de ver o império se esbaforir para arrumar tudo.

O trono ficava na extremidade do salão, em um pavilhão dourado diminuto com tetos arqueados e beirais inclinados para cima. Dragões esculpidos dançavam por toda a estrutura de madeira, o verde contrastando com os pilares vermelhos. Atrás do trono, em vez de uma parede, havia uma série de pesados biombos dourados.

À medida que se aproximavam da hora da audiência, Mulan esperou atrás dos biombos com seus conselheiros, atenta ao burburinho da multidão que se aglomerava lá fora. Shang estava ao lado dela, servindo como uma presença reconfortante no imenso salão.

— O embaixador vai tentar encontrar suas fraquezas — alertou ele. — Vai procurar qualquer coisa que o comandante dele possa explorar.

— Então não demonstrarei fraquezas.

De canto de olho, ela viu os lábios de Shang se curvarem no mais leve dos sorrisos. Depois observou os outros ministros ao seu redor. Kin escrevia algo em um pergaminho e Huang andava de um lado para o outro, cada um afastando o nervosismo à sua maneira.

— Chegou a hora — declarou Mulan.

A multidão se calou quando os ministros emergiram no salão. Mulan espiou por uma fresta no biombo enquanto esperava ser anunciada, sentindo-se como uma criança à espreita na janela. O trono imponente repousava no piso elevado do pavilhão, com os oficiais da imperatriz espalhados em meia-lua à sua volta. Oficiais inferiores e cortesãos enchiam o andar de baixo em uma mistura de sedas coloridas. O ar estava carregado de expectativa: muitos ali ansiavam por ver Mulan desempenhar seus deveres oficiais como imperatriz. Alguns rostos já lhe eram familiares desde a coroação. Mulan reconheceu o herdeiro de uma família poderosa que desejava impostos mais baixos para sua fábrica de seda, além de um monge que fora atraído à corte por pura curiosidade. Também avistou Liwen, o que a acalmou um pouco.

Um gongo soou, o estrondo reverberando pelo chão. Um arauto anunciou com entonação exagerada:

— Sua Majestade Imperial, a imperatriz Mulan.

Quando Mulan atravessou a cortina, todas as pessoas ali reunidas se curvaram em reverência. Era como ver um campo de painço balançar ao sabor do vento.

— Viva a imperatriz Mulan. Que seu reinado perdure por milhares de anos!

Mulan se manteve firme enquanto os gritos da multidão a dominavam. *Aja como alguém que reivindica seu direito a governar. Aja como uma imperatriz.*

O arauto respirou fundo e anunciou em alto e bom som:

— Sua Excelência, Balambar, embaixador dos hunos.

Cinco homens se aproximaram pelo tapete vermelho estendido no meio do salão. As roupas que vestiam, embora estrangeiras, eram muito refinadas. Todos usavam um chapéu forrado de pele e botas de couro com as pontas curvadas para cima. As túnicas e calças eram feitas de lã colorida e seda. O requinte dos emissários destoava muito da aparência esfarrapada de Shan Yu e suas tropas.

O homem que liderava o séquito vestia as peles mais espessas e as sedas mais brilhantes. Mal se via os dedos sob os numerosos anéis de ouro que ostentava. Ele deu um passo à frente e se curvou sobre um joelho, sem se ajoelhar por completo como os súditos de Mulan.

— Sua Majestade, o senhor da guerra Ruga transmite suas felicitações a Vossa Majestade Imperial pela recente coroação — disse com uma voz suave e profunda. — Deve ser desafiador enfrentar tantas mudanças em tão pouco tempo.

Fez uma pausa e estudou o rosto de Mulan em busca de uma reação, mas, quando não encontrou nenhuma, voltou a falar:

— Nossa indigna comitiva traz presentes de ouro, prata e lã para adornar o palácio e a pessoa de Vossa Majestade.

Dois homens se aproximaram com um baú. Quando o abriram e mostraram tiras de tecido rodeadas de lingotes de ouro e prata, um murmúrio percorreu a multidão.

A um gesto de Mulan, dois servos apressaram-se para receber o presente.

— Agradecemos ao rei Ruga pelos votos de felicidade — declarou a imperatriz.

O embaixador inclinou a cabeça.

— O rei fez o que qualquer monarca faria. A China é de fato favorecida pelos deuses por ter uma flor tão bela a agraciar o trono.

De canto de olho, Mulan viu o semblante de Shang endurecer. O insulto também não lhe passou despercebido. Flores eram lindas e delicadas. Decorativas.

Ela esboçou um sorriso.

— Também sou uma grande apreciadora de flores. Depois de se instalarem em seus aposentos, sugiro que visitem os jardins imperiais. Lá há uma variedade específica chamada renda-nevada, uma flor branca com pétalas tingidas de rosa. Eu mesma as colhi no Desfiladeiro Tung-Shao. Por acaso está familiarizado com a região?

O sorriso congelou nos lábios do embaixador. Aquele era o desfiladeiro em que o regimento de Mulan derrotara as tropas de Shan Yu. Inúmeras canções alardeavam a perspicácia dela ao usar o foguete para provocar a avalanche que soterrou o exército inimigo.

— Sim, conheço bem o lugar.

— Fico contente — respondeu Mulan. — Um bom embaixador deve conhecer a geografia e a história de sua nação anfitriã, e tenho certeza de que o senhor é um dos melhores nesse quesito.

Shang se virou apenas o suficiente para encontrar o olhar dela, com uma leve sugestão de sorriso brincando em seus lábios. Mulan teve que morder a parte interna da bochecha para manter uma expressão régia no rosto.

O embaixador fez uma reverência profunda. Quando se endireitou, tinha recuperado um pouco do ar presunçoso.

— O rei Ruga também expressou o desejo de visitar a cidade na primavera.

Foi um anúncio inesperado. Mulan nem se lembrava da última vez que um líder dos hunos tinha pisado em território chinês.

— Ficaríamos honrados em receber Sua Majestade como hóspede, claro — respondeu ela, cheia de dedos. — Desde que ele venha em paz.

Balambar assentiu.

— Fico feliz que a paz também seja seu desejo, Majestade. O rei Ruga virá acompanhado do filho, príncipe Erban. O rapaz, como já devem saber, é um grande guerreiro e erudito, e está em idade de encontrar uma noiva. Sua Majestade gostaria de aproveitar a visita para começar a tratar de uma possível aliança.

Mulan sentiu o sangue evaporar do rosto, mesmo quando se esforçava para manter uma fachada de calmaria. Ouviu um som estrangulado à esquerda e teve que se conter para não olhar na direção de Shang. Não deveria ter ficado tão surpresa ao receber um pedido de casamento. Tanto o antigo imperador quanto Shang disseram que isso aconteceria cedo ou tarde. Ela só não esperava que fosse ser tão rápido.

— Vamos levar todas as propostas em consideração — declarou Mulan. — Mas Sua Majestade deve entender que meu dever é, acima de tudo, para com o povo, e minha prioridade é garantir uma transição tranquila para o meu reinado. Alguns assuntos de Estado podem ter que esperar alguns anos.

— Esperamos que a proposta de Sua Majestade e do príncipe Erban não seja um deles — respondeu o embaixador. — Apesar de sua reputação de comandante implacável, o rei Ruga prioriza a diplomacia em detrimento da guerra. Considera esta última muito dispendiosa e problemática, embora por vezes inevitável.

Suspiros ofegantes preencheram o salão. Mulan sentiu o rosto corar. Pela primeira vez, estava feliz pela camada grossa de maquiagem branca que escondia as bochechas.

— A China é uma nação forte e determinada, embaixador. Não consideramos nenhuma circunstância como algo inevitável, pois nos esforçamos para controlar nosso próprio destino, seja com a força do arado ou da espada. — Ela se levantou. — Apreciei nossa conversa, Balambar, e estou ansiosa por sua presença na corte. Se precisar de alguma coisa durante sua estadia, não hesite em pedir.

Os ministros a rodearam depois da audiência.

— Muito bem, Majestade — elogiou o ministro Fang, batendo alegremente o leque na palma da mão. — Conduziu a audiência com maestria.

Mulan ficou tão surpresa com os elogios que nem soube o que responder, então apenas fez sinal para que todos a acompanhassem até a sala do conselho.

— O embaixador foi insolente.

O ministro Wei esperou que Shang fechasse a porta para dar início a suas considerações, mas falou tão alto que qualquer um do lado de fora teria escutado.

— Foi certo e apropriado colocar o sujeito em seu devido lugar.

— Eu não podia permitir que ele nos insultasse — explicou Mulan.

Depois se sentou à ponta da mesa, atordoada com o apoio dos ministros. Nunca os tinha visto tão bem-humorados.

— Estou bastante otimista — comentou o ministro Wei. — A paz que eles oferecem pode ser muito boa para a China.

Havia uma implicação mais profunda nas palavras do homem, mas Mulan não a entendeu logo de cara.

— O que o senhor pretende dizer com isso?

— Eu me refiro à aliança, claro. Uma boa virada de sorte.

— Aliança? — repetiu Mulan, e aos poucos entendeu por que os ministros pareciam tão felizes. — Está falando da perspectiva de um casamento com o príncipe Erban?

O ministro Wei a encarou como se ela tivesse esquecido o próprio nome.

— Mas é claro, Majestade.

Por sorte, o peso das vestes imperiais a impediu de se levantar em um rompante.

— Ministro Wei, estamos falando de uma aliança com uma entidade que não é minimamente digna de confiança. Pensei que o senhor trataria uma oferta como essa com mais cautela.

— Mas certamente Vossa Majestade sabe o quanto os exércitos deles são poderosos — argumentou o ministro Fang com um sorriso condescendente. — Uma proposta amigável da parte deles é muito melhor do que outra guerra.

— A guerra não é de forma alguma uma certeza a essa altura — declarou Shang. — Tenho espiões espalhados por toda a fronteira.

— Mas não se pode negar que os hunos são a maior ameaça para a China neste momento — rebateu o ministro Kin, tamborilando os dedos em seu pergaminho. — E eles estão dispostos a discutir uma aliança! É difícil imaginar uma oferta melhor. A família real do império de Nanzhao estava indiferente à ideia de um casamento imperial, na melhor das hipóteses, e o rei dos balhae, ao norte, ainda não teve filhos.

— Um minuto — pediu Mulan. — Como o senhor sabia que a família real de Nanzhao não estava interessada em um casamento imperial?

O dedo do ministro Kin congelou a meio batuque.

— Tem se comunicado com eles pelas minhas costas?

O ministro Huang se interpôs suavemente.

— Somos os seus ministros. É nosso dever zelar pelo bem-estar do reino, e isso envolve manter contato com nações estrangeiras.

— Mas que balela — retrucou Shang. — Conduzir propostas matrimoniais sem o conhecimento da imperatriz está muito além da sua autoridade.

— Perdoe-me a franqueza, general — começou o ministro Wei —, mas sua opinião quanto às perspectivas matrimoniais da imperatriz não é de todo imparcial.

Mulan soltou um longo suspiro. A proximidade dela com Shang não era segredo a ninguém, mas nunca a tinham discutido tão abertamente. A forma como Wei falava também lhe dava nos nervos, como se fossem dois homens a negociar uma ovelha premiada.

Os olhos de Shang faiscaram. Por um momento, parecia prestes a saltar para o outro lado da sala. Wei, o único ministro que se igualava ao general em tamanho, retribuiu o olhar em desafio. Mulan se alternava entre vigiar os dois, sem saber se deveria dizer alguma coisa antes que as coisas saíssem do controle, imaginando se conseguiria se safar caso socasse a cara do ministro por conta própria.

O ministro dos ritos pigarreou.

— Se me permitem interromper — disse ele, a voz fina se sobrepondo à tensão. — Vossa Majestade viu sozinha a ameaça vinda do norte. Consultei o astrólogo do palácio sobre a leitura dos ossos, conforme me foi solicitado. Talvez ouvir a perspectiva dele possa lançar uma luz sobre o assunto.

Mulan inspirou fundo e depois soltou o ar, esforçando-se ao máximo para dissipar a inquietação em sua barriga.

— Traga-o até aqui.

Shang relaxou, enfim se livrando da postura de alerta. Depois baixou os braços para as laterais do corpo em um movimento lento e deliberado. Wei cruzou os próprios braços sobre o peito e sorriu com escárnio. Todos esperaram em silêncio. Vez ou outra, o ministro Kin espirrava ou o ministro Huang coçava o nariz. Mulan ficou sentada, imóvel, às voltas com a sensação de que estava prestes a perder o controle do seu gabinete.

A porta se abriu novamente.

— O astrólogo do palácio — anunciou o eunuco.

Um homem de idade avançada adentrou o cômodo, com cabelos grisalhos nas têmporas. Parecia um rato na cova do leão, fitando os arredores com nervosismo, todo encolhido diante do olhar penetrante de Shang.

Ele fez uma reverência profunda a Mulan.

— Vossa Majestade — saudou. — Que seu reinado perdure por milhares de anos.

Mulan fez sinal para que o homem se levantasse, mais consciente do que nunca da necessidade de agir como uma imperatriz.

— Fui informada de que o senhor analisou minhas previsões.

— Sim, sim, inspecionei os ossos de oráculo de Vossa Majestade. A imperatriz tem muito talento na arte da adivinhação. — O astrólogo se deteve, dobrando os dedos com nervosismo. — Os ossos de fato prenunciam uma ameaça vinda do norte, mas encontrei um fator atenuante nas estrelas. Agora mesmo, a constelação conhecida como Dragão Azul se assentou no palácio norte do céu. O dragão azul é um símbolo de amizade, o que significa que o perigo do norte pode ser aplacado com propostas amigáveis.

Um aperto gelado viajou do coração de Mulan até suas entranhas.

— E as estrelas cadentes na minha coroação? Há alguma explicação para elas?

O astrólogo empalideceu.

— Perdoe-me, Majestade. Não quero passar dos limites...

— Compartilhe o que leu nas estrelas. Não será punido por isso.

O homem respirou fundo.

— Cinco estrelas cadentes… — A voz foi morrendo aos poucos, e ele puxou o ar para tentar outra vez, visivelmente trêmulo. — Cinco estrelas caíram no palácio do meio, Majestade. Essa é a parte do céu que simboliza os reinos da Terra. E as estrelas cadentes são quase sempre um sinal de…

— Um sinal de quê, astrólogo?

A paciência de Mulan estava por um fio.

O astrólogo caiu prostrado no chão, tremendo de medo.

— De insatisfação celestial.

Mulan o encarou por um tempo, reunindo toda a sua força para não desabar do mesmo modo. Não sabia o que era pior, as alegações do adivinho ou a humilhação de terem sido alardeadas diante de todo o conselho.

Ela suspirou devagar.

— Agradeço suas considerações. Está dispensado.

O homem não precisou de mais incentivo para ir embora. Mulan esperou até que a porta se fechasse atrás dele. Estava ciente dos olhares dos ministros sobre ela, e igualmente ciente da necessidade de não demonstrar nem um pingo de emoção.

A imperatriz se virou para o ministro Liu.

— Sabia que o astrólogo ia dizer isso?

— Sim, Majestade. Conversei com ele antes.

— Quando ele compartilhou o que leu nas estrelas?

— Ontem à noite. Antes de os hunos apresentarem a proposta de casamento.

A resposta não ajudou a desfazer o nó que se formara em seu estômago. Ela voltou o olhar para os outros ministros.

— E todos aqui acreditam que o melhor a fazer é aceitar a aliança de matrimônio?

— Os hunos são muito poderosos — disse a voz suave do ministro Huang. — A última guerra quase destruiu a China.

— Nós *vencemos* a última guerra — vociferou Shang. — Graças à mulher que lidera este conselho.

— Mas a que custo? — argumentou o ministro Wei. — As mortes no campo de batalha, as colheitas perdidas e as casas queimadas… A nação ficou a um triz de sucumbir.

— E há mais um aspecto a se considerar — acrescentou o ministro Liu com delicadeza. — As guerras são mais prósperas quando têm o apoio do povo. O último imperador era muito amado. E… embora eu tenha certeza de que Vossa Majestade em breve será igualmente adorada, haverá um período de adaptação.

As palavras foram um soco no estômago. Mulan se lembrou dos gestos na coroação, dos panfletos de rebelião.

— Os hunos não são dignos de confiança. Sempre quiseram conquistar a China. Este é apenas mais um artifício para assumirem o controle. O que os impede de me assassinar logo depois do casamento?

— Alianças de matrimônio são firmadas o tempo todo entre nações inimigas — argumentou o ministro Fang. — Entendo que Vossa Majestade seja nova na política, mas os assuntos de Estado devem ser decididos com base na lógica, não nos caprichos do coração.

Mulan teve vontade de arrancar a presunção do rosto do ministro com um tapa.

— Acha que estou tomando decisões irracionais, ministro?

Seguiu-se um longo silêncio, em que Mulan se recusou a desviar o olhar. Finalmente, o ministro Fang se curvou.

— De forma alguma, Majestade. Quis apenas enfatizar que todos os governantes têm o dever de considerar o melhor para a nação ao firmar um casamento. Uma aliança com uma potência estrangeira seria muito mais vantajosa do que um enlace interno.

Ondas de fúria irradiavam de Shang, sentado do outro lado do cômodo. Mulan teve a impressão de estar sendo conduzida a uma armadilha.

— Agradeço seus conselhos, ministro. Posso garantir que todos aqui encaram o dever em relação à China com a maior seriedade. Levarei suas palavras em consideração. A reunião está encerrada.

A nuvem da reunião pairou sobre Mulan muito tempo depois de ela ter saído da sala do conselho. Uma aliança de matrimônio com os hunos seria mesmo a única opção? Todos os seus instintos lhe diziam para fugir, mas será que não era contrária ao casamento apenas porque ainda estava apaixonada por Shang?

Os pensamentos rondaram sua mente pelo resto do dia. Ela se refugiou nos próprios aposentos, e, quando até isso se tornou muito sufocante, decidiu dar uma volta nos jardins.

Estavam tranquilos àquela hora da tarde. Árvores bem cuidadas debruçavam-se sobre lagos cristalinos. Vasos de flores coloridas adornavam degraus de pedra. Um conjunto de passarelas e pavilhões cobertos, todos primorosamente esculpidos, oferecia sombra e ainda permitia ao visitante desfrutar da brisa. O jardim era paradisíaco, mas também enganoso. Ela sabia como era trabalhoso persuadir as plantas a se portar de tal forma, como era extenuante manter o caos afastado.

Por acaso eu poderia ter escapado desta vida? O que teria acontecido se a morte do imperador não tivesse vindo naquele instante? Mulan teria reunido coragem para pedir que ele escolhesse outra pessoa? E será que o imperador teria concordado? Mais uma vez, ela se perguntou quais teriam sido os outros candidatos. Considerando que o reino lhe dera as costas na primeira oportunidade, era difícil acreditar que era mesmo a melhor escolha para o cargo. E, no entanto, que alternativa havia? Os ministros eram mais experientes, embora as últimas discussões tivessem minado a confiança que depositara neles. Ou estaria apenas se deixando levar pelo orgulho? O ministro Liu era o mais razoável, sempre calmo, equilibrado e comedido, mas Mulan sabia que o sujeito seria facilmente esmagado por seus colegas mais obstinados.

E, claro, ela própria não estava fazendo um bom trabalho em se manter firme.

Os arbustos farfalharam ali perto, e Mulan se virou a tempo de ver um enorme falcão com asas avermelhadas levantar voo. Havia mais alguém ali, uma pessoa que logo se escondeu atrás de um jardim de pedras. Parecia familiar…

— Zhonglin? É você?

Não houve resposta. Mulan se perguntou se a paranoia teria enfim levado a melhor sobre ela. Mas tinha certeza de que vira alguém. E sabia que os jardins deveriam estar fechados para todos, exceto para a imperatriz.

Ela se ajoelhou e pegou a faca que trazia amarrada no tornozelo.

— Sei que tem alguém aí. Apareça.

Olhou para a entrada arqueada do jardim, onde os guardas a esperavam. Antes que Mulan pudesse chamá-los, Zhonglin apareceu.

Era de fato a recruta. Quando tinham se visto pela última vez, a jovem estava reunida com as guerreiras no pátio, se preparando para retornar à aldeia. Não deveria estar ali.

Mulan escancarou um sorriso, afastando qualquer suspeita de sua expressão, e imprimiu na voz todo o alívio que conseguiu reunir.

— Zhonglin — disse. — Você me deu um baita susto. Não percebi que era você.

A jovem fez uma mesura.

— Boa noite, imperatriz.

Sua voz era cautelosa conforme abria caminho entre os arbustos floridos para alcançar a passarela.

— Não imaginei que fosse vê-la aqui — continuou Mulan. — Achei que tivesse voltado para casa.

Zhonglin parou de repente e se colocou em posição de sentido, com as mãos cruzadas atrás das costas, como quando aguardava ordens no campo de treinamento.

— A comandante Liwen pediu que eu ficasse para ajudar.

Era uma mentira, e Mulan não gostava de ter as mãos de Zhonglin fora de vista.

— Que bom que você estava disposta a ajudar. E o que veio fazer no jardim esta noite?

— A comandante queria que eu o inspecionasse em busca de vulnerabilidades.

— Sozinha?

— Sim, Majestade.

Mulan assentiu, mantendo a expressão neutra enquanto analisava as opções.

— Acompanhe-me, Zhonglin. Quero saber mais sobre o que você encontrou.

Uma pontada de hesitação cruzou o belo rosto da jovem, e então ela se curvou em uma mesura.

— Sim, claro.

Mulan se manteve afastada até ter certeza de que as mãos de Zhonglin estavam vazias. E ainda assim, segurou a faca com força enquanto caminhavam. Um rápido olhar para a entrada do jardim revelou que os guardas tinham notado a presença da intrusa. Dava para ver a confusão e o pânico em seus semblantes conforme corriam na direção da imperatriz.

— Mas me diga — retomou Mulan. — O que está achando da Cidade Imperial, agora que teve mais tempo de explorar?

— É imensa — respondeu Zhonglin, com aqueles olhos grandes que conferiam certo ar de inocência. — E agitada.

— E você gosta disso?

Os guardas estavam na metade do caminho. Mulan se esforçou para não deixar transparecer nada além de calma. Já tinha ido à caça vezes o suficiente para saber que nada era mais perigoso do que um animal encurralado.

— Prefiro lugares com menos gente.

Zhonglin também observava os guardas. A jovem não parecia portar nenhuma arma. Pelo menos, não tinha nenhuma à vista. Mas era difícil dar uma boa olhada sem levantar suspeitas.

Mulan acenou amigavelmente aos guardas e voltou a se dirigir a Zhonglin.

— Para ser sincera, eu também gosto de lugares mais calmos. Prefiro passear fora da cidade a dar uma volta no mercado.

O clangor das armaduras anunciou a chegada dos guardas, que lançaram olhares confusos entre as duas jovens, sem saber até que ponto haviam falhado em proteger a imperatriz.

— Ah, vocês estão aqui, que ótimo — disse Mulan com alegria. — Levem esta mulher sob custódia.

Os guardas ficaram boquiabertos, atônitos com a discrepância entre o tom e as instruções da imperatriz.

Zhonglin fez menção de correr.

— Peguem a garota! — ordenou Mulan.

Um dos guardas prendeu Zhonglin em um abraço de urso. O brilho de uma lâmina despontou na mão da jovem, mas a faca logo foi arrancada pelo outro guarda.

Zhonglin gritou e se debateu, mas não demorou muito até que a tivessem subjugado e amarrado.

— Obrigada — agradeceu Mulan. — Agora, tragam a prisioneira por aqui.

CAPÍTULO DEZ

Liwen começou a sorrir assim que abriu a porta.

— Gloriosa e abençoada imperatriz, a que devo a honra de...

Ela parou de falar quando viu Zhonglin atrás de Mulan, de mãos atadas e escoltada por dois guardas. Por um momento, apenas absorveu a cena, com o rosto torcido em confusão.

A surpresa de Liwen foi um alívio para Mulan. Teria ficado desconfiada caso a amiga tivesse demonstrado medo ao ver a recruta, ou se tivesse simplesmente agido com naturalidade. Mas Liwen parecia perplexa, o que significava uma preocupação a menos. Mulan a amava como uma irmã e não sabia se conseguiria lidar com outra traição vinda de suas próprias guerreiras.

— Zhonglin — pronunciou-se Liwen, enfim. — O que veio fazer aqui?

— Eu a encontrei no meu jardim — contou Mulan. — Ela disse que recebeu ordens suas para permanecer na Cidade Imperial.

A compreensão iluminou o rosto de Liwen. Com uma troca de olhares, as duas amigas chegaram a um rápido entendimento.

Mulan se virou para os guardas.

— Escoltem a prisioneira lá para dentro e esperem do lado de fora. Queremos conversar com ela a sós.

Os dois soldados se entreolharam com nervosismo.

— Ouviram? — insistiu Mulan.

Eles se apressaram a segurar os braços de Zhonglin, que não ofereceu resistência ao ser levada para dentro. A fúria no olhar da garota, porém, não escondia o teor dos seus pensamentos.

Os aposentos elegantes de Liwen, com sua mobília simples e delicada, eram uma sala de interrogatório das mais improváveis. A comandante arrastou um banco de vime em forma de ampulheta para o meio do cômodo.

— Coloquem a prisioneira aqui.

Os guardas a posicionaram no banco, e depois um deles, mais experiente, limpou a garganta e se alternou entre olhar para as duas mulheres.

— Vossa Majestade estará segura se ficarmos lá fora? As pernas da prisioneira não estão amarradas.

Ele já havia falhado em proteger a imperatriz ao permitir a entrada de Zhonglin no jardim. Claramente sabia que repetir o erro selaria seu destino.

— Vamos ficar bem — declarou Mulan, sem disposição para oferecer mais garantias.

Os guardas saíram, parecendo mais duas criancinhas com medo de levar uma surra do que soldados imperiais. A porta se fechou atrás deles e o cômodo mergulhou em silêncio, sem armaduras barulhentas ou botas pesadas para abafar a sensação de inquietude. O ar parecia leve, como se um movimento em falso pudesse abrir um buraco no espaço ao redor. Meses antes, Mulan tinha acolhido aquela garota. Tinha se comprometido a ser sua mentora. Como as coisas haviam chegado a esse ponto?

— Você mentiu — acusou Mulan. — Deveria ter ido para casa com as outras. Liwen não lhe pediu para ficar. Então, por que está aqui?

Zhonglin a encarou com ar de desafio.

— Quando me juntei a suas guerreiras, não lhe dei o direito de controlar minha vida. Aonde vou e o que faço é assunto meu.

A mão de Liwen disparou no ar. Ouviu-se um estalo, seguido por um grunhido abafado. Antes que Mulan pudesse assimilar a cena, Zhonglin ofegava no banco, com o corpo curvado para a frente.

— Você vai se dirigir à imperatriz com o devido respeito — sibilou Liwen. — Outros foram condenados à morte por mil cortes por uma fração da impertinência que você acabou de demonstrar.

Zhonglin não tirou os olhos do chão, com a mandíbula retesada, piscando para conter as lágrimas.

Mulan estendeu a mão para conter Liwen e voltou a se dirigir à prisioneira.

— No dia da minha coroação, eu a vi fazer este gesto no meio da multidão.

A garota ergueu o olhar para ver o sinal que Mulan replicava com a mão.

— O que ele significa?

— É um símbolo do seu reinado — respondeu Zhonglin em um murmúrio.

— É um símbolo de rebelião? — perguntou Mulan.

O olhar de Zhonglin se manteve fixo no chão.

— Responda a imperatriz — ordenou Liwen.

Uma onda de fúria dominou o rosto de Zhonglin, que cuspiu no chão.

— Mas que bela imperatriz, interrogando seus súditos mais irrelevantes por suspeita de traição. Finge que sabe governar, mas não consegue controlar nem seus próprios ministros.

Mulan estava atordoada demais para responder.

— A maioria das mulheres não tem a opção de recusar as ordens de um homem. Você é a imperatriz. Tem a força dos espíritos, das mulheres que vieram antes e das que virão depois. Por que permitir que outras pessoas decidam por você?

Liwen acertou Zhonglin outra vez, com força suficiente para lhe tirar o fôlego, e parecia tão abismada quanto a própria imperatriz.

A prisioneira tossiu e cuspiu sangue, mas o golpe não havia apagado o fogo que ardia em seus olhos.

— Tudo o que eu disse é verdade. O que pretende fazer? Mandar executar qualquer um que não se curvar às suas vontades?

Quando Liwen fez menção de desferir outro golpe, Mulan a impediu, mesmo sem entender o porquê.

— Quem é você? Seja sincera — exigiu a imperatriz.

— Sou sua súdita leal, Majestade.

A voz de Zhonglin estava impassível, carregada de zombaria. A raiva inundou Mulan e, por um momento, ela considerou estapear a prisioneira por conta própria. Em vez disso, apenas deu meia-volta e abriu a porta.

— Guardas.

Os soldados entraram apressados, enchendo-se de alívio ao ver a imperatriz incólume. Se ficaram surpresos ao encontrar Zhonglin mais abatida do que antes, não demonstraram.

— Mantenham a prisioneira sob vigilância. Quero ter outra conversa com ela mais tarde.

Zhonglin não disse uma palavra enquanto era escoltada para longe. Por um bom tempo, Mulan e Liwen permaneceram em silêncio. Não era uma sensação agradável ver uma de suas guerreiras, mesmo que rebelde, ser levada como criminosa. Alguém que ela mesma treinara almejava sua ruína. Essa traição era mais dolorosa do que o desprezo constante de seus ministros.

— Ela era uma espiã? — perguntou Mulan, mais para si mesma do que para Liwen.

Será que a garota tinha sido contratada para sabotar o império? Para semear a insatisfação entre o povo?

— Ela não nos deu muitas respostas — disse Liwen. — Isso me leva a pensar que está protegendo alguém.

— Precisamos descobrir o que ela estava tramando na Cidade Imperial.

A prisão de Zhonglin levantava muitas outras questões. Por acaso estaria contra Mulan desde o início, ou só tinha virado a casaca depois da nomeação ao trono?

— Também temos que descobrir quando ela foi recrutada — acrescentou Liwen, como se tivesse lido a mente da amiga. — E quem a recrutou.

— Os hunos me parecem a suspeita mais razoável — declarou Mulan. — Podemos começar por aí. Você pode investigar o embaixador por mim? Faça perguntas pela cidade e siga os passos dele. Não confio naquele homem.

Liwen assentiu com firmeza.

— Vou ver o que consigo descobrir.

Mulan sabia que não conseguiria pregar os olhos, mas ao menos decidiu tentar. Pediu a Ting que lhe preparasse um banho e depois a dispensou pelo resto da noite. Como todos os outros aspectos da sua vida estavam sob o escrutínio do reino, o banho noturno era um dos poucos momentos que ainda podia desfrutar a sós.

A água estava na temperatura perfeita, quente a ponto de deixar a pele vermelha. Mulan se demorou ali até quase esfriar, depois se secou com a toalha e vestiu uma camisola pesada de seda. Tinha mantido a maior parte dos móveis do antigo imperador ao se mudar para aqueles aposentos, mas não parecia certo dormir na mesma cama. Por isso, dera ordens para que arranjassem uma nova, e era uma de suas coisas favoritas no ambiente. Quando baixava as cortinas douradas que a revestiam, a cama se tornava uma tenda particular, um lugar seguro em um palácio que parecia mais perigoso a cada dia.

Ela se aninhou debaixo das cobertas de seda, encolhendo os joelhos até o queixo. Do lado de fora, vinha o farfalhar de criados a cruzar as passarelas com seus sapatos de pano, intercalado com o tilintar ocasional das armaduras.

A maioria das mulheres não tem a opção de recusar as ordens de um homem. Você é a imperatriz. Tem a força dos espíritos, das mulheres que vieram antes e das que virão depois. Por que permitir que outras pessoas decidam por você?

Por que ela deveria se sentir tão atormentada pela voz de uma traidora? Mas aquelas palavras pesavam sobre seus ombros, incômodas, zombeteiras. Apesar de ser a imperatriz, sentia-se tão impotente. Se ao menos tivesse a força das mulheres que vieram antes dela…

Quando os passos lá fora deram lugar ao silêncio, Mulan desistiu de dormir. Saiu da cama e vestiu as calças de lã e a túnica dos dias de exército. O cabelo ainda estava trançado, então enrolou as mechas em um coque e prendeu tudo com um grampo. Depois se esgueirou pela janela, escalando a pilastra até alcançar o telhado, como havia feito antes.

Embora o verão já se avizinhasse, o frio ainda se insinuava no ar noturno. Depois de cruzar o telhado e escorregar do lado oposto, percebeu que estava com o rosto e os dedos gelados. Assim que voltou ao chão, manteve a cabeça baixa e andou às pressas como um criado a caminho de uma incumbência.

O campo de treinamento estava silencioso quando Mulan se aproximou. Um guarda solitário vigiava o pequeno arsenal.

— Alto lá! — gritou o homem. — Identifique-se!

— Fa Mulan.

O soldado estreitou os olhos para ver direito, analisando as roupas gastas que ela vestia, e por fim se ajoelhou de súbito.

— Imperatriz! Por favor, me perdoe.

Era impressão ou o guarda estava batendo a própria cabeça no chão?

— Levante-se — disse Mulan. — Preciso de algumas armas de treino.

O homem errou o buraco da fechadura várias vezes em sua pressa, mas a porta do arsenal enfim foi aberta. Lá dentro, um punhado de armas sobressalentes cintilavam ao luar. Mulan fez sinal para que ele se afastasse e examinou as opções. Não havia nada particularmente bom ali, uma vez que as armas mais refinadas ficavam armazenadas com os comandantes, mas ela não estava em busca de qualidade. Só queria uma distração.

Havia uma aljava velha pendurada em um dos cantos, ao lado de um arco carcomido. Mulan os pegou, depois procurou algumas lanças de arremesso.

— Pode trancar — avisou ela ao guarda ainda estupefato. — Vou praticar no campo de tiro com arco.

— Vai precisar de alguma ajuda, imperatriz?

— Não. Apenas fique de olho.

O guarda sumiu de vista quando ela avançou em direção ao campo. Uma vez lá, percebeu que o vento estava mais forte, e chegou a tremer de frio. Alvos circulares estavam dispostos na outra ponta do campo, bem como alguns em formato de homem. Mulan puxou um desses para a frente. Cheirava a palha e mofo e tinha a superfície perfurada por velhas marcas de flecha.

— Pobrezinho, sempre um alvo. Quer trocar de lugar e assumir o trono?

O homem de palha não respondeu.

Havia algo profundamente meditativo na prática de arco e flecha. Levantar o arco, inspirar. Puxar a corda, expirar. Apontar, inspirar, segurar e... soltar. Um ruído abafado soou quando a flecha encontrou a vítima. Mulan não conseguia enxergar muito bem na escuridão, mas parecia haver um calombo no ombro do alvo. Razoável, mas não era onde ela havia mirado. A verdade era que tinha perdido a prática. O pensamento servia como uma lição de humildade.

A voz de Shang ecoou na cabeça de Mulan. *Uma mente errante desvia o curso das flechas. Deixe o resto da sua vida fora do campo de batalha. Aqui só você e seu inimigo importam.*

Certo, mas quem eram os inimigos dela? Zhonglin? Os mandantes? O embaixador huno? Ou outra pessoa qualquer?

Mirou outra flecha, e essa acertou a coxa do alvo.

O embaixador huno não passava de um mensageiro. Qualquer ameaça vinda dele era secundária. O homem era apenas o fantoche de um inimigo maior.

A próxima flecha acertou a barriga do alvo. Os hunos eram inimigos notórios, mas também podiam ser aliados. Não era esse o objetivo da diplomacia, estabelecer relações amigáveis com nações rivais? Mas tornar alguém seu aliado implicava torná-lo também seu marido?

Algo passou zunindo perto da orelha de Mulan. Ela mergulhou para o lado bem a tempo de ver um naco de palha explodir no alvo. A aljava estrondeou quando atingiu o chão, espalhando seu conteúdo. Ela agarrou uma flecha e a encaixou no arco enquanto se ajoelhava, com o sangue acelerado conforme examinava a escuridão. De onde aquela flecha tinha vindo?

Aos poucos, começou a distinguir uma silhueta familiar na borda do campo, alta e de ombros largos. Reconheceu a postura alerta, a confiança na forma como ele segurava o arco. O alívio a inundou, acompanhado de outro sentimento mais difícil de classificar. Com o arco apontado para o chão, Mulan caminhou em direção ao homem.

— Não me assuste assim. Eu poderia ter atirado em você.

Shang vestia trajes simples. Não havia sinal das sedas bordadas que o adornavam durante o dia. Parecia o homem que a treinara, o jovem capitão inexperiente que pegara um bando de recrutas e os transformara em soldados.

O olhar severo que dirigiu a ela também remetia àqueles tempos.

— Essa é a menor das suas preocupações. Eu poderia ser um assassino. Minha flecha poderia ter acertado você em vez daquele alvo de palha bolorento.

— Ora, então arriscou a própria vida para me dar uma lição? Não me parece uma estratégia lá muito boa. Além do mais, se os seus guardas estiverem fazendo um bom trabalho, não preciso me preocupar com assassinos no palácio.

Era difícil ver as feições de Shang na escuridão, mas Mulan teve a impressão de que ele tentava esconder um sorriso.

— Deveria ter mais cuidado ao perambular sozinha por aí, imperatriz.

Por alguma razão, foi mais doloroso ouvir Shang usar o título quando estavam ali a sós, trocando farpas amigáveis no escuro.

Mulan endireitou os ombros.

— Desculpe. Eu precisava ficar sozinha para preservar minha sanidade.

Quando Shang inclinou o rosto, a lua iluminou seus olhos. Eram da mesma cor que a noite ao redor, mas de alguma forma pareciam ainda mais brilhantes.

— O que aconteceu? — perguntou.

— Tive alguns problemas com uma das minhas guerreiras. Ela vinha agindo de forma suspeita havia semanas, então fiquei aliviada quando voltou para a aldeia. Mas hoje a encontrei se esgueirando pelo jardim dos meus aposentos. E, quando a questionei, ela se recusou a explicar o que veio fazer aqui.

— Acha que ela pode ser uma espiã?

— Não consigo pensar em uma explicação melhor.

— E o que decidiu fazer?

Mulan tinha se esquecido de como Shang podia parecer amedrontador. Vivia com medo dele em seus tempos de recruta. Às vezes, o general lançava um olhar afiado para as pessoas, como se quisesse as espetar com suas pupilas. Mulan já não o temia, embora pudesse sentir o ar de ameaça. Ficava feliz por não serem inimigos.

— Por enquanto, pedi aos guardas que a vigiassem. Sei que preciso interrogá-la direito, mas…

Os dois ficaram em silêncio. Mulan percebeu que Shang se mantinha um pouco mais afastado do que o normal, como era seu costume esses dias, com o cenho franzido sempre que a olhava. Ainda assim, algo no anonimato da escuridão conferia a tudo uma proximidade que não estivera ali antes. Talvez fossem as roupas que vestiam, ou simplesmente o frio desconfortável que os cercava. Mas, naquele momento, parecia que não eram mais a imperatriz e o general, e sim apenas Mulan e Shang.

Ela chutou um torrão de terra sob seus pés.

— Além disso, tem a questão do rei dos hunos, que quer me arranjar para o filho.

— Não gosto dos hunos, mas, como imperatriz, deve considerar a proposta.

A declaração poderia ter vindo de qualquer um dos conselheiros, mas por algum motivo a raiva a inflamou com uma rapidez implacável.

— Não me diga como ser imperatriz.

Era como se o tempo tivesse parado ao seu redor. Ela sentia as palavras flutuando no ar onde as havia cuspido, mas não conseguia voltar atrás. Apesar de não ter dado um único passo, Shang parecia ainda mais distante.

— Peço desculpas, imperatriz.

A voz dele estava mais séria e formal do que jamais estivera. A raiva de Mulan se esvaiu, deixando para trás apenas uma sensação de pesar.

— Eu sinto muito. Não quis ser tão brusca.

O ventou soprou com mais força, fazendo a palha rodopiar ao redor de suas pernas.

— Pelo jeito, meu plano de espairecer ao ar livre não deu muito certo.

Shang achou graça.

— Acho que a ideia foi boa — disse. — Nada como um treino pesado para clarear as ideias.

Mulan teve um sobressalto quando ele arrancou o arco da sua mão.

— Mas arco e flecha não é o bastante. Você precisa suar.

— O que quer dizer com isso?

Shang caminhou até a borda do campo e, quando voltou, trazia duas espadas cegas de treino e uma armadura acolchoada.

— Venha — chamou, entregando-lhe os aparatos. — É assim que se clareia a mente. Você tem passado muito tempo no trono sem se dedicar a um trabalho árduo.

Se a intenção era fazer o sangue dela ferver com o desafio, conseguiu. Mulan vestiu a armadura e ergueu a espada, ao que Shang espelhou o movimento.

— Pronta?

E assim, em um piscar de olhos, ela estava de volta ao campo de batalha, o mundo todo reduzido à lâmina da sua espada.

Foi a primeira a atacar. Bastou uma investida para perceber que Shang tinha razão. Depois de tanto tempo no trono, seu corpo estava ávido por se mexer e lutar. Shang aparou o golpe e Mulan deu outra estocada antes que ele tivesse tempo de se recompor. *Não pare. Não o deixe antecipar seus movimentos.* Podia ver que a surpresa inicial se dissipava, pois sentiu a energia de Shang se igualar à dela. As defesas dele tornaram-se cada vez mais rápidas, até que um con-tra-ataque enfim a desequilibrou. A força do impacto reverberou por seus braços, fazendo-a se curvar. Os dois circulavam um ao outro, ofegantes no ar frio da noite.

— Por que não fazemos isso mais vezes? — perguntou Mulan. Seus braços e pulmões doíam, mas sentia-se eufórica.

Ao responder, a voz de Shang trazia um toque de amargura.

— Sabe muito bem por quê.

Mulan desejou que ele não tivesse dito aquilo. Não naquele momento, quando estava mais feliz do que se sentira em semanas. Por isso, desferiu outro golpe. Dessa vez Shang estava preparado, rodopiando para fora do caminho e brandindo a espada na direção da cabeça dela. Mulan caiu e tentou retribuir com uma rasteira, mas ele saltou a tempo. Ela girou para fora do alcance, mas não sem antes ter a manga da roupa presa pela lâmina de Shang. Se fosse uma espada de verdade, teria cortado o tecido e talvez até sua mão. A espada dela caiu tilintando no chão.

— Você é lenta, imperatriz — provocou Shang.

Mulan recuou, sem tirar os olhos da lâmina dele.

— Estou fora de forma. E carrego o peso do império sobre meus ombros.

— Que besteira — sibilou ele, e Mulan foi transportada de volta aos seus dias de exército. — Esse é o tipo de pensamento que acaba por levar à morte. Não esqueça que você é a imperatriz. Pode contar com a força de um milhão de homens.

Mulan atirou um punhado de palha no rosto dele.

— Quer dizer um milhão de homens e mulheres, não?

A palha nem chegou a atingir o alvo, mas serviu como distração para que ela se afastasse. Correu em disparada até a extremidade do campo, onde tinha guardado as lanças de arremesso. Deu uma rápida conferida para ver se as pontas ainda estavam cobertas, depois atirou uma na direção de Shang. Passou longe. Ela pegou a última lança e partiu para o ataque.

Os movimentos eram puro improviso. A lança de arremesso não era ideal para um combate corpo a corpo. Como a arma era mais leve do que as outras com as quais havia treinado, teve dificuldade para encontrar o equilíbrio. Mas ao menos lhe dava mais alcance, e ela estava determinada a fazer Shang suar por aquela vitória.

Mulan atacou com fúria, tentando furar o bloqueio de Shang enquanto ele aparava e se esquivava. Toda vez que ele tentava contornar a ponta da lança, ela girava a haste para afastá-lo. A certa altura, acertou-lhe as costelas com tanta força que o viu ofegar, mas nem assim os ataques diminuíram. Céus, já tinha se esquecido de como Shang era implacável em uma luta.

Uma estocada longa a fez perder o equilíbrio e desabar para a frente, a lança cravando-se na diagonal no chão. Shang ergueu a espada e golpeou a haste com força, fazendo a madeira estilhaçar com um estalo. Quando ele fez menção de continuar, Mulan usou as duas mãos para agarrar o que restava da lança e a ergueu sobre a cabeça, uma tentativa desesperada de aparar o golpe. Um segundo estalo ecoou pela escuridão, a força das vibrações entorpecendo suas palmas. Ela tentou se afastar, mas a lança não saía do lugar. A lâmina dele havia cortado a madeira.

Os dois se encararam por cima das armas, ambos lutando para recuperar o fôlego. O sangue de Mulan fervia por conta da luta, mesmo quando o vento frio lhe provocou arrepios na pele. Estavam tão próximos que dava para sentir o calor do hálito de Shang no rosto dela. Se abaixassem as armas e dessem meio passo à frente, estariam colados um ao outro. Por um momento, o olhar de Mulan recaiu sobre os lábios de Shang, e ela logo o desviou, acanhada. Mas percebeu, pela mudança em sua expressão, que ele tinha notado. Talvez fosse só imaginação, mas Shang tinha a aparência de um homem atormentado, que lutava para se controlar, em vão.

Seria muito errado desejar que ele se rendesse ao desejo? O coração dela estava acelerado, atirando-se contra a caixa torácica em um ritmo frenético. Mulan não podia se dar ao luxo de fraquejar: era a imperatriz, afinal. Mas se o lapso partisse de Shang, talvez ela não pudesse ser rápida o bastante para impedir. Apenas um beijo, ali no escuro, onde ninguém pudesse ver...

Shang cerrou o maxilar e soltou a arma. Enquanto ele se afastava, Mulan sentiu todo o seu corpo esvaziar. Sabia, bem lá no fundo, que não poderia ser diferente. Os dois eram disciplinados demais para descumprir as regras. Ainda assim, seu peito doía como se ela tivesse engolido um ferrete.

— Lutou bem, imperatriz — elogiou Shang.

Havia uma pontada de rouquidão em sua voz normalmente firme, e o ferro em brasas no peito dela se retorceu ainda mais.

— Não esqueça de continuar a treinar. O reino precisa da sua liderança.

O reino precisava da liderança de Mulan. Essa era a terrível verdade. Lá estavam eles, as duas pessoas mais poderosas do Reino do Meio, e ainda assim não tinham qualquer controle sobre a própria vida.

Liwen bateu à porta de Mulan logo cedo na manhã seguinte. Alguns fios de cabelo tinham escapado de suas tranças e pendiam soltos ao redor do rosto marcado por olheiras fundas. Ainda assim, ela parecia animada.

— Descobri uma coisa — anunciou assim que passou pela porta. — Ontem à noite, o embaixador huno esteve na cidade com sua comitiva. Eu o segui até um restaurante, depois voltei para inspecionar os aposentos dele em busca de alguma pista.

Entregou um pedaço de papel a Mulan.

— Achei isto debaixo do fundo falso de um baú.

Estava escrito no idioma dos hunos.

— Consegue ler? — perguntou Mulan.

Sabia que Liwen tinha aprendido diversos idiomas com as monjas que a criaram, mas a amiga nunca fora muito estudiosa.

— Fiquei acordada até tarde tentando decifrar alguma coisa, mas ao menos descobri que se trata de uma lista. Ali diz "uma manada de vinte cavalos refinados", e em seguida "direito de transitar em território ao leste". Logo abaixo, "domínio da região de Yangzhou" e, por fim, "cinquenta lingotes de ouro".

Mulan passou o dedo sobre o papel.

— Por que esconder uma simples lista?

— Talvez sejam subornos? — teorizou Liwen. — Promessas para quem estiver disposto a trocar de lado?

A ideia também lhe ocorrera.

— Precisamos conversar com Zhonglin — determinou Mulan.

Depois abriu a porta do quarto. A criada que esperava lá fora fez uma mesura.

— Leve uma mensagem aos guardas encarregados de vigiar Zhonglin, pois quero interrogar a prisioneira. Peça que deixem tudo preparado e me chamem quando ela estiver acordada e alerta.

Quando a criada saiu, Mulan fechou a porta e andou de um lado para o outro no cômodo, martelando o assoalho de madeira com suas dúvidas. O nó em seu estômago se recusava a ir embora.

— Pode ser que ela não abra o bico — comentou Liwen.

— Eu sei.

As duas mergulharam em silêncio depois disso, porque o que estava por vir era horrível demais para ser dito em voz alta. Mulan precisava descobrir os segredos de Zhonglin. Se a garota não cooperasse, havia uma longa tradição de métodos usados pelos governantes para arrancar informações à força. Mas a ideia de se valer de tais táticas, ainda mais em alguém que estivera sob seu comando…

— Posso conduzir o interrogatório, se preferir — ofereceu Liwen com delicadeza.

Mulan negou com a cabeça. Será que havia se tornado mais uma vítima da sensibilidade feminina? Por acaso aquilo a tornava fraca?

— Não quero que os outros façam o trabalho sujo por mim.

— É o que todos os imperadores fazem.

— E as imperatrizes?

Liwen franziu os lábios.

— A minha oferta continua de pé, caso mude de ideia.

Uma batida soou à porta. As duas trocaram um olhar.

— Está pronta? — perguntou Liwen.

Mulan fechou os olhos e assentiu. O antigo imperador também se vira diante de tais escolhas? Será que alguma vez chegara a ser traído? Respirando fundo, ela abriu a porta.

Havia um soldado parado na soleira. Quando viu Mulan, caiu de joelhos, encostando a testa no chão.

— Majestade... — começou a dizer, mas o resto de suas palavras foram demasiado confusas para serem entendidas.

— Soldado, o que aconteceu? — questionou Mulan.

Ela o encarou, incapaz de compreender o que o homem fazia com a cara no chão, a balbuciar frases desconexas.

Liwen se aproximou da porta.

— O que se passa?

O guarda se encolheu e começou a bater a cabeça no chão, agitando-se de um lado para o outro com a armadura, parecendo uma tartaruga com o casco virado. Mulan não conseguia entender o burburinho incoerente que escapava dos lábios do sujeito, e ele parecia alheio a tudo o que lhe diziam. Por fim, ela agarrou o guarda pelos ombros e o ajudou a ficar de pé. Não era uma tarefa fácil, considerando o peso da armadura.

— Soldado — insistiu Mulan, sacudindo-o. — Soldado!

O homem parou abruptamente, com os olhos arregalados.

— Soldado, não entendo nada que diz.

— Majestade, por favor, nos perdoe — implorou ele com a voz rouca. — Não sabemos o que aconteceu. Nossas vidas estão perdidas, mas, por favor, poupe nossas famílias.

— Do que está falando? — questionou Mulan.

O guarda respirou fundo.

— Não sabemos onde está a prisioneira. Ela sumiu.

CAPÍTULO ONZE

Os guardas tinham colocado Zhonglin em uma cela para os malfeitores capturados dentro das muralhas do palácio, uma pequena construção de tijolo com janelas estreitas e uma porta de madeira maciça. Havia dois guardas de plantão: um junto à porta e outro no canto mais afastado. Ambos caíram aos pés de Mulan como o primeiro soldado havia feito.

— Mantenham a calma — pediu ela. Como poderia resolver o problema no meio de tanta confusão? — Não sou dada a execuções. Apenas me digam tudo o que aconteceu.

Pelo que Mulan deduziu de seus relatos, nada fora do comum havia se passado. Logo após o dia raiar, um guarda espiou pela janela e viu Zhonglin dormindo na cela. Uma hora depois, ela tinha desaparecido. As paredes de tijolo permaneciam intactas. O piso de pedra estava intocado e não havia grades soltas nas janelas.

— Fechem os portões do palácio e da cidade — ordenou Mulan. — Mandem soldados em seu encalço. Ela não pode ter ido muito longe.

— E quanto aos guardas da prisão? — quis saber Liwen.

Mulan considerou por um instante. Os soldados a observavam com atenção, tomados por um medo que nenhuma pessoa deveria sentir ao olhar para outra. Como alguém poderia conviver com tamanho poder dia após dia e permanecer igual? *Não sou um deus.*

— Detenham todos eles para serem interrogados — determinou, desviando o olhar.

E depois foi embora.

Liwen correu atrás dela enquanto atravessava o palácio.

— Para onde está indo?

— Para os alojamentos dos visitantes oficiais.

As portas dos aposentos do embaixador huno estavam fechadas. O homem era conhecido por dormir até tarde, mas o criado de prontidão a deixou entrar.

— Sua Majestade Imperial! — anunciou ele.

Mulan não diminuiu o ritmo ao passar pela porta. O embaixador Balambar estava sentado ao lado de dois escribas e levantou-se às pressas ao ver a imperatriz. Aquele aspecto do poder, ao menos, ela se permitiria aproveitar. A despeito de qualquer coisa, Balambar ainda era um convidado em sua cidade, e Mulan iria e viria como bem entendesse.

— Vossa Majestade — saudou o embaixador, e arqueou as sobrancelhas grossas e escuras em uma surpresa exagerada. — A que devo este prazer?

— Um dos meus prisioneiros fugiu das celas do palácio — disse Mulan.

Ela o estudou em busca de uma reação, mas o homem permaneceu imperturbável.

— São notícias muito preocupantes, Majestade. Existe algo que eu ou minha comitiva possamos fazer para ajudar?

— Por acaso viu alguma coisa suspeita por aqui?

— Nada que tenha me chamado atenção, Majestade.

Mulan observou os arredores. O lugar estava impecável, sem um fiozinho fora do lugar. Não havia onde esconder um fugitivo e, além disso, o embaixador não seria tão estúpido a ponto de levar Zhonglin aos seus próprios aposentos.

— Seja honesto comigo, Balambar — exigiu Mulan. — Seja honesto comigo e lhe retribuirei o favor.

Mulan estava de volta ao seu templo ancestral. A neblina ainda cobria o chão e, através da névoa do amanhecer, ela avistou flores vermelhas e rosadas contra um fundo esverdeado. O cheiro de terra encheu suas narinas. O grito de um falcão cortou o ar e um lampejo castanho e vermelho sobrevoou sua cabeça.

Enquanto subia os degraus do templo, Mulan espanou o nevoeiro com as mãos. Conseguia ver alguém no banco diante do altar, apenas uma sombra na neblina, mas a reconheceu mesmo de longe.

— Vovó!

Mulan correu até a avó, envolvendo-a em um abraço apertado. Nai Nai tinha um corpo franzino, mas parecia forte e cheia de energia como anos antes. A senhora retribuiu o abraço e fez carinho nas costas da neta. Tinha cheiro de jasmim e anis.

Lágrimas escorriam pelo rosto de Mulan.

— Nai Nai, não acredito que é a senhora mesmo!

— Está surpresa por me ver aqui? — perguntou a avó, parecendo achar graça. — Onde mais estariam seus ancestrais?

— Eu sei, mas...

Mulan fez um gesto desamparado para as tabuletas memoriais que revestiam as paredes.

A avó a segurou à distância de um braço. Estava idêntica a como Mulan se lembrava: o mesmo rosto em forma de semente de melão, olhos que dançavam e as bochechas enrugadas de tanto sorrir.

— Minha neta guerreira cresceu e se tornou imperatriz da China. Você nos enche de orgulho.

Mulan se encolheu diante das palavras.

— Não mais, vovó. Não há mais por que se orgulhar.

Duas sobrancelhas brancas se arquearam.

— Mas por quê?

— Está tudo uma confusão. Mal fui coroada e já vi tudo desmoronar ao meu redor. Não sei se consigo continuar.

A avó bateu com a bengala no chão.

— Minha neta? Admitindo a derrota? Não é a garota de que me lembro. Minha neta foi para a guerra. Mostrou a todos os rapazes do que era capaz e salvou a China inteira.

A vitória parecia tão distante àquela altura.

— Mas agora é diferente. Antes eu comandava tropas, mas agora mal consigo controlar meu próprio conselho. O antigo imperador prometeu que eu teria pessoas sábias para me ajudar a governar, mas, em vez disso meus ministros parecem me sabotar a cada passo.

— Talvez você precise de um novo conselho. Livre-se desse.

Mulan imaginou a avó, toda franzina, marchar na sala do conselho e expulsar os ministros com golpes de bengala. O pensamento a encheu de satisfação, mesmo que só por um instante.

— O conselho não é o único problema. Preciso conquistar o coração do povo.

— Mas já o tem, minha querida.

— Talvez tivesse antes, mas vi símbolos de rebelião no dia em que fui coroada.

Nai Nai torceu os lábios.

— Símbolos de rebelião?

— Era um gesto com a mão.

Os olhos da avó brilharam.

— Um gesto? Por acaso era parecido com isto?

Em seguida abriu os dedos e juntou os dois punhos em uma imitação perfeita do símbolo visto por Mulan.

— Isso, assim mesmo!

A velha senhora estendeu os dedos.

— Um leque a cobrir o rosto. Uma donzela recatada, cheia de segredos. E este — continuou, e dessa vez juntou os punhos — é a donzela segurando uma espada. Um símbolo para a rainha guerreira. A força oculta.

O olhar da avó encontrou o dela antes de acrescentar:

— Parece-me um símbolo de devoção.

— Devoção? — Mulan recuou, surpresa. — Mas o ministro Liu disse...

Ela perdeu o fio da meada. O ministro dos ritos havia insinuado logo de cara que o símbolo era um indício de rebelião, e sempre fazia questão de repetir que a imperatriz não tinha o amor do povo. E Mulan acreditara nele, porque o ministro Liu parecia o mais gentil de seus conselheiros, o único que nunca a menosprezava nem ignorava suas ordens.

— Será que ele mentiu? — questionou Mulan.

— Só há um jeito de descobrir — respondeu a avó.

O nevoeiro ficou mais denso, arrepiando a pele de Mulan. A voz de Nai Nai parecia mais suave quando acrescentou:

— Oh, e talvez seja bom ter uma palavrinha com o astrólogo do palácio. Pode ser que ele tenha algo a dizer.

Mesmo acordada, Mulan ainda sentia o perfume de jasmim e anis ao redor da cama. Esfregou os olhos com o dorso da mão e sentiu as lágrimas. O corpo lamentava a perda daquele abraço, da sensação de conforto. Fazia quanto tempo que já não se apoiava em alguém daquela forma, sem se preocupar com as possíveis implicações ou mágoas deixadas pelo gesto? O sonho tinha mesmo sido uma visita do espírito da avó? Ou não passava de um simples sonho? E as coisas que a avó dissera… por acaso seriam verdadeiras?

Só havia um jeito de descobrir.

Mulan abriu a porta do quarto e se alegrou ao ver Ting do outro lado.

— Ting, pode vir aqui um minutinho?

— Mas é claro, Majestade.

A criada fitou os arredores com interesse enquanto Mulan fechava a porta e espiava as janelas em busca de bisbilhoteiros.

— Preciso da sua ajuda com um assunto delicado e importante — confessou Mulan.

Ting endireitou os ombros e arrebitou um pouco o queixo.

— Qualquer coisa, Majestade.

— Primeiro, preciso que traga Liwen aos meus aposentos. Depois preciso que procure o astrólogo do palácio e também o mande para cá, mas seja discreta. Não quero que ninguém descubra que estou atrás dele.

Os olhos de Ting se arregalaram de tal forma que até a testa se ergueu.

— Está correndo perigo, Majestade?

— Não tenho certeza — respondeu Mulan com sinceridade.

A criada lutava para conter a empolgação e manter a seriedade.

— Farei isso, Majestade — declarou Ting em tom fervoroso. — Não a decepcionarei.

A jovem fez uma mesura e parecia prestes a dar pulinhos de alegria. Apesar de estar com a cabeça cheia de preocupações, Mulan reprimiu um sorriso. Sabia que Ting não a deixaria na mão, por mais deslumbrada e idealista que fosse.

Não demorou muito para que Liwen chegasse, e Mulan se perguntou se a amiga estivera a postos, à espera de ser convocada. Ela caminhava a passos pesados, com a cabeça estranhamente baixa, mas ergueu o olhar para cumprimentar a imperatriz.

— Alguma novidade? — quis saber Mulan.

— Nenhum sinal de Zhonglin até agora, mas as buscas continuam — contou Liwen, e uma sombra cruzou seu semblante. — Eu deveria ter ficado de olho nela.

— Você agiu como julgou ser melhor na época — tranquilizou-a Mulan. — Não temos como adivinhar o futuro. Espero que a encontrem, mas quero que investigue outra coisa agora.

Liwen esperou.

— Este gesto. — Mulan fez o símbolo com as mãos. — O ministro Liu me disse que é sinal de rebelião, mas nunca ouvi o significado da boca daqueles que de fato o usam. Quero que você vá até a cidade e converse com as pessoas. Descubra se reconhecem o símbolo e o que ele representa.

Duas horas mais tarde, Ting apareceu toda cheia de si, acompanhada do astrólogo do palácio. O homem adentrou os aposentos de cabeça baixa, arrastando os pés como um cãozinho ferido. Parecia até que a criada o puxava à força, embora o conduzisse com a maior delicadeza.

— Quando ele me viu chegar, tentou escapulir pelas portas dos fundos — contou Ting em tom sério, apesar da expressão triunfante em seu rosto estreito. — Mas fui rápida e consegui apanhá-lo a tempo.

Não parecia o comportamento de um homem com a consciência limpa.

— Muito obrigada — agradeceu Mulan. — Você fez um trabalho formidável, Ting. Por favor, fique de vigia lá fora enquanto converso com ele.

A criada parecia radiante.

— Devo chamar um dos guardas?

— Não precisa. Eu ficarei bem.

Mulan se lembrou do nervosismo do astrólogo na última audiência imperial. Nunca imaginou que fosse ver o homem ainda mais assustado, mas lá estava. Ele caiu de joelhos assim que Ting o soltou, tremendo da cabeça aos pés.

— Vossa Majestade.

— Pelo jeito o senhor é um homem difícil de encontrar — disse Mulan.

Era estranho se dirigir a alguém que estava com o rosto quase grudado ao chão, algo que parecia acontecer com cada vez mais frequência nos últimos dias.

— Perdoe-me, Majestade. Eu tinha coisas a resolver na cidade.

— E para isso precisava sair pelas portas dos fundos?

O homem se encolheu. Mulan achou melhor não o pressionar quanto à tentativa de fuga, pois ele parecia à beira de um colapso nervoso.

— Eu esperava que o senhor pudesse me tirar algumas dúvidas sobre as previsões que apresentou ao conselho. Pelo que disse, as estrelas corroboravam as mensagens dos meus ossos de oráculo, não foi isso?

— Isso mesmo, Majestade — respondeu o astrólogo para as tábuas do assoalho. — As constelações alertam sobre uma ameaça vinda do norte.

Mulan sentiu outra pontada de inquietação ao se lembrar do assunto, mas tratou de afastá-la.

— As estrelas também disseram que a ameaça poderia ser derrotada por um ato de boa-fé, sim? Pode me falar mais sobre a oferta amigável? As estrelas oferecem alguma pista?

— A astrologia não é uma arte exata, Majestade. — O futou do homem pendia torto, tamanha era sua prostração. — O alinhamento dos astros sugere uma aliança. Uma oferta amigável...

— Vai passar a conversa toda com o rosto no chão, mestre astrólogo? Por favor, levante-se.

Os joelhos dele vacilaram conforme se punha de pé.

— Por que está tão nervoso? — perguntou Mulan, com a cabeça inclinada para o lado.

— Eu... Majestade...

O homem fechou a boca com força, os olhos esbugalhados quando voltou a se atirar ao chão.

— Tenho uma mãe doente para cuidar, Majestade. Os remédios são caros. Não quis lhe causar nenhum mal...

As palavras eram jorradas em uma confusão indecifrável.

— Espere. Do que está falando?

O astrólogo continuou a balbuciar.

— Faça o que quiser comigo, Majestade, mas imploro que poupe minha família. Por favor.

Por que todos estavam tão convencidos de que ela pretendia aniquilar linhagens inteiras?

— Não entendo o que o senhor está dizendo — avisou Mulan ao se aproximar.

O homem se pressionou ainda mais ao chão.

— Eu menti sobre as previsões, Majestade. As estrelas nunca disseram nada sobre ofertas amigáveis.

As palavras foram assimiladas lentamente e, mesmo depois de ter entendido o que significavam, Mulan demorou muito a perceber todas as implicações.

— Nunca? O que quer dizer?

— Ele me ofereceu dinheiro para acrescentar essa parte — confessou o astrólogo. — Disse que não faria diferença e que era melhor fazermos as pazes com os hunos.

Mulan o encarou. A previsão era falsa. Não uma falha de comunicação, nem mesmo uma interpretação tendenciosa, mas sabotagem pura e simples.

— Quem lhe deu essas ordens? Quem?

Mas uma suspeita já começava a se instalar em suas estranhas.

O astrólogo se calou de repente. Depois ergueu a cabeça e passou a esquadrinhar os arredores em desespero.

— Responda a minha pergunta, astrólogo — exigiu Mulan entredentes. — Devo lembrar ao senhor que qualquer pessoa digna do seu medo está sob minha autoridade.

A voz do homem se tornou um sussurro, tão baixa que era quase impossível discernir as palavras.

— O ministro dos ritos, Majestade.

— Foi o ministro Liu quem o subornou para mentir para mim?

Parte de Mulan queria acreditar que entendera errado.

— Isso, Majestade — respondeu, a voz quase inaudível.

— Mas por quê?

Ele choramingou.

— Eu não sei.

Alguém bateu à porta, sobressaltando os dois. Mulan buscou a espada no armário, ignorando o gritinho amedrontado do astrólogo ao ver a lâmina.

— Quem está aí? — perguntou ela através da porta.

— É Ting, Majestade — respondeu a criada com timidez. — A senhora Liwen está aqui.

Os joelhos de Mulan bambearam de alívio.

— Deixe-a entrar.

Quando Liwen passou pela porta, seu olhar se dirigiu primeiro para a espada de Mulan e depois para o astrólogo.

— Pelo jeito muita coisa aconteceu enquanto estive fora.

— É, pode-se dizer que sim — concordou Mulan, depois se virou para Ting. — Leve o astrólogo para o aposento dos fundos e peça que um dos soldados fique de guarda.

Depois que a criada e o astrólogo foram embora, ela perguntou a Liwen:

— Você descobriu alguma coisa?

A amiga tirou um pãozinho branco e redondo das dobras da saia e ofereceu a Mulan. Estava um tanto úmido e amassado.

— Pedi para os cozinheiros prepararem quatro dúzias de pães e fui vender nas ruas. Sempre que alguém comprava um, eu perguntava sobre o gesto. Nem todo mundo o conhecia, mas algumas pessoas disseram que era um símbolo de celebração. Ninguém sabe de onde surgiu, mas parece ter se espalhado uns dias antes da coroação.

— Um símbolo de celebração? — perguntou Mulan.

Apesar da aparência prejudicada do pãozinho, o aroma de carne e gengibre do recheio era tentador. Mulan nem sabia quando tinha comido pela última vez.

— Celebração e devoção à imperatriz guerreira.

— Entendo.

Devoção, não rebelião. Tal como sua avó dissera. Ela pousou o pãozinho na mesa.

— Os ministros mentiram para mim. E subornaram o astrólogo do palácio para me convencer a me aliar aos hunos.

Liwen reagiu com naturalidade a essa revelação.

— Por que eles querem se aliar aos hunos?

— Não sei. E não sei onde Zhonglin se encaixa nessa história. Se ela sabia que o símbolo não representava rebelião, por que não me disse de uma vez? É uma garota orgulhosa, eu sei, mas por que se recusar a se defender a ponto de ser presa…

— Ela não ficou presa durante muito tempo — comentou Liwen. — Talvez já soubesse que conseguiria escapar.

Mas como Zhonglin conseguira escapar? Quem a ajudara a fugir? Qual era o sentido de todo aquele esforço? Havia tantas peças faltando naquele quebra-cabeça…

— Pode ser que Shang tenha alguma explicação.

— Você corre perigo — declarou Liwen de forma abrupta.

A amiga finalmente colocara em palavras a angústia crescente que havia atormentado Mulan durante toda a manhã. Já não se tratava de um simples joguinho político. Assim que os ministros descobrissem que tinham sido pegos em sua traição, tomariam alguma atitude para salvar a própria pele.

— Tenho que agir depressa — comunicou Mulan. — O ministro dos ritos não pode descobrir que o astrólogo deu com a língua nos dentes.

Em seguida saiu pela porta e entrou no quartinho dos fundos, onde o astrólogo estava sentado de pernas cruzadas em uma esteira de palha, vigiado por um guarda e por Ting. A criada havia arranjado um peso de papel de jade e o batia ameaçadoramente contra a palma da mão. O prisioneiro espichou o pescoço ao ouvir a aproximação da imperatriz.

Mulan pediu que os outros se retirassem até que apenas ela, Liwen e o astrólogo permanecessem no cômodo.

— Quando o senhor sair daqui — começou a dizer —, quero que vá para casa como normalmente faria. Não converse com ninguém no caminho. Não saia de casa por nada, a menos que eu o chame de volta. Por ter confessado, ganhou a possibilidade de receber clemência. Mas se eu suspeitar que contou nossa conversa a outra pessoa, quem quer que seja, receberá a punição que convém ao seu crime. Estamos entendidos?

— Sim, Majestade — respondeu o homem, se ajoelhando em reverência. — Obrigado, Majestade.

Mulan se virou para Liwen.

— Quero que vá atrás dele e se certifique de que não falará com ninguém.

Uma imperatriz nunca ficava verdadeiramente só. E isso nunca parecera tão claro a Mulan quanto naquele momento. Mesmo quando estava sozinha no quarto, sempre havia uma criada de prontidão à porta. Os guardas rondavam os aposentos de tempos em tempos. E o palácio lá fora fervilhava de olhares atentos.

De certa forma, os esforços dela para garantir o silêncio do astrólogo não passavam de uma farsa, tão inúteis quanto tapar o sol com uma peneira. Importava se o astrólogo contaria a alguém sobre a conversa quando inúmeras pessoas tinham visto Ting vasculhar o palácio atrás dele e depois escoltá-lo de volta?

Mas que outra coisa Mulan poderia ter feito? Depois de tantas semanas juntas, confiava na lealdade e no discernimento da criada. Os guardas tinham sido escolhidos a dedo por Shang, então não achava que fossem traí-la. Quanto a possíveis testemunhas, espectadores e transeuntes, só lhe restava torcer pelo melhor.

Naquela noite, houve um jantar oficial para marcar a despedida de vários parentes distantes do antigo imperador que haviam comparecido à coroação. Mulan sorriu aos elogios dissimulados do ministro Huang entre uma colherada e outra de sopa de barbatana de tubarão e ignorou os insultos velados do ministro Fang à sua inteligência. Shang nem deu as caras.

Depois do jantar, ela decidiu passar nos aposentos dele. Ninguém atendeu a porta. Um criado de passagem avisou que o general tinha saído para treinar.

— Sabe quando ele volta? — perguntou Mulan.

O criado fez uma mesura.

— Ainda hoje, imperatriz.

Ela não podia esperar até o dia seguinte para falar com Shang. Enviar um mensageiro não parecia seguro, e esperar ali até que ele voltasse chamaria muita atenção.

— Preciso entrar nos aposentos do general, por favor.

Havia tinta e pergaminho na escrivaninha, e Mulan os usou para redigir um bilhete cauteloso.

Estou fora de forma depois do nosso último treino. Podemos nos encontrar novamente, na mesma hora e local?

Depois o enfiou sob o tinteiro, deixando apenas a pontinha de fora.

A noite foi passada em claro. A lua despontou no céu. O palácio mergulhou em silêncio. Mulan andou de um lado ao outro de seus aposentos. Apesar de traidores, os ministros eram poderosos, com aliados dentro e fora do palácio. Será que ela conseguiria os afastar do conselho?

No canto do quarto, o relógio de água pingava mais baixo. As linhas na porcelana marcavam as horas que passavam. Mulan vestiu o traje de soldado, prendeu o cabelo e se esgueirou pela janela. Dessa vez, tentou se manter escondida enquanto se dirigia ao campo de treinamento, avançando de forma sorrateira pelo telhado e se esquivando sempre que ouvia guardas ou criados.

O campo estava vazio, exceto pelo guarda em seu posto habitual junto ao barracão de armas. Mulan o contornou sem ser vista e seguiu em direção ao recinto de arquearia, onde se acomodou ao lado de um alvo de palha bolorenta.

De acordo com seus cálculos, havia chegado antes da hora e ainda teria uns quinze minutos de espera pela frente. O vento a fustigou enquanto ela se agachava junto ao alvo. Nem sabia se Shang apareceria, mas ele era um homem observador. Se tivesse regressado aos seus aposentos, teria encontrado o bilhete. E se lesse o pedido, certamente viria.

Um farfalhar na escuridão afastou esses pensamentos para longe. Mulan ficou de pé. As pernas estavam um pouco doloridas, então ela as sacudiu. Era difícil enxergar qualquer coisa naquele breu.

Uma sombra se destacou da noite ao redor, mas a silhueta não pertencia a Shang. Era muito estreita, muito delicada. Mulan nem se mexeu. Tentou se esconder atrás do alvo de palha, desejando que a figura desconhecida fosse embora. A pessoa, porém, foi se aproximando cada vez mais, avançando na direção dela sem pestanejar.

— Quem está aí? — gritou Mulan.

A silhueta chegou mais perto, e uma voz fina e familiar cortou a noite.

— Um servo leal, Majestade — respondeu o ministro dos ritos.

CAPÍTULO DOZE

Uma onda de puro pavor a dominou, a certeza de que algo muito errado estava prestes a acontecer.

Foi o ministro quem voltou a quebrar o silêncio:.

— Vossa Majestade não deveria perambular por aí sozinha a esta hora da noite.

As sombras se moveram e mais formas surgiram na escuridão: a estrutura robusta do ministro da justiça, o corpo esguio do ministro de funcionários. Um após o outro, eles se revelaram. Estavam todos ali, menos Shang.

— O que vieram fazer aqui? — questionou Mulan.

— Poderíamos lhe fazer a mesma pergunta, Majestade — respondeu o ministro Liu.

— Eu sou a imperatriz. Não posso ir aonde bem entender?

— Certamente é livre para fazer o que quiser, Majestade, mas há riscos.

Ele parecia tão pequeno ali, curvado contra a vastidão do campo ao redor. Tão inofensivo.

— Deram ordens para que eu fosse seguida — externou Mulan.

Não só durante o dia, percebeu, mas mesmo nos momentos em que pensava estar sozinha.

— Temos acompanhado seus passos, Majestade, para garantir que esteja segura.

— Não minta para mim, ministro — rebateu ela, aliviada por enfim colocar tudo às claras. — Os senhores me traíram, todos vocês.

O ministro Liu ofegou como se tivesse provado sopa azeda.

— Preferimos encarar nossos atos como uma prova de lealdade à China. Nossa nação deve ser governada por alguém estável e experiente. Um governante forte que possa enfrentar os desafios de comandar um reino tão grandioso.

Um governante que não seja mulher.

— O imperador me escolheu como sucessora. Os senhores estão desonrando a memória do nosso antigo líder.

— De fato o imperador era um homem sábio, mas seu discernimento diminuiu com a idade.

Os movimentos ao redor se intensificaram. Mais silhuetas apareceram, delineadas nos contornos volumosos das armaduras.

Mulan deu um passo para trás e se abaixou para apanhar a faca escondida no tornozelo. Sentiu o coração acelerar como sempre acontecia nos momentos que antecediam uma batalha.

— Regicídio? Vão enfrentar o julgamento dos céus.

— Jamais cometeríamos tal crime — defendeu-se o ministro Liu, como se explicasse uma parte obscura da história. — Vamos apenas sugerir que Vossa Majestade faça uma breve viagem ao campo para descansar. Governar tem sido difícil para a saúde da imperatriz, e algum tempo fora seria muito benéfico a todos.

Os soldados a rodearam, formando um semicírculo, e Mulan desembainhou a faca. Onde os ministros haviam encontrado soldados dispostos a levantar a mão contra a imperatriz? Um dos sujeitos se adiantou e Mulan deu-lhe um pontapé no joelho, fazendo-o tombar com um grunhido. Quando ergueu a cabeça, ela se deparou com um mar de espadas.

A voz do ministro se fez ouvir por cima das lâminas.

— Ordenamos aos nossos soldados que não a matassem, mas os céus nos perdoarão se a imperatriz tropeçar e cair sem querer sobre o fio da espada. Siga o meu conselho e largue essa faca.

Mulan fitou os arredores. A lua estava baixa no céu, mas não se via nada além de sombras. Será que todos no palácio estavam mesmo adormecidos?

— Traição! — gritou ela. — Traição contra a imperatriz!

Dessa vez, os soldados se moveram em sincronia. As espadas formaram uma parede curva ao redor dela, a meros centímetros da sua pele.

— Ora, achou mesmo que seríamos tão incompetentes a ponto de permitir que alguém ouvisse seus gritos? — perguntou o ministro Liu. — Por favor, largue sua arma, imperatriz. Não esqueça que o ouro tende a diminuir o medo de receber um castigo divino, e nós demos pilhas e mais pilhas de ouro a estes soldados.

Mulan largou a faca.

— Levem a imperatriz até a carroça.

Os soldados se puseram em marcha e conduziram Mulan, totalmente cercada, para fora do campo. Ao vê-los mais de perto, ela percebeu que todos tinham coberto o rosto com lenços. *Covardes.* Será que conhecia algum daqueles soldados? E Shang?

Havia uma grande carroça estacionada na trilha de paralele-pípedos ao lado do campo de treinamento. Não era uma carruagem imperial, e sim um veículo todo fechado que poderia ser usado para o transporte de prisioneiros. Um dos soldados abriu a porta. O interior estava vazio, exceto por um banco de madeira.

— Entre, Majestade.

Será que havia mesmo escutado uma pontada de hesitação na voz dele? Mulan o olhou nos olhos, mas pareciam tão frios quanto os outros. Ela entrou e se acomodou no banco, tão áspero que certamente a encheria de farpas.

— Para onde vão me levar? — perguntou.

O ministro Liu se aproximou da porta. Apesar de tudo o que fizera, ainda conservava a aparência de um erudito gentil e debilitado.

— Vossa Majestade vai descobrir em breve — declarou ele, observando-a como se fosse apenas mais um pergaminho de sua coleção.

Em seguida sorriu e fechou a porta.

Com um solavanco, a carroça se pôs a sacolejar para longe. A vontade de Mulan era esmurrar a porta e ordenar que a deixassem sair, mas não queria dar essa satisfação aos seus captores. Em vez disso, então, agarrou o banco áspero, cravando as unhas na madeira conforme avançavam pela estrada. Sua cabeça girou. O mundo tombou de lado. Suas mãos seguraram a madeira com mais força.

Seis dias. Tinham se passado apenas seis dias desde a coroação. Seis dias para perder o controle do reino, para ser acorrentada e expulsa do seu próprio palácio.

A carroça não tinha janelas, apenas uma frestinha estreita que permitia aos condutores uma forma de vigiar a prisioneira. Mulan se lançou do banco, agarrando-se à fresta como se o piso da carroça não estivesse mais lá. Estreitou os olhos para espiar os dois soldados sentados na frente.

Ao chegarem aos portões do palácio, Mulan avistou quatro guardas a postos. Será que algum deles ainda seria leal à imperatriz?

— Socorro! Alguém me tire daqui! — berrou, socando as paredes.

O guarda mais próximo fitou a carroça com desinteresse e, com sua alabarda, fez sinal para que avançassem. Assim que atravessaram os portões, um dos condutores esticou o braço para trás. Mulan mal teve tempo de tirar os dedos da janelinha antes que o homem a fechasse.

A compostura dela caiu por terra.

— Maldito seja! — praguejou, e tornou a esmurrar a parede.

Farpas espetaram sua pele. Quando as mãos estavam muito doloridas para continuar, ela começou a dar pontapés na carroça até que um buraco na estrada a fez perder o equilíbrio. A dor irradiou dos cotovelos e do quadril quando Mulan desabou nas tábuas do chão. Ficou deitada ali, com a bochecha encostada na madeira. O que os ministros fariam em sua ausência? O que estavam tramando?

A carroça avançava aos solavancos, e Mulan sentia cada buraco na estrada como um choque nas suas articulações. Só conseguia marcar a passagem do tempo com base no aquecimento gradual da cabine e nos raios de luz que se infiltravam pelas frestas da porta. Passadas algumas horas, o veículo parou e a porta de trás foi aberta.

A luz inundou o interior escuro e Mulan teve que erguer a mão para proteger os olhos. Quando enfim se ajustou à claridade, viu que o guarda havia deixado no chão um prato com pãezinhos de legumes cozidos ao vapor. Depois que ela terminou de comer, o soldado prendeu seu tornozelo com uma corrente e a deixou entrar na floresta para se aliviar.

Aquela se tornou a rotina. Viajar na parte de trás da carroça até a hora da refeição, quando lhe davam comida e água e permissão de esticar as pernas lá fora. À noite, recebia um cobertor grosso de seda, luxuoso demais para uma prisioneira. A manhã trazia uma nova refeição e mais horas na estrada. A paisagem se alternava entre prados, plantações e, vez ou outra, florestas montanhosas. Pelos vislumbres que tinha quando os captores a deixavam sair da carroça, Mulan percebeu que se dirigiam para o norte. Por acaso pretendiam a deixar do outro lado da fronteira? Em um dos palácios de veraneio? Mas o destino, qualquer que fosse, seria longe demais. Uma vez lá, ela se tornaria irrelevante, esquecida. Falhara em cumprir a promessa ao antigo imperador.

Mulan registrava a passagem dos dias com entalhes no banco de madeira. Quatro, cinco, seis, sete... No início, esforçou-se para manter a dignidade. De manhã, lutava com o cabelo cada vez mais emaranhado e tentava domar os fios em um coque. Fazia tudo ao seu alcance para manter a cara limpa, mesmo que o resto do corpo ficasse cada vez mais imundo. À medida que os dias passavam, porém, os nós se tornavam mais numerosos no cabelo, e a sujeira no rosto ficava mais incrustada e difícil de limpar. Imperatrizes se esforçavam para manter as aparências. Prisioneiras não tinham motivos para tal. Os guardas nunca lhe dirigiam a palavra e sempre evitavam seu olhar. Simplesmente a alimentavam, prendiam as correntes e seguiam seu rumo.

Imperatriz.

Mulan puxou as cobertas para junto de si. A seda era macia contra seu rosto, embora o travesseiro machucasse sua cabeça.

Imperatriz, acorde.

Os olhos dela se abriram de repente. Não havia travesseiros, apenas as tábuas duras do chão. O interior da carroça estava frio e escuro. Por mais que não conseguisse ver nada, Mulan tinha a nítida impressão de que havia algo, ou alguém, ali dentro.

— Quem está falando?

Não esqueça sua força.

A voz era feminina, não muito humana. Parecia vir de uma multidão, como se várias pessoas falassem ao mesmo tempo.

O povo precisa da imperatriz.

— Fui rejeitada pelo povo — sussurrou Mulan.

Isso não é verdade. O povo a ama. Apenas seus inimigos a querem longe.

As tábuas do chão da carroça machucavam as costelas dela.

— Então meus inimigos estão fazendo um ótimo trabalho.

Só porque você permitiu. Avalie suas vantagens. Use-as para se libertar.

— Por acaso consigo atravessar paredes? — perguntou, com uma pontada de irritação na voz. — Conjurar uma espada do ar?

Você é a imperatriz. Tem a força dos ancestrais, das mulheres do passado, do presente e do futuro. Seus carcereiros não podem a manter presa a menos que essa seja a sua vontade.

Uma onda de compreensão a invadiu.

— Quem é você? — questionou Mulan.

Essa não é a pergunta certa. Quem é você?

Em um piscar de olhos, ela voltou a ficar sozinha. Aquela presença, a sensação de outro alguém, tinha desaparecido. O que a causara? Um espírito? Mais de um? A ideia de ser assombrada por fantasmas não lhe parecia muito agradável. Ainda assim, a presença não tinha sido malévola.

Avalie suas vantagens. Seus carcereiros não podem a manter presa a menos que essa seja a sua vontade.

Será que a voz tinha razão? Mulan poderia mesmo escapar? Quais eram suas vantagens? Os guardas, ao contrário dela, estavam armados.

Não, isso não era verdade. Não estava munida de espadas ou facas, mas nem todas as armas tinham que ser forjadas desse modo. Seu cabelo ainda pendia em uma trança bagunçada que se desprendera do coque dias antes. Dentro da túnica estava o grampo que ela usava para prender as mechas. Os guardas nem tinham se dado ao trabalho de confiscar o acessório. Ele não era mais comprido do que os dedos de Mulan, com uma ponta arredondada que poderia ser afiada. E havia a corrente com que os guardas a prendiam quando a deixavam sair. Era pesada, com um comprimento razoável.

Mas as vantagens não precisavam se limitar a forças físicas. Também podiam ser psicológicas. Prisioneira ou não, Mulan ainda era a imperatriz da China. Os guardas sabiam disso. Ela tinha visto os lampejos de hesitação em seus olhos. Apesar de terem sido subornados ou convencidos a se voltarem contra a imperatriz, eles ainda a temiam... e, acima de tudo, temiam o castigo divino caso a machucassem. Foi por esse motivo que não tinham feito uma revista minuciosa antes de a atirarem no interior da carroça. Era por isso que lhe davam refeições decentes e um cobertor digno de realeza e deixavam suas mãos desatadas. Pegariam em armas contra ela, se fosse preciso, mas seriam lentos. Estariam propensos a cometer erros.

E, acima de tudo, os guardas a subestimariam por ser mulher.

Quando a deixaram esticar as pernas na floresta outra vez, Mulan encontrou uma pedrinha e a escondeu debaixo da túnica. Começou a trabalhar quando a carroça avançou pela estrada, as batidas dos cascos e o sacolejar das rodas mascarando o raspar do grampo contra a pedra. Ao fim de um dia, a ponta estava afiada o bastante para servir ao seu propósito. Mulan usou vários fios de cabelo para prender o acessório ao antebraço.

Naquela noite, ficou encolhida sob as cobertas, repassando o plano. Teria apenas uma chance de surpreender e dominar os guardas. Analisou todos os cenários possíveis e imagináveis, avaliando tudo o que poderia dar errado. Ela adormeceu pouco antes do amanhecer, com os sussurros dos espíritos a embalar seus sonhos.

Quando acordou, a luz do sol se esgueirava pelas frestas da carroça. As vozes vindas de fora indicavam que os guardas já preparavam a refeição matinal. Mulan se sentou e tateou o braço, o coração quase saindo pela boca até enfim conseguir encontrar o grampo onde o tinha deixado.

Os passos se aproximaram. Uma chave tilintou na fechadura da carroça. Como nos outros dias, Mulan piscou para a claridade repentina e enfim avistou os contornos do homem à porta.

Era o guarda mais velho, um sujeito com o rosto queimado pelo vento. Parecia o mais casca-grossa dos dois. Não era quem ela estava esperando. Preferia que fosse o outro, que hesitara quando a mandara entrar na carroça naquela noite fatídica.

O soldado não fez contato visual ao colocar a tigela de mingau de arroz no chão da carroça, mas a observou comer. Mulan devorou tudo de uma vez só, atenta a cada grãozinho que ficava grudado em seu rosto. Depois pousou a tigela vazia no chão e a empurrou na direção do guarda. O veículo era alto o bastante para que o piso ficasse ao nível da coxa dele. Como de costume, o homem pôs a tigela de lado e estendeu os grilhões para Mulan, que se arrastou até a beirada da carroça e esticou o tornozelo. Conforme o guarda se aproximava, ela dobrou o braço e deixou o grampo escorregar até a palma da mão. A armadura cobria o peito e a parte superior dos ombros do soldado. Embora usasse proteções nos antebraços, o resto do corpo estava coberto por uma única camada de tecido.

Mulan apertou o grampo entre os dedos. Quando o guarda se curvou para prender os grilhões, ela espetou a axila dele com a ponta afiada. O sujeito grunhiu, surpreso, e derrubou a corrente. Mulan a agarrou e a enlaçou ao pescoço dele, depois jogou o corpo para trás e usou toda a sua força para puxar o homem para dentro da carroça. Quando ele caiu, ela o arrastou para a esquerda e se agarrou a suas costas como um macaquinho, apertando a corrente ao redor do pescoço. O guarda ofegou, sufocado, e puxou os elos de metal com desespero enquanto Mulan o prendia, toda curvada com o esforço.

Não demorou muito. Os movimentos do soldado ficaram cada vez mais lentos até enfim cessarem por completo. Mulan segurou a corrente por mais um tempinho, só para garantir que ele estava mesmo inconsciente, depois a soltou e arrastou o homem para o fundo da carroça. Arrancou o cinto onde ficava a espada e o colocou ao redor da própria cintura, e em seguida fez o mesmo com a adaga e o molho de chaves.

— Laoxie!

O chamado veio de fora. Mulan nem se mexeu.

— Laoxie, ainda está aí atrás?

Havia uma pitada de desconfiança na voz do outro guarda, mas ele ainda não parecia alarmado. Mulan agarrou a corrente e se arrastou para o fundo da carroça. Colou as costas à parede lateral, enrolando os elos metálicos entre as mãos.

— Laoxie? Está aí?

O segundo soldado contornou o veículo, congelando no lugar ao ver o companheiro caído. Sem hesitar, Mulan girou a corrente e a arremessou para fora com toda a força, acertando-a em cheio no rosto coberto do homem. Ao vê-lo cambalear para trás, ela se lançou porta afora e fincou o pé no peito dele. Quando o sujeito despencou no chão, Mulan deu-lhe um pontapé na cabeça.

Silêncio. A luta toda foi mais rápida do que sua refeição matinal, mas ela sentia a garganta arder com o esforço. Seu corpo ainda tremia com a adrenalina da batalha.

Mulan olhou para o primeiro soldado, ainda inerte na carroça, mas não sabia por quanto tempo ele permaneceria inconsciente. Com movimentos ágeis, ela se agachou e passou o braço do segundo guarda ao redor do seu pescoço. Tentou se levantar e tropeçou, mas firmou os pés e se endireitou outra vez. Por que os homens tinham que ser tão pesados? As botas do sujeito deixaram um rastro na terra conforme ela o arrastava. Primeiro atirou o tronco dele para dentro da carroça e depois, com um grunhido, ergueu as duas pernas. Mulan ouviu um som estrangulado quando empurrou o resto do corpo para dentro, mas nem verificou de onde vinha antes de fechar a porta.

Com dificuldade, tentou enfiar as chaves na fechadura, sem sucesso. Ouviu outro grunhido vindo de dentro e, com as mãos trêmulas, tentou mais uma vez. Finalmente, a chave entrou. O ferrolho se fechou com um estalo. Mulan puxou a maçaneta para garantir que a porta estava trancada e então correu para longe.

CAPÍTULO TREZE

Mulan correu por um campo acidentado, abaixando-se sob os galhos das árvores e afastando as folhas do rosto enquanto os ramos retorcidos deixavam marcas em sua pele. A respiração estava tão ofegante que martelava os próprios ouvidos. Gritos soaram ao longe, e por acaso aquilo era um som de pancada? Talvez ela devesse ter aniquilado os guardas, mas abater um oponente em combate era diferente de matar alguém a sangue-frio. E parecia errado derrotar os próprios súditos, mesmo que fossem traidores.

Ela continuou a avançar, contornando rochedos cor de ferrugem e se esforçando para não levantar a poeira vermelha. Os tornozelos doíam do impacto com o terreno irregular, e era um milagre que ainda não tivesse tropeçado e dado de cara com o chão.

Os ruídos ficaram cada vez mais distantes. Quando não conseguiu mais correr, Mulan curvou o corpo, com as mãos nos joelhos, e vomitou todo o mingau de arroz. Sentiu uma pontada na lateral da barriga. A cabeça rodava e a panturrilha esquerda latejava de câimbra. Estava fraca depois de tantos dias na carroça.

— E agora, o que eu faço? — perguntou às árvores.

Mas as vozes ancestrais permaneceram em silêncio. Um roedor se enfiou em um arbusto logo adiante, e um falcão mergulhou em seu encalço.

Não demoraria muito para que os ministros começassem a procurar a fugitiva. Mas quem enviariam atrás dela? Mulan não sabia quantas pessoas tinham sido influenciadas por seus antigos conselheiros.

A essa altura ela enfim percebia como tinha sido ingênua em relação a eles. Ficara tão impressionada com o nível de educação e experiência dos ministros que não enxergara a malícia e a astúcia por trás de cada passo que davam. Mulan absorvera as palavras venenosas que lhe dirigiam, cuidadosamente calculadas para minar sua confiança. E, graças a esse equívoco, permitiu que a pegassem desprevenida. Era desesperador imaginar os ministros na Cidade Imperial, livres para fazer o que bem entendessem e espalhar as mentiras que quisessem sobre o destino da imperatriz.

Mulan precisava detê-los, e para isso teria que retornar à Cidade Imperial. A carroça estivera avançando por uma estrada importante. Se ela conseguisse encontrar uma maneira segura de trilhar aquele caminho, poderia refazer seus passos.

Dessa vez, atravessou a floresta em um ritmo mais lento. Passado um tempo, encontrou uma pequena trilha e a seguiu até as árvores darem lugar a um campo de trigo. Um camponês solitário arava o solo com o auxílio de um boi. Mulan se aproximou, com um pedido de ajuda a se formar nos lábios, mas então se deteve. Se o homem não fosse leal à imperatriz, poderia denunciá-la às autoridades. Se fosse leal, poderia se ver em apuros por ajudar uma fugitiva. De um jeito ou de outro, era melhor que ele não soubesse da sua presença.

Sem mantimentos, porém, não poderia ir muito longe. Estava faminta depois de ter botado para fora a refeição matinal. Será que conseguiria pegar comida e provisões da casa do camponês sem ser vista? Mesmo de longe, dava para ver o estado das roupas do homem. Pelo jeito, não tinha muito a oferecer.

Mulan observou os arredores. Plantações se espalhavam a perder de vista. Se havia camponeses, então também haveria proprietários de terra. E isso significava casas grandes, comida e mantimentos.

Depois de se esconder entre as árvores, ela passou a mão pelo cabelo. Desfez a ponta da trança e tentou prender os fios soltos de volta. Em seguida esfregou o rosto com as mangas da túnica, sem saber se isso ajudaria a limpar a sujeira ou só a espalharia. Apesar de tudo, a espada ainda levantaria suspeitas. Depois de pensar um pouco, juntou um punhado de galhos, amarrou-os com o cinto e escondeu a espada bem lá no meio. Feito isso, continuou a avançar pelas extremidades das plantações com o amontoado de galhos nas costas. O camponês nem a viu passar. Mulan cruzou com outros lavradores em seu caminho, mas eles não lhe deram a menor atenção.

De tempos em tempos, passava por choupanas de barro com teto de palha, casinhas modestas que a alegravam por não ter aumentado o imposto sobre os cereais. Por fim, Mulan avistou um casarão retangular de tijolinhos e telhado esverdeado. Duas fileiras de janelas brancas de papel se estendiam por toda a parede baixa da frente, com treliças intrincadas e vigas de lintel esculpidas que exalavam poder e riqueza. Ali certamente haveria mantimentos para dar e vender.

Mulan deu a volta para chegar aos fundos do casarão. Ali também havia janelas, que provavelmente davam para os quartos. Uma delas estava entreaberta, e ela afastou as cortinas para espiar. Lá dentro, vislumbrou uma cama, uma mesa de madeira maciça e um guarda-roupa. Com cuidado, verificou os arredores e então entrou.

O quarto estava silencioso, forrado de janelas redondas com vista para um jardinzinho central. Mulan ouviu uma voz ao longe, acompanhada do que parecia ser o bater de panelas na cozinha. Em seguida abriu a porta do guarda-roupa, estremecendo com o rangido da madeira. Penduradas ali, ao lado de calças e chapéus, havia uma porção de túnicas compridas de cores variadas. Parecia o armário de um rapaz jovem. As roupas de seda eram refinadas demais para serem usadas como trajes de viagem, mas um manto de linho poderia servir. As calças eram compridas, mas talvez ela pudesse enrolar a barra.

Com as roupas enfiadas debaixo do braço, Mulan voltou a atenção para a comida. Será que deveria arriscar uma ida à cozinha? Não, o aposento estaria cheio de criados e ela não queria abusar da sorte. Mas havia uma tigela de frutas em cima da mesa. Mulan pegou três peras, na esperança de que não fizessem falta, e depois tomou seu rumo.

Seria muito arriscado voltar pelo mesmo caminho, uma vez que os braços estavam cheios de itens afanados. Por isso, Mulan decidiu seguir direto para as árvores, caminhando entre os arbustos para se manter fora de vista. Poucos passos depois, não resistiu e tascou uma mordida em uma das peras. O sumo doce e divino escorreu por seu queixo. Mulan devorou a fruta toda antes de partir para a segunda, e, embora estivesse tentada a se deliciar com a terceira, achou melhor guardar para mais tarde. Em seguida, usou a pele relativamente limpa dos pulsos para enxugar a boca melada e fez o possível para limpar as mãos melecadas nas folhas. Continuou a andar, segurando a trouxa de roupas com cuidado redobrado, até que o som de água corrente a levou a uma pequena fonte.

A água, que cintilava ao borbulhar sobre pedras e galhos, era a coisa mais linda que Mulan tinha visto em dias. A vontade dela era largar todos os mantimentos e mergulhar a cabeça na superfície espelhada, mas foi vencida pela cautela. Com cuidado, acomodou as roupas novas sobre uma pedra e lavou as mãos. A água estava tão gelada que logo entorpeceu seus dedos, mas ela não se importou. Esfregou as palmas e as unhas com movimentos vigorosos, e depois passou para o rosto e o pescoço. Limpou o resto do corpo o melhor que pôde sem se deixar muito vulnerável, suspirando de euforia conforme a sujeira ia embora. Em seguida, rasgou a tira mais limpa que conseguiu encontrar em seus trajes velhos e amarrou o tecido sobre o peito. Vestiu as roupas novas, depois prendeu o cinto da espada. Escovou o cabelo com os dedos, enfiou-o debaixo do futou e examinou o próprio reflexo nas ondulações do riacho.

Vozes soaram por entre as árvores. Mulan ficou imóvel e, ao perceber que elas se aproximavam, recolheu seus pertences e se escondeu atrás de um amontoado de arbustos.

— É uma bela caravana — comentou um homem em tom baixo. — Quatro carroças. Parece que estão carregadas de sedas e especiarias.

— Algum soldado? — perguntou outro sujeito, com a voz mais áspera.

— Um punhado de mercenários. Mas pelo jeito não estão esperando um ataque. Podemos derrotar quatro ou cinco antes mesmo que percebam que estamos aqui.

Bandidos. Mulan pousou a mão sobre a espada, mas o grupo passou direto pelo esconderijo, suas vozes diminuindo à medida que avançavam na direção da Cidade Imperial. Ao que parecia, planejavam armar uma emboscada mais adiante. Se ela cortasse caminho pela floresta antes de retornar à estrada, poderia evitar os bandidos. Estavam mais interessados em saquear comerciantes do que importunar um viajante solitário.

Mas e a caravana? Os bandidos seguiam na direção da Cidade Imperial, então as vítimas logo estariam ao seu alcance, prestes a cair em uma armadilha. Com uma decisão rápida, Mulan deu meia-volta e se afastou da emboscada. Depois de um tempo, se aventurou para fora do abrigo das árvores. Aquela parte da estrada consistia em sulcos deixados pelas rodas de carroça na terra, curvando-se um pouco ao redor de árvores e rochedos. Era um lugar remoto e isolado, perfeito para surpreender as vítimas.

Quinze minutos mais tarde, a caravana apareceu no horizonte. As quatro carroças transportavam sedas e especiarias, tal como o bandido descrevera, e eram escoltadas por homens munidos das armas mais variadas. Viajantes experientes, a julgar pelo estado das roupas e dos veículos. Não pareciam estar à espera de um ataque.

Mulan deu uma rápida avaliada em seu disfarce. Manto abotoado e impecável. Calças discretamente enroladas nas barras. Cabelo razoavelmente preso sob o futou.

Ela fez uma mesura ao se aproximar.

— Bom dia.

Um homem de nariz largo e rosto envelhecido pelo sol a cumprimentou da boleia.

— Olá, viajante. Tudo indo de vento em popa?

— Sua caravana está em perigo.

Um tanto abrupta, talvez, mas Mulan não conseguia pensar em uma abordagem melhor.

— Alguns bandidos planejaram uma emboscada e estão de tocaia mais adiante na estrada.

A expressão amigável do sujeito adquiriu um toque de cautela e desconfiança.

— Bandidos? Como sabe?

— Eu os ouvi discutir o plano.

O homem a estudou com atenção, avaliando a espada e os trajes refinados. Mulan se inquietou, desconfortável ao se lembrar do tecido frágil que escondia sua silhueta feminina.

— E você simplesmente calhou de ouvir bem essa parte? — questionou o homem.

— Cabe a você decidir se vai ou não acreditar. Não é a minha pele que está em risco. Mas, no mínimo, tomem cuidado.

O líder trocou olhares com dois de seus homens, depois voltou-se para Mulan.

— Obrigado — disse, em um tom que não parecia nada agradecido. — Vamos ficar de olho.

Mulan observou a caravana passar, tomada por um misto de frustração e descrença conforme as carroças desapareciam em uma curva da estrada. Os homens de fato pareciam estar mais alertas, mas pretendiam mesmo entrar de cabeça naquela emboscada? E ela? O que deveria fazer? Tomar seu rumo ou esperar até que a luta terminasse?

Vencida pela curiosidade, seguiu os comerciantes pela estrada, mantendo-se perto o bastante para ter um outro vislumbre das carroças sem parecer uma ameaça. Mais adiante, a estrada passava por um desfiladeiro entre duas colinas e desembocava em uma curva fechada. Um arrepio desceu por suas costas. Era o lugar perfeito para uma emboscada.

Mulan apertou o passo, sentindo o estômago embrulhar. A caravana ainda avançava, mas de forma mais lenta, com os cavalos de carga escondidos entre uma carroça e outra. Os cavaleiros mais à frente alcançaram a sombra da primeira colina. A calmaria reinava.

Mulan desacelerou, com um nó na garganta. Talvez os bandidos decidissem não atacar.

Uma saraivada de flechas irrompeu das colinas. Os comerciantes gritaram, erguendo os escudos e se escondendo atrás das carroças. As pontas afiadas estalavam ao se fincarem na madeira. Cavalos relinchavam e escoiceavam. Uma flecha ricocheteou no flanco de um garanhão, e Mulan percebeu que a pelagem era mais espessa do que ela imaginava.

Ouviu-se um grito estrondoso. Os bandidos jorravam das colinas e os caravaneiros brandiam as armas para se juntar ao combate. Mulan se aproximou, com a mão na bainha. Estava a poucos passos da batalha, mas era como se ninguém a visse. Ao observar mais de perto, percebeu que os comerciantes eram guerreiros habilidosos, que sabiam como se defender. O cavalo do líder era treinado para desferir coices contra os inimigos. Alguns bandidos jaziam mortos no chão, mas outros tinham conseguido fugir. A caravana poderia muito bem consagrar aquela vitória, mas a luta ainda estava longe de terminar.

Os músculos de Mulan se retesaram, sem saber se batiam em retirada ou a conduziam em direção à batalha. Ela precisava voltar para a Cidade Imperial. Se morresse ali, ninguém saberia o que tinha sido feito da imperatriz. Os ministros poderiam mandar e desmandar no palácio.

Com isso em mente, Mulan correu para se juntar à luta.

O primeiro bandido nem chegou a ver o golpe que o acertou por trás. Depois de trocar um breve olhar com o comerciante que o estivera enfrentando, Mulan saiu em busca de um novo oponente.

Ali, no calor da batalha, ela já não tinha o elemento surpresa. Voltou a atenção para outro bandido, um sujeito grisalho que brandia a espada como se fosse uma maça. Conforme ela se aproximava, um dos caravaneiros apareceu com a arma em riste, confundindo-a com um dos foras da lei.

— Pare! Estamos do mesmo lado — gritou ela, aparando o golpe com movimentos desesperados.

Bastou para que o comerciante hesitasse, e Mulan aproveitou a deixa para atacar outro bandido, que havia encurralado um caravaneiro contra uma das carroças. O homem mascarado se virou para retribuir o golpe. Apesar de forte, não era tão habilidoso quanto os parceiros de treino habituais de Mulan. Depois de derrotar o oponente, ela percebeu que tudo estava quieto.

Todos os bandidos jaziam mortos no chão. Cavalos patinhavam o solo com nervosismo. Os comerciantes apoiaram-se nas carroças ou caíram de joelhos, ofegantes.

— Quem está ferido? — perguntou o sujeito de rosto descorado.

— Aqui, Guozhi — chamou um homem.

Estava curvado sobre outro caravaneiro, atando bandagens ao seu corpo ferido.

Guozhi se aproximou para ver mais de perto.

— O corte foi muito profundo? — perguntou.

— Ele vai ter que viajar na carroça.

Aqueles comerciantes pareciam muito mais calmos do que ela imaginaria depois de um combate. O líder a encarou.

— Agradecemos a sua ajuda, forasteiro.

O contraste entre a desconfiança de antes e a gratidão que o homem demonstrava naquele momento torrou a paciência de Mulan.

— Não teria precisado da minha ajuda se tivesse prestado atenção ao meu aviso.

Guozhi não devolveu a raiva na mesma moeda.

— Vejo que o ofendemos, jovem mestre. Não tinha a obrigação de vir nos socorrer.

— Sabe-se lá por que inventei de ajudar — retrucou Mulan.

Em parte, suspeitava que toda aquela raiva fosse um resquício da batalha, a sensação aflorada depois de se livrar de uma ameaça mortal, mas saber a origem não diminuía em nada sua ira. Havia também algo em seu disfarce, na possibilidade de anonimato depois de semanas de escrutínio na corte, que a fazia soltar o verbo.

— É pura insanidade mergulhar de cabeça em uma emboscada. Eu deveria ter deixado todos vocês à própria sorte.

Mais uma vez, o líder da caravana nem se perturbou diante das farpas.

— Sei que está ofendido por achar que ignoramos seu aviso, mas não foi isso que aconteceu. Tomamos as devidas precauções. Não somos tão indefesos quanto pensa.

Mulan estudou os homens ao redor com mais atenção. Todos tinham a pele escurecida pelo sol e cheia de cicatrizes, os braços e punhos musculosos de tanto manejar a espada. Enquanto ela observava, um dos sujeitos pegou um trapo e limpou a lâmina manchada de sangue.

— Vocês são soldados, não comerciantes — adivinhou Mulan.

Mas ela podia jurar que aquela era uma caravana mercante.

— Hoje em dia, fazemos comércio. Cansei da vida de soldado, mas não tememos os perigos da estrada. Esta não foi nossa primeira emboscada, e com certeza não será a última. Se a caravana se desviasse da rota a cada aviso de ataque, seríamos homens muito pobres a essa altura.

Guozhi a examinou antes de retomar:

— Agora, forasteiro, já conhece nossa história. Qual é a sua? O que leva um rapaz tão jovem a viajar sozinho por essas bandas?

Mulan conteve o ímpeto de verificar se as barras da calça tinham voltado a arrastar pelo chão.

— Eu me chamo Ping — disse ela, cautelosa. — Também enfrentei alguns problemas nesta estrada.

— Problemas que prefere não compartilhar, pelo visto.

Mulan não respondeu.

O sujeito fitou os arredores.

— Ora, não trouxe bagagem?

— Não — respondeu ela, nervosa com tantas perguntas. — Agora, se me permitem, já vou andando.

E então se virou para ir embora.

— Espere — chamou Guozhi.

Mulan parou onde estava, ainda apreensiva. Guozhi se aproximou até que estivessem frente a frente, depois a analisou da cabeça aos pés.

— Não conheço sua história, mas sei que comprou uma briga que não era sua, apesar dos riscos. Eu não sou de dever favores. Nossa caravana está a caminho da Cidade Imperial. Pode nos acompanhar na jornada enquanto nossos caminhos convergirem, se assim desejar. É mais seguro viajar acompanhado por essas bandas.

Era uma oferta tentadora. Depois da emboscada, Mulan não tinha dúvidas dos perigos que rondavam aquelas estradas. Além disso, seria mais fácil se esconder dos ministros se viajasse em grupo. Mas será que conseguiria manter o disfarce até chegarem à Cidade Imperial?

— Não quero causar problemas — disse ela, por fim.

— Por acaso violou alguma lei imperial?

— Não — respondeu com veemência.

— Desde que seja leal ao imperador, ou à imperatriz, diria eu, não temeremos qualquer problema que possa surgir. A escolha é sua, Ping, mas saiba que será bem-vindo em nossa caravana. O que me diz? Vai se juntar a nós?

Os comerciantes eram ótimos companheiros de viagem. Não tinham um cavalo sobrando, mas um deles encontrou uma égua que antes pertencera aos bandidos. O animal logo se afeiçoou a Mulan, seguindo os movimentos dela com olhos castanhos curiosos e aceitando com dignidade as guloseimas oferecidas. Guozhi era um líder forte e competente, e comandava a caravana com rigor militar. Quando cavalgava ao lado de Mulan, ele lhe contava as histórias sobre o seu tempo no exército, e assim ela descobriu que o homem havia enfrentado algumas das mesmas batalhas que seu pai.

Depois de ter vivido como mulher por tanto tempo, Mulan demorou um pouco a se habituar ao disfarce de homem. Era necessário engrossar a voz e estar sempre atenta a quando e onde se despia. Mais uma vez, aprendeu a se sentar de pernas arreganhadas e arrotar quando bem entendesse. Falava alto e se fazia ouvir quando necessário. Era uma experiência libertadora, depois da longa estadia na corte. À noite, a caravana acampava ao ar livre em vez de gastar dinheiro em estalagens. Mulan ficava aflita sempre que se acomodava no saco de dormir, mas ninguém parecia suspeitar que ela não fosse quem dizia ser.

No terceiro dia, ao passarem pela primeira cidade murada, Guozhi procurou voluntários para ir buscar mantimentos.

— Eu vou — ofereceu-se Mulan.

Não tinha notícias da Cidade Imperial desde a noite da captura e estava ansiosa para descobrir tanto quanto podia. Dois outros também se ofereceram para a empreitada: um sujeito magricela chamado Pequeno Fan e um homem que Mulan conhecia apenas como Chefe. Os três levaram um cavalo para carregar as mercadorias.

A cidade não era tão grande quanto a capital do império, mas era cercada por muralhas e ostentava um mercado fervilhante. A ideia de zanzar pela multidão a deixou apreensiva, mas Mulan logo percebeu que ninguém lhe prestava a menor atenção. Ela era um rosto entre centenas, e o pensamento a ajudou a se acalmar.

Chefe assumiu o comando, conduzindo os outros dois através das barracas, contornando pilhas de frutas e legumes, gaiolas e tanques de peixe. Pequeno Fan teimava que o outro deveria comprar carne de carneiro, ao passo que Chefe contava as moedinhas e o acusava de querer levar todos à falência. Mulan não se pronunciou, embora olhasse com desejo para a banca de verduras.

O grandalhão a flagrou no ato e sentenciou:

— Vão murchar na estrada.

Mas entregou um punhado de moedas a um camponês e comprou um saco de caquis. Além das frutas, Chefe levou uma porção de feijão-mungo, vários sacos de arroz e um pouco de farinha. Alimentos adequados para a estrada. Depois de carregarem o cavalo, voltaram para os portões da cidade. Nesse ínterim, as ruas tinham se enchido de gente, especialmente nos arredores da praça. As pessoas se acotovelavam no pátio de terra batida, e de repente Mulan ouviu uma voz se elevar sobre o burburinho da multidão.

— Vão fazer algum anúncio importante? — perguntou ela aos outros.

Os três chegaram mais perto e se espremeram nos fundos da multidão. Mulan torceu o nariz ao sentir o cheiro de gente aglomerada e ficou na ponta dos pés para enxergar melhor. Um tronco serrado no meio da praça servia de pódio a um homem de uniforme imperial.

— ... decidiu se recolher no campo para se recuperar da tensão de liderar o país — dizia ele. — Os ministros vão cuidar dos assuntos do governo em sua ausência...

A informação a deixou boquiaberta. Ela cutucou um homem ao seu lado.

— De quem ele está falando?

A voz saiu mais aguda do que deveria, então disfarçou com uma tosse. O homem mal a olhou antes de responder.

— A imperatriz está doente.

Doente. Mulan cerrou os punhos. A imperatriz estava muito bem, ótima até. A única ameaça à sua saúde vinha dos próprios ministros.

— Quando é que ela volta? — gritou um camponês na multidão.

— A imperatriz retornará quando o médico do palácio a considerar devidamente recuperada — respondeu o arauto.

Devia ter dito tudo o que pretendia, porque logo se retirou e a multidão começou a se dispersar. Mulan prestou atenção às conversas ao seu redor.

— Vamos orar pela saúde da imperatriz...

— Estranho que ela tenha ido embora sem mais nem menos...

— As mulheres são mesmo mais frágeis...

Ela percebeu que seu corpo todo tremia. Provavelmente havia arautos espalhados por todo o país. Em breve, a nação inteira acreditaria que ela havia abandonado o cargo por ter uma constituição frágil.

— Ping!

Mulan não sabia se fazia muito tempo que Chefe vinha gritando seu nome.

— Perdão, o que foi?

— Pretende voltar para a caravana ou vai ficar parado aí para sempre?

— Desculpe — murmurou ela.

A praça ficou vazia depois do anúncio. Mulan, Chefe e Pequeno Fan seguiram o fluxo de gente que saía pelo portão da cidade.

— Lá se vai a esperança de ver a imperatriz na Cidade Imperial — lamentou-se Pequeno Fan, atirando o saco de caquis sobre o ombro.

Chefe grunhiu.

— Realeza... mas que gentinha imprevisível.

— A imperatriz me parecia uma boa pessoa. Minhas sobrinhas a idolatram, mas isso foi antes de ela se retirar para o campo. Não sei, talvez ela não estivesse pronta para encarar as dificuldades de governar um país. Deve ser bem diferente de lutar uma guerra. — O magricela se virou para Mulan, que se encolheu à espera da pergunta. — O que acha da nova imperatriz, Ping?

Mulan tentou soar indiferente.

— Eu não presto muita atenção nessas coisas.

— Ora, deixe disso. A primeira mulher a se tornar imperatriz é uma novidade e tanto. Com certeza tem alguma opinião sobre o assunto. Acha que ela é capaz?

— Há coisas mais importantes do que mera habilidade — declarou Mulan, incapaz de esconder a amargura na própria voz. — O homem mais competente do mundo levará o reino à ruína se usar o poder em prol de si mesmo. Um governante deve ser honesto e honrado, pois só assim agirá pelo bem da nação.

Chefe deu-lhe uma palmadinha no ombro com a mão carnuda.

— Veja só, quem diria que nosso Ping era filósofo? Então acredita mesmo que nossa imperatriz tem essas tais habilidades?

— Sim — respondeu Mulan após um segundo. — Acredito, sim.

Uma nuvem pairou sobre ela pelo resto da noite, enquanto a raiva e a culpa batalhavam em sua cabeça. O reino inteiro achava que a imperatriz tinha abandonado o próprio povo e fugido para o campo. Mulan precisava corrigir a situação o quanto antes, mas lá estava ela, disfarçada de homem no meio do nada.

Os companheiros de viagem repararam no seu estado de espírito. A certa altura, Guozhi comentou de forma bem-humorada:

— Se é assim que você fica depois de visitar uma cidade, não vou deixar que saia de perto da caravana pelo resto da viagem.

Mulan resmungou um pedido de desculpas e se retirou para ficar a sós. Ao menos havia certo consolo em saber que estavam a caminho da Cidade Imperial. De acordo com suas estimativas, estariam lá dentro de uma semana, se nada os atrasasse. Ela ainda não sabia o que faria quando chegasse à capital, mas esperava encontrar Shang ou Liwen. Fez uma prece silenciosa aos ancestrais e pediu que mantivessem os dois a salvo.

Na manhã seguinte, Mulan estava recolhendo o colchonete quando ouviu o aviso de que um cavaleiro armado se aproximava. A emboscada ainda estava fresca na memória das pessoas, que começaram um corre-corre para buscar as próprias armas. Mulan pegou a espada no chão e seguiu apressada em direção à estrada, de onde poderia avistar a ameaça.

— Bom dia, viajantes — saudou uma voz masculina.

Os ossos de Mulan se desmancharam. Embora não conseguisse ver o homem, ela reconheceria aquela voz em qualquer lugar do mundo.

— Ora, bom dia — respondeu a voz de Guozhi. — A sorte tem lhe sorrido em suas andanças?

Mulan se recompôs e apertou o passo, quase tropeçando em sua pressa de ver o recém-chegado. Seria mesmo verdade? Ela contornou uma carroça para ter uma visão melhor do cavaleiro. E depois parou outra vez, incapaz de se mexer, porque não tinha se enganado. Bem ali, conversando com Guozhi do alto de seu cavalo, estava Li Shang.

CAPÍTULO CATORZE

presença dele a atingiu com a força de um raio. Era mesmo Shang, sem sombra de dúvidas: os ombros largos, o maxilar teimoso, a postura forte e confiante ao montar no cavalo. Mas ele não usava os trajes imperiais. Em vez disso, vestia a armadura simples e funcional de um guarda particular, do tipo contratado para proteger a casa de famílias abastadas.

— Por acaso viram uma mulher jovem viajando sozinha por essa região? — perguntou Shang.

Mulan mal sentia o próprio corpo. Era quase como se flutuasse pelo ar. A perplexidade inicial já se dissipava, mas junto ao alívio vinha uma sensação incômoda de que havia algo errado. Por que Shang se passava por um guarda qualquer? Pelo jeito, ainda não a tinha visto ali. Cada pedacinho de Mulan ansiava por gritar o nome dele, mas parecia perigoso trair o disfarce dos dois.

— Não — respondeu Guozhi. — Quase não vimos ninguém na estrada.

Shang assentiu como se já tivesse escutado a mesma resposta várias e várias vezes.

— Meu nome é Li, sou o guarda particular da família Fong. Uma criada fugiu com as joias da minha patroa. É uma mulher jovem, solteira. Muito bonita...

Os olhos dele pousaram em Mulan, que se arrepiou da cabeça aos pés, e em seguida se arregalaram por um instante antes de retornarem a Guozhi.

— Minha patroa está ansiosa para recuperar as joias antes que sejam vendidas — continuou após uma ligeira hesitação. — São de grande valor para a família.

O líder da caravana concordou com a cabeça.

— Não vimos ninguém que se encaixe nessa descrição.

Shang olhou para o sol.

— É, infelizmente me parece uma causa perdida. Por acaso estão viajando para oeste?

Mulan percebeu que estava de queixo caído e se apressou em fechar a boca. Então Shang estava mesmo procurando por ela, provavelmente sem o conhecimento dos ministros. Ela queria tanto saber o que se passava na Cidade Imperial.

— Sim, estamos a caminho da capital — anunciou Guozhi.

Shang assentiu outra vez.

— Vou me hospedar na Estalagem das Três Fontes esta noite, um pouco mais adiante na estrada, na aldeia de Wen. — Ao dizer o nome do estabelecimento, ele voltou a olhar para Mulan, que o encarou com uma centena de perguntas não ditas. — Se descobrirem alguma coisa, por favor deixem um recado para mim na estalagem. Meu patrão é um homem generoso e qualquer ajuda será recompensada.

— Vamos ficar de olho — prometeu Guozhi.

Shang fez uma mesura.

— Obrigado. Que a sorte favoreça sua jornada.

E em seguida partiu para longe.

Mulan desviou o olhar enquanto Shang se afastava. Depois correu de volta para o saco de dormir, sem querer ser vista. Esperava que ninguém tivesse reparado em sua reação ao avistar o viajante. Suas mãos tremiam tanto que foram necessárias duas tentativas para amarrar o saco e o colocar no lombo da égua. Shang estava vivo. Isso por si só bastava para a inundar de alívio. Será que ele ainda corria perigo? O que havia acontecido desde a captura dela? O importante era que Shang estava ali e a tinha visto. E lhe dissera onde passaria a noite.

A égua empinou quando Mulan se acomodou na sela, sentindo o seu nervosismo. Ela acalmou a criatura, sabendo que ainda não podia correr o risco de entregar seu disfarce. Shang também deveria ter um motivo para esconder a própria identidade.

No fim das contas, os cálculos do general estavam certos. Quando a noite caiu, a caravana acabara de passar a aldeia de Wen. Mulan fez o possível para não ficar inquieta enquanto o grupo montava o acampamento. Chefe serviu uma refeição deliciosa de arroz e inhame que ficou entalada na garganta dela.

Depois do jantar, Mulan estendeu seus cobertores na extremidade do acampamento. Deitou-se como de costume e fechou os olhos, beliscando a pele do braço ao ritmo de sua canção favorita para não cair no sono. Aos poucos, a respiração dos homens à sua volta foi se acalmando.

Ela abriu os olhos. A fogueira estava apagada, mas a réstia de lua no céu bastava para iluminar o caminho. O único movimento ao seu redor vinha do agitar ocasional de um cobertor. Ela se sentou com cuidado, parando a cada farfalhar ou ronco sonolento que pontuava a noite. Por entre as árvores, conseguia ver o Pequeno Fan de guarda. A atenção dele estava voltada para longe do acampamento, em direção aos mistérios da floresta. Mulan avançou depressa para o lado oposto, contornando os corpos adormecidos, e se escondeu atrás de uma árvore quando enfim cruzou os limites do acampamento. Esgueirar-se de volta seria mais difícil, mas deixaria para se preocupar com isso mais tarde. Seguiu em frente até ter certeza de que estava fora do campo de visão do guarda, depois fez uma pausa para se orientar.

A lua lançava sombras confusas. Bastava dar um punhado de passos entre as árvores para alcançar a estrada, embora não parecesse sensato caminhar a céu aberto. Abrir caminho pela floresta seria mais demorado, mas, se ela se apressasse, talvez conseguisse chegar à estalagem e voltar antes do fim da noite.

Um galho estalou às suas costas. Mulan pulou de susto e fez menção de puxar a espada. Avistou Shang no exato momento em que ele disse:

— Sou eu.

Mulan correu até ele, sem se preocupar em diminuir o passo conforme se aproximava. A colisão foi tão forte que o fez cambalear, e ela sentiu o impacto, a pele marcada pelas escamas de madeira da armadura dele. Shang provavelmente nem a sentia através de tantas camadas de roupa, mas Mulan o abraçou com desespero.

Enquanto Shang a envolvia com os braços e a segurava com força, Mulan apoiou a cabeça sob seu queixo e piscou para conter as lágrimas. Depois respirou fundo, sentindo o aroma de especiarias e óleo de armadura que ele exalava.

— Eu sabia que os ministros estavam mentindo. — As palavras de Shang vibraram contra a bochecha dela. — Você não teria ido embora daquele jeito.

Mulan se afastou e olhou para ele, admirando a forma como o luar iluminava os ângulos do seu rosto.

— Como foi que me encontrou? O que aconteceu?

Ela sentiu o corpo de Shang tensionar e esperou que ele respirasse fundo até se acalmar.

— Na manhã seguinte à sua partida, os ministros me disseram que você tinha ido embora. Eles me contaram a mesma lorota sobre a necessidade de descansar em um palácio remoto. Era absurdo. Eles sabiam disso, e eu também, mas mantiveram a história. Depois fui atrás de Liwen, mas não a encontrei.

O coração de Mulan afundou no peito.

— Liwen...

— Ela está bem — tranquilizou-a Shang. A voz dele era profunda e ressoava contra os barulhos noturnos da floresta. — Pelo menos estava quando a vi pela última vez. Eles a trancafiaram em uma cela.

Mulan cerrou os punhos.

— Deve ter sido vista enquanto seguia o astrólogo.

— Tive a sorte de a encontrar ali quando não havia ninguém do conselho por perto. Usei minha patente para a libertar, e depois ela me contou tudo.

Shang riu sem um pingo de alegria.

— Quando seguimos o rastro do ministro dos ritos, fomos emboscados por assassinos. Liwen é boa com a espada. Ainda bem que ela lutou ao meu lado.

— Ela é letal — concordou Mulan, desejando ter visto aquela luta. E de repente assimilou as palavras de Shang. — Assassinos?

— Quatro deles. Vieram direto do telhado. Liwen e eu os derrotamos e fugimos do palácio, depois nos separamos para procurar você. Algumas pessoas da cidade disseram ter visto uma carroça de prisioneiros vindo nessa direção. Avancei pela estrada e, alguns dias depois, ouvi boatos de que soldados imperiais tiveram que ser resgatados de uma carruagem fechada.

Mesmo naquele breu, Mulan o viu arquear a sobrancelha em um misto de admiração e divertimento.

— Foi obra sua? — perguntou ele.

O comentário a encheu de orgulho.

— Os dois estavam com medo de encostar as mãos em mim, por isso eram mais lentos. Isso me deu uma brecha para atacar.

— Subestimar você é sempre um perigo — declarou Shang.

Era a primeira vez em semanas que Mulan dava um sorriso sincero. Pelo menos um dos seus planos tinha dado certo. Ainda era uma fugitiva, porém, e seus aliados mais fortes tinham sido forçados a sair do palácio.

— Os ministros assumiram o controle do exército? — quis saber ela.

Shang ficou em silêncio por um instante.

— Creio que não. Conversei com os comandantes Fan e Hong das tropas imperiais antes de partir. Eles são leais a você. Mas alguns dos outros comandantes podem ter mudado de lado…

— Alguns soldados também — acrescentou Mulan, ao se lembrar daqueles que a tinham capturado.

Shang assentiu.

Sim, alguns soldados também, mas prefiro acreditar que ainda comando a maioria das minhas tropas. Deve ser por isso que os ministros me queriam morto.

Mulan acreditava nele. Ninguém que tivesse sido comandado por Shang duvidaria de sua capacidade de inspirar lealdade. Tinha uma postura que exalava confiança e ao mesmo tempo transmitia o quanto valorizava os soldados sob seu comando. Ainda assim, toda essa lealdade teria pouca serventia se ele não conseguisse chegar perto das tropas.

— E agora, o que vamos fazer? — perguntou ela, quase para si mesma.

— Vamos recuperar seu reino.

Mulan abafou uma risada amarga.

— O que devo fazer? Reunir um novo exército e liderar as tropas? Que tipo de imperatriz não consegue controlar os próprios ministros?

— Acha que eles podem governar o país melhor do que você?

O tom de Shang a deteve. Não se tratava de um discurso motivacional. Era uma pergunta séria.

Mulan pensou nos ministros, nos subornos recebidos em troca de poder, nas tramoias feitas por baixo dos panos. Se havia uma coisa que tinha aprendido nas últimas semanas, era que ter experiência não bastava para governar um país.

— Não, não acho. Eu sou uma governante melhor — respondeu Mulan e, pela primeira vez, acreditou nas próprias palavras. — Eles querem usar o poder para seus próprios motivos egoístas. Venderiam a China se fosse preciso. Na verdade, já venderam. Posso não ter décadas de experiência como eles, mas o meu coração só quer o melhor para o nosso povo. Estou disposta a ouvir, a aprender e a admitir o que não sei.

Shang concordou com um aceno.

— Você é a herdeira escolhida e a imperatriz legítima. E é mais capaz do que pensa. Eles tentaram se livrar de você, mas não conseguiram. Não se esqueça disso.

Mulan queria tanto acreditar nele. Tinha que acreditar.

— Precisamos de um plano — decidiu ela, e começou a quebrar a cabeça. De onde estavam, o que os dois poderiam fazer contra cinco ministros enfurnados na capital? — Seja lá o que vamos fazer a seguir, vou precisar do apoio do exército. Há outros comandantes que você possa contatar? Tropas a uma cavalgada de distância?

— Sim, há várias a três dias de viagem.

— Vá atrás deles — instruiu Mulan. — Descubra qual sua posição. Certifique-se de que ainda sejam leais a você e a mim.

A imagem de Shang capturado pelos próprios soldados lhe cruzou a mente, então acrescentou:

— E tome cuidado.

— Pode deixar — prometeu Shang. — Você vem comigo?

A ideia de viajar ao lado dele outra vez era tentadora.

— Não — respondeu Mulan. — Se eles se voltarem contra você, é melhor que não estejamos ambos lá para sermos capturados. Você disse que ainda havia alguns comandantes leais na Cidade Imperial, não é?

— Sim, eu confio minha vida a Fan e Hong.

Mulan assimilou as palavras e voltou a pensar em voz alta.

— Vou viajar com a caravana até a Cidade Imperial e encontrar os dois. Preciso descobrir o que está acontecendo dentro do palácio. Depois disso, podemos decidir nosso próximo passo.

Não era o melhor dos planos, mas teria que servir.

— Quando chegar à capital, procure o mestre Tsai na Casa de Chá dos Três Bambus — aconselhou Shang. — Ele é um amigo de longa data e pode lhe dizer onde encontrar Fan e Hong.

O silêncio reinou entre os dois. O plano estava traçado. Só faltava colocar em prática. Não havia mais razão para continuarem ali, embora Mulan se esforçasse para encontrar uma.

Passado um bom tempo, Shang respirou fundo. Quando a distância entre eles ameaçou se expandir, Mulan lutou contra a vontade de esticar o braço e puxá-lo para perto.

— Obrigada, Shang. Por tudo.

Ele a segurou pela mão. Apesar de não enxergar nada na escuridão da noite, Mulan sentia a intensidade do olhar de Shang, a energia que emanava dos dedos do general.

— Tome cuidado, imperatriz. — A emoção na voz dele desmentia a formalidade do título. — Eu não sei o que faria se...

Shang se conteve e apertou a mão dela com ainda mais força. Algo se libertou no peito de Mulan. E, naquele momento, ela finalmente teve certeza de uma coisa.

Com o braço estendido, puxou Shang para junto de si. Não foi um puxão delicado. Tirou a força bem lá do âmago, como aprendera a fazer nos treinos de combate, sem deixar dúvidas quanto às próprias intenções. Shang cambaleou para a frente, desprevenido, e recuou um passo para se recompor. Ela o sentiu expirar quando os lábios se abriram em surpresa. Antes que Shang pudesse dizer qualquer coisa, Mulan o beijou.

A reação dele foi imediata: primeiro a envolveu com um dos braços e depois a puxou para mais perto. Mulan se moldou ao peito de Shang e suspirou ao sentir aquelas mãos deslizando de seus ombros em direção às costas. Quando ele encontrou a curva do seu quadril por baixo das roupas de menino, Mulan percebeu que dessa vez era ela quem não conseguiria manter o equilíbrio. Agarrou-se a ele, perdida na sensação daquele beijo.

Lentamente, Shang a conduziu para trás até que ela estivesse com as costas coladas ao tronco de uma árvore. Mulan mal se deu conta, uma percepção tão fugaz que desaparecia à medida que ele deixava uma trilha de beijos na lateral de seu rosto até o pescoço. A essa altura, ela já nem se lembrava como respirar.

O corpo de Shang se retesou. Mulan respirou fundo, como se tentasse romper a superfície de um lago. Ele apoiou a mão no tronco da árvore e se afastou, bem devagarinho, para olhar para ela. Ali, com o rosto banhado pelo luar, ele tinha a mesma aparência de um homem ao contemplar um oásis no deserto: dominado por sua beleza, mas aterrorizado com a possibilidade de não passar de uma ilusão.

— Passei tanto tempo sonhando com isso — sussurrou Shang, com a voz embargada.

E então se aproximou para outro beijo, dessa vez roçando os lábios dela com delicadeza. O toque a fez se arrepiar da cabeça aos pés, mesmo quando uma nova dor se alojava em suas entranhas.

De repente, ouviram passos vindo da esquerda.

— Quem está aí? — perguntou um homem.

A princípio, Mulan mal registrou a voz. No instante seguinte, porém, o som a trouxe de volta à realidade. Shang se afastou com um sobressalto e pegou a espada, depois passou a examinar a escuridão ao redor.

Guozhi. Mulan tinha quase certeza de que o grito viera do líder da caravana. Depois de trocar um olhar desesperado com Shang, ela avaliou o estado em que se encontrava. Corada e sem fôlego. Será que daria para perceber naquele breu? Alisou as próprias roupas, torcendo para que tudo estivesse no lugar, e sentiu a calidez agradável em seus lábios dormentes.

Shang estava encolhido, pronto para fugir ou lutar. Mulan esticou a mão e o cutucou no ombro. *Líder da minha caravana*, sussurrou ela.

Em seguida, os dois se comunicaram com apenas um olhar. Shang começou a recuar, pé ante pé. Mulan lutou contra a vontade de se jogar nos braços dele e se obrigou a permanecer onde estava. Shang olhou para ela uma última vez, e então desapareceu entre as árvores.

Era como se uma parte dela tivesse ido junto. Mulan ansiava por ir atrás de Shang, seus pés prontos para a conduzir em direção às árvores. Talvez fosse um erro permitir que ele partisse sozinho naquela empreitada. Talvez nunca mais o visse.

— Tem alguém aí? — veio a voz de Guozhi outra vez.

Mulan tratou de afastar as dúvidas que ameaçavam dominá-la por completo. Não era hora de desmoronar. O que o líder da caravana tinha visto?

— Sou eu, Ping — gritou ela quando o homem apareceu, e logo percebeu que deveria ter engrossado mais a voz.

Guozhi não trajava a armadura de costume. Parecia ter simplesmente jogado uma capa sobre a túnica que usava para dormir, embora estivesse com a espada em riste. Ele se aproximou com cautela, perscrutando as sombras.

— Está sozinho aí, Ping? Pensei ter escutado mais alguém.

— Eu estava pensando em voz alta.

Banhado pelo luar, o líder da caravana a estudou com atenção, e Mulan se perguntou o quanto ele conseguia ver.

— Levo essa vida na estrada há muito tempo, Ping — começou a dizer. — Lido com dezenas de pessoas, tanto na caravana quanto no comércio. Aprendi a confiar nos meus olhos e ouvidos. Sei que havia mais alguém aqui, e foi mais do que uma conversinha qualquer.

Mulan procurou as palavras certas, com a mente em turbilhão. Será que Guozhi sabia que ela era mulher? Que era a imperatriz? Por acaso seria leal ao descobrir o disfarce, ou se voltaria contra ela?

— Eu levo essa vida há muito tempo — o homem repetiu. — Com a experiência, percebi que há coisas que preciso saber e outras que posso deixar passar. Uma história, um segredo, um corte na manga… nada disso me interessa, a menos que afete meus homens. Eu sei que você reconheceu aquele guarda assim que o viu. E sei que ele esteve aqui há pouco. Nossa caravana deve a vida a você. Em troca, oferecemos nossa proteção e permitimos que guardasse seus segredos. Isso não mudou, mas preciso saber se o seu amigo vai nos colocar em um perigo ainda maior.

Guozhi tinha dado uma ênfase sutil ao dizer *amigo*, como se não fosse exatamente a palavra que buscava. Aos poucos, as frases se repetiram na cabeça de Mulan. *Um segredo, um corte na manga…* era uma referência à história de um antigo imperador. Relutante em acordar o companheiro adormecido, o homem havia cortado a manga do próprio manto. O líder da caravana a tinha visto com Shang, mas pensava que Mulan era um homem que amava outros homens. Ou, pelo menos, estava lhe dando permissão para alegar ser um.

Hesitante, Mulan testou a própria voz.

— Tem razão. O guarda e eu temos uma longa história juntos, mas ele não nos oferece qualquer perigo. Chegaria inclusive a nos ajudar, caso fosse necessário. Mas… não deve voltar tão cedo.

Guozhi ainda a estudava com tanta atenção que Mulan teve medo de que seu disfarce se desintegrasse sob tal escrutínio. Finalmente, o homem rompeu o silêncio:

— É melhor você voltar a dormir. Temos que acordar bem cedo amanhã.

No dia seguinte, Guozhi a tratou como se nada tivesse acontecido. A caravana se preparou para partir e logo voltou para a estrada. Mulan cavalgava em silêncio, com a cabeça rodando depois da noite maldormida, e fazia o possível para não chamar atenção. Lá pelo meio da manhã, depararam-se com outra cidade murada. Mais uma vez ela se ofereceu para ir buscar mantimentos com Chefe, e ignorou o olhar sugestivo de Guozhi ao lhe dar permissão.

A estrada que levava ao portão estava apinhada de gente, tão lotada que Mulan não conseguia levantar o braço sem trombar em alguém. Ela era muito baixa para ter uma boa visão da praça da cidade, mas Chefe espichou o pescoço e espreitou por cima da multidão.

— Um arauto da Cidade Imperial — anunciou ele, e de longe Mulan passou a ouvir as entonações exageradas do sujeito. — Não vale a pena tentar passar por esse mar de gente para chegar ao mercado. Melhor ficarmos por aqui para ouvir as notícias do império.

À medida que se aproximava, a energia da multidão contagiou Mulan, e não de uma forma positiva. As vozes ao redor pareciam tingidas de preocupação. Por todos os lados, havia olhos arregalados, testas franzidas, mães agarradas aos próprios filhos. O ar cheirava a suor e medo.

— Aconteceu alguma coisa — disse Mulan.

Conforme seguiam em frente, ela avistou o arauto no meio da praça. As pessoas se aglomeravam ao redor dele, berrando perguntas que se perdiam no burburinho da multidão.

Mulan se achegou a uma idosa ao seu lado.

— O que está acontecendo?

A mulher a fitou com irritação.

— Houve um combate. Agora fique quieto, estou tentando ouvir.

— Combate? Onde?

Mas a idosa já havia se enfiado no meio das pessoas. Mulan tentou ir atrás, mas sentiu uma mão a segurar pelo ombro.

— Ping, espere — chamou Chefe. — Eu ouvi a notícia. Um posto avançado do norte caiu nas mãos dos hunos.

CAPÍTULO QUINZE

Uma camada de gelo revestiu a pele de Mulan, cristalizando seu coração.

— Quero chegar mais perto — avisou ela.

Abriram caminho em direção ao arauto, cada vez mais apreensivo, que se afastava das pessoas ao redor. A multidão parecia prestes a esmagar o homem, antes mesmo que os hunos tivessem a oportunidade. Ele respondia às perguntas com frases curtas e sonoras, com os olhos desvairados em busca de uma rota de fuga.

Mulan entendeu o resto da notícia aos poucos, ouvindo as palavras perdidas aqui e ali. A invasão acontecera no dia anterior, um ataque surpresa que apanhou as tropas chinesas desprevenidas e as expulsou da região. Os hunos assumiram o controle das estepes ao sul da fronteira e era provável que continuassem o avanço em direção à Cidade Imperial. Homens aptos deveriam se preparar para o alistamento.

— Preparar? Para onde vamos? — quis saber um sujeito.

— Mais informações chegarão em breve — respondeu o arauto.

Chefe soltou um resmungo enojado.

— Venha, não há mais nada para ver aqui.

Apesar de ser difícil ir embora depois de ter ouvido tão pouco, Mulan sabia que o sujeito tinha razão. Não conseguiriam descobrir nada no meio daquele caos.

Com a mente atribulada, ela avançou em direção ao mercado, seguida por Chefe. O arauto dera a versão oficial dos fatos, mas sem dúvidas havia muitas outras coisas por trás. Mulan conhecia bem o posto avançado invadido pelos hunos. Ficava em uma localização estratégica, construído em terreno elevado e fortemente protegido. Se os hunos o tinham tomado com tanta facilidade, certamente o exército não havia se posicionado como deveria. O aviso do arauto sobre esperar mais instruções quanto ao alistamento era outro indício da desorganização das tropas. O controle da Cidade Imperial estava ruindo.

Mas o que motivara o ataque dos hunos? Pouco antes, tinham buscado se aliar à China por meio do matrimônio. Mulan acreditava que só não foi assassinada pelos ministros pois assim poderia ser oferecida em casamento ao príncipe dos hunos. Talvez, porém, a aliança também tivesse escapado do controle deles. Talvez os hunos tenham sentido o caos crescente na capital e decidido que poderiam tomar o reino sem a interferência da diplomacia.

A multidão enfim se dispersou o bastante para que os dois pudessem se mover livremente. Chefe tomou a dianteira e Mulan foi logo atrás, atormentada pelos próprios pensamentos. De longe, ela o observava pechinchar com os comerciantes. O companheiro ficava mais rabugento a cada compra e, apesar da distração, Mulan percebeu que a algibeira parecia mais vazia do que da última vez.

— Nada de caquis hoje — resmungou Chefe. — As pessoas já aumentaram os preços com a ameaça de guerra.

Guerra. A última mal tinha acabado, e causara tantas perdas. A ideia se fincou como um espinho no coração de Mulan. Quantos soldados tinham morrido nas fronteiras? Que providências os ministros haviam tomado para defender a nação? Ao que parecia, a China estava prestes a pagar o preço pela incompetência deles. O reino caminhava em direção à guerra. Mulan precisava tomar uma atitude, mas estava exilada, anônima. Impotente.

— Quantos dias de viagem até a Cidade Imperial? — perguntou ela ao Chefe.

— Cinco — foi a resposta. — Talvez mais, se os rumores de guerra congestionarem as estradas.

Cinco dias para voltar ao palácio. Uma vez lá, Mulan teria que encontrar os comandantes leais a Shang. Isso poderia tomar grande parte de um dia, se não mais. E depois, se eles ainda fossem mesmo leais, teriam que arranjar uma maneira de reunir as tropas…

Poderia demorar semanas até enfim conseguir levar os soldados para as fronteiras. E ainda nem havia cogitado as tramoias que os ministros poderiam empregar para frustrar seus planos. Tempo de sobra para o exército do inimigo causar muitos estragos.

— Está preocupado com alguma coisa, Ping? — questionou o Chefe, amarrando um saco de arroz ao lombo do cavalo com mais força do que o necessário.

O animal bufou em desaprovação.

— Apenas com o destino do reino — respondeu Mulan.

— Já derrotamos os hunos uma vez.

A fala do homem parecia rotineira, não necessariamente motivada por sua confiança nas tropas.

— Mas agora parece diferente.

Parte dela queria que o companheiro discutisse, mas ele se limitou a grunhir.

— Bom, vai ser um baita teste para a imperatriz.

Mulan havia retornado ao templo de seus ancestrais. Sabia, mesmo a contragosto, que tudo não passava de um sonho. Lá estava ela, no lugar onde sempre se refugiava em busca de conforto, e não podia nem ao menos fingir que era real.

Um tom cinzento tingia o ar. As tabuletas memoriais dedicadas aos seus ancestrais permaneciam intactas, revestidas por uma fina camada de poeira. Um incenso solitário queimava no altar, a pontinha alaranjada se destacando na escuridão do ambiente. Um fiapo de fumaça aromática pinicou-lhe o nariz.

Assim que ela determinou que estava sozinha, um movimento do outro lado da porta chamou sua atenção. Um tufo de cabelo grisalho, o esvoaçar de uma túnica. Mulan correu para o jardim. Lá estava a avó, curvada sobre o canteiro para cheirar um crisântemo.

Embora Mulan avançasse com passos silenciosos naquele mundo dos sonhos, a avó se virou para olhar.

— Minha neta! — exclamou ela com alegria. — Pensei que seus dias de menino tivessem ficado para trás.

Ao baixar os olhos, Mulan se deu conta de que ainda vestia as roupas de Ping.

— Venha — chamou Nai Nai. — Quero um abraço.

A avó a envolveu com uma força surpreendente, o perfume das flores entranhado em seu cabelo. Passado um tempo, enfim se afastou.

— Você está abatida — comentou a velha senhora.

— A China está à beira de um colapso — explicou Mulan, e sentia que estava constantemente a repetir essa frase. — Deixei o reino em maus lençóis e tenho medo do que pode acontecer a seguir.

A avó pegou uma faca e arrancou uma flor murcha do caule.

— Ora, então levante a cabeça e vá dar um jeito. Minha neta é plenamente capaz de lidar com a situação.

— Quem me dera ter tanta confiança.

Nai Nai jogou a flor no laguinho, radiante ao ver as carpas coloridas abaixo da superfície.

— Você vai conseguir. Eu sei disso, seus pais sabem disso, e me atrevo a dizer que muita gente também sabe. De fato é uma tarefa difícil e assustadora, nisso você tem razão. Talvez se sinta melhor com um pouquinho de orientação.

Mulan esperou ouvir alguns conselhos, mas em vez disso a avó avançou em direção a algo que lhe parecia invisível. Ao se virar, Mulan sentiu um arrepio percorrer a nuca. Era uma paisagem estranha aquela em que se encontrava. Uma rápida olhada por cima do ombro revelou que ainda estava diante do templo dos ancestrais, com seus canteiros de flores e lagos bem cuidados. A um passo de distância, porém, o jardim se mesclava a uma cortina de névoa. Logo adiante, Mulan reconheceu a floresta onde a caravana de Guozhi estava acampada. Chegou a se perguntar se encontraria o próprio corpo adormecido, caso procurasse com atenção.

— Não tente se ver — aconselhou a avó. — Só vai embaralhar sua cabeça. Procure o que está bem na fronteira.

Depois de ter sido apanhada naquele ato de narcisismo, Mulan dirigiu o olhar para a névoa. O ar tremeluziu na superfície, especialmente onde tocava um emaranhado de galhos espessos. Mais abaixo, no chão, ela avistou algo grande e redondo.

— O que é isso? — perguntou Mulan.

— Seja lá o que for — respondeu a avó —, parece interessante.

Mulan abriu os olhos. Os ramos das árvores riscavam o céu logo acima, sobrepostos como a sinfonia de roncos dos seus companheiros de caravana. A transição do sono para o despertar parecera rápida e atordoante, como se tivesse sido transportada de um lugar ao outro em um piscar de olhos. A mente estava livre de sonolência, sem o menor resquício de sono. Uma calmaria inquietante a invadiu, e, embora tudo ao seu redor estivesse nítido e claro, Mulan sabia que o mundo só era vívido para ela. Se saísse do colchonete e fosse embora do acampamento, ninguém moveria um dedo.

Ela se levantou. Guozhi dormia a poucos passos de distância, com a espada ao alcance do braço. Chefe roncava alto ao lado dele. Mulan girou no lugar, examinando os galhos ao redor e os comparando com a imagem do sonho. Avistou o ponto onde os ramos se cruzavam feito dedos tortos e baixou o olhar para o chão. Ali, um objeto pálido e redondo brilhava ao luar.

A sentinela do acampamento contornou o campo onde os outros dormiam, passando bem perto do emaranhado de galhos. Mulan não conseguia identificar o objeto. Não era branco, mas parecia liso e mais claro do que a terra que revestia o solo. Uma pedra grande, talvez? Depois que a sentinela se afastou, Mulan foi em direção aos galhos com passos silenciosos, tomando cuidado para não tropeçar nos companheiros adormecidos.

De perto, ela podia ver que o objeto tinha a mesma largura de uma sela. Era macio ao toque, liso como osso. Depois de se agachar, Mulan espanou a terra na superfície e sentiu as reentrâncias. Era um casco de tartaruga. Devia ter pertencido a uma criatura imensa, que já morrera havia muito tempo. A carapaça estava seca, leve.

Era perfeita.

Mulan a tirou do chão, surpresa com a leveza, e a levou para o interior da floresta. Parecia importante escolher o lugar adequado, mas nem sabia o que procurava. Precisava de um trecho de terra com poucos arbustos. Queria que fosse recluso, mas não muito longe.

Especial, mas não tão assustador. Estava em busca de uma sensação, a mesma que tinha ao abraçar a avó.

Depois de um tempo, chegou a uma pequena clareira. Três árvores se estendiam mais adiante, os galhos entrelaçados como velhas senhoras sobre um prato repleto de bolinhos recém-cozidos. Era ali.

Mulan pousou o casco no chão e se preparou para fazer a fogueira. Havia uma porção de gravetos para servir de combustível às chamas. Empilhou alguns, recuou para avaliar o trabalho e depois acrescentou mais um punhado à pilha. Juntou capim seco para acender o fogo. A primeira faísca da pederneira se espalhou e os gravetos foram lambidos pelas chamas.

Enquanto o fogo aumentava, ela voltou a atenção para o casco de tartaruga. A carapaça arredondada era estonteante, com padrões intrincados como um tabuleiro de xadrez em mármore, mas era do plastrão, a parte que protegia a barriga da tartaruga, que ela precisava. Mulan deu um puxão, sem saber como separar as duas metades. O casco se soltou com facilidade.

Desprovida de pincel e tinta, teve que recorrer à adaga. Uma rápida tomada de fôlego. Um leve corte na palma da mão. O sangue jorrou depressa, quase com avidez. Mulan colheu uma gota e a observou mudar de forma na ponta do dedo. Com uma letra trêmula e desajeitada, escreveu: *Como posso salvar a China?*

As primeiras palavras já estavam quase secas quando terminou de escrever a última. Em seguida, soprou o casco até as letras adquirirem um tom de ferrugem. As chamas crepitavam, elevando-se em direção ao céu. O fogo estava mais intenso, muito mais quente do que deveria, feito o sopro de um dragão, a superfície do sol.

Seu rosto ardia com o calor das chamas conforme levava o casco até a fogueira. Chegou mais perto até sentir que a pele ficaria em carne viva e mesmo assim continuou, rangendo os dentes contra o calor escaldante. Estava muito além das leis da natureza a essa altura, envolvida demais para se preocupar com as limitações da carne. Só quando teve a certeza de que o próximo passo a transformaria em fuligem, Mulan parou e atirou o casco na fogueira.

Tudo explodiu em uma nuvem de fumaça e cinzas.

CAPÍTULO DEZESSEIS

Mulan começou a sufocar com a fuligem. Tentou cobrir a boca, mas o ar quente e as partículas passaram por seus dedos como se nem estivessem ali. Como um simples casco de tartaruga poderia causar tanto estrago? As cinzas rodopiavam ao redor, queimavam sua pele e se esgueiravam por baixo das pálpebras, empurrando e arranhando até ela cair no chão.

E depois veio o mais absoluto silêncio.

Nada se movia, nem mesmo Mulan. Ficou deitada ali, temendo a dor da pele queimada quando enfim se mexesse, sem saber se a ausência de sofrimento era real ou apenas um momento de paz antes de tudo voltar a como era antes.

Pouco a pouco, tomou consciência do ar fresco que entrava nos seus pulmões. Uma brisa suave roçou sua pele. Os olhos se abriram por vontade própria, úmidos e inteiros. Mulan piscou e se pôs de pé aos cambaleios. A pele reluzia ao luar, ainda macia e intacta. Apesar de recordarem a dor de antes, as pernas aguentaram seu peso.

Um grilo cricrilou e um coro de cigarras se juntou ao canto. Mulan admirou a floresta ao redor. Ali, parada sob a maior árvore à vista, estava a sua avó.

— Nai Nai!

Tinha acabado de ver a avó no sonho, mas aquilo era diferente. Mulan sabia, com uma certeza tão profunda quanto as raízes daquelas árvores, que dessa vez não era um sonho. Estava acordada e Nai Nai estava bem ali, no mundo dos vivos.

Sentiu a solidez da avó quando a abraçou, embora parecesse um pouco mais incorpórea. Nem sabia explicar. Era como se estivesse mais leve? Mais suave? Ainda assim, sabia que era ela.

A avó lhe fez carinho nas costas. Era tão diminuta que a mãozinha pousou na base das omoplatas da neta.

— Minha menina. Minha menina forte e brilhante.

Teriam aquela conversa outra vez? Mulan abriu a boca para responder, mas se deteve ao avistar outras mulheres posicionadas ao redor da avó. Havia uma dúzia delas, talvez mais, algumas jovens, outras velhas. Embora parecessem tão sólidas quanto Nai Nai, havia algo distintamente sobrenatural em sua aparência, uma ligeira estranheza na forma como seu corpo captava a luz e nas profundezas inescrutáveis dos seus olhos. Todas estavam viradas na direção de Mulan.

Um arrepio irradiou pelas costas dela, e no entanto… Quando as mulheres sorriram, alguns dos seus traços começaram a lhe parecer familiares. A rigidez da boca de uma. A postura da outra, com a mão apoiada no quadril, tão parecida com a mãe de Mulan. O bico de viúva pronunciado no cabelo de uma terceira, igualzinho ao do pai dela.

Aquelas mulheres eram suas ancestrais.

Os joelhos de Mulan cederam e uma senhorinha lhe sorriu, as rugas profundas eclipsadas pelas covinhas.

— Fez um bom trabalho, filha.

— Esta é a minha avó, Fa Lin — disse Nai Nai, inclinando-se na direção da neta. — Sua tataravó. Ela morava no sul antes de vir para nossa aldeia.

— Foi uma longa jornada — contou Fa Lin. — Caminhamos durante um mês para escapar da fome.

Mulan agarrou-se ao ombro não muito sólido da avó enquanto as mulheres se aglomeravam ao redor dela, ocupadas em tagarelar entre si.

— Ela tem o seu nariz, Fa Lin — comentou a mulher cuja postura lembrava a da mãe de Mulan. — E mãos fortes, dignas de uma guerreira.

— E desde quando você entende alguma coisa sobre guerreiros, Meixiang? — provocou a senhora com bico de viúva.

— Ora, sei muito sobre guerreiros e liderança — retrucou a outra. — Criei dezenove filhos e até dei uma panelada na cabeça de um ladrão certa vez.

Outra mulher estendeu a mão e tocou o manto de Mulan com dedos finos como os do pai dela.

— Isso precisa ser lavado, não acha?

— Não estamos na sua fazenda de seda, Xing — rebateu outra voz. — Ela não tem tempo para lavar as roupas. Está ocupada demais tentando salvar a China.

Faixas e vestidos se agitavam para todos os lados, criando menos brisa do que deveriam. Risadinhas e cochichos. Toques nos braços, ombros e costas, como se suas ancestrais quisessem se certificar de que ela era mesmo real. Todo aquele alvoroço começava a pesar sobre Mulan.

— Não estou entendendo — expressou-se ela, espichando o pescoço para ver quem tinha endireitado a bainha do seu manto. — O que vieram fazer aqui?

— Viemos porque você precisa de ajuda — respondeu Nai Nai. — Seus inimigos tramam pelas suas costas. Dá para ver que você carece de conselheiras.

Mulan pensou nos ossos de oráculo e nos sonhos, nas vozes na carroça.

— Todas vocês têm me ajudado.

— Como qualquer ancestral que se preze deveria fazer. Ora, mas não vamos nos vangloriar por tudo. Nós, sua querida família, fomos convocadas para ajudar você, mas não fomos as únicas.

— Não?

— Você já conheceu uma delas — disse a avó.

Os arbustos farfalharam atrás de Mulan. Em seguida veio o som de passos, carregando uma solidez que os outros pés na clareira não partilhavam. Aquele resquício de realidade em meio a tanto misticismo a colocou em alerta como nenhum espírito fizera até então. Mulan fez menção de sacar a espada, mas só então percebeu que a deixara no saco de dormir. Depois que a mão agarrou o vazio, ela se virou e se viu cara a cara com Zhonglin.

A jovem estava com a mesma aparência de sempre: lábios rosados, rosto oval, olhos grandes. A pele, só então Mulan percebia, era mais pálida do que deveria ser, considerando o tempo que passava debaixo de sol. Ela usava uma armadura de cota de malha polida, muito mais refinada do que seus trajes habituais de guerreira. Os dias na prisão, ao que parecia, não a tinham afetado. Estava forte, saudável. Radiante. Parecia emanar um certo brilho, mas só quando Mulan olhava de soslaio.

Nai Nai pousou a mão no ombro de Mulan, mas não ficou claro se o gesto tinha a intenção de confortar a neta ou a conter. O olhar de Mulan disparava de Zhonglin, um poço de calma, para as ancestrais sorridentes, e depois voltava.

— Você? — foi tudo o que Mulan conseguiu dizer.

A jovem se ajoelhou em reverência.

— Às suas ordens — declarou, sem um pingo de ironia na voz.

— Mas...

A mente de Mulan girava. Pensou nas palavras de Zhonglin. Nos questionamentos descarados à sua autoridade. Nos sinais de rebelião... exceto que não indicavam rebelião. Eram exatamente o oposto.

— Suas atitudes me levaram a acreditar que você era uma traidora.

Zhonglin deu de ombros e Mulan teve um vislumbre daquele ar independente e desafiador que tanto a incomodara durante os treinos.

— Nunca fingi coisa alguma. Simplesmente não a corrigi quando tirou conclusões precipitadas. E talvez tenha tratado você com menos polidez do que esperava.

Parecia se portar com uma autoridade que não estava ali antes, a voz ecoando a força de séculos, talvez milênios.

Mulan se lembrou dos comentários de Zhonglin. A jovem a tinha desafiado em tudo, criticando sua incapacidade de inspirar as guerreiras e de controlar os próprios ministros. Havia zombado de Mulan por estar enferrujada no manejo de armas. Sempre a deixava furiosa, prestes a perder o controle. Mas será que também não a tinha incentivado a tomar uma atitude?

— Você me provocava de propósito.

Zhonglin arrancou um fiapo solto da manga.

— Havia certas coisas que você precisava ouvir.

Ali, frente a frente com ela, mais peças começaram a se encaixar. Naquela primeira luta contra os bandidos de Dafan, Mulan estivera a um triz de cancelar o ataque, mas foi o erro de Zhonglin que a forçou a seguir em frente. E depois vieram as ações da garota na Cidade Imperial. Os sinais de apoio na coroação. A maneira como conduzira Mulan e Liwen aos cartazes subversivos espalhados pela cidade, os responsáveis por convencer Liwen a continuar na capital em vez de voltar para casa. Até mesmo a sopa de rabo de boi que Zhonglin devorava no dia em que fingira ir embora com as guerreiras, um lembrete sutil bem quando Mulan precisava de ossos de oráculo.

— Foi você quem deixou o tratado no meu quarto? — perguntou Mulan. — Aquele que alertava os imperadores contra a tributação excessiva?

Os lábios de Zhonglin se curvaram.

— Muito sagaz. Dá para ver por que o imperador a escolheu.

— Por que você não me disse logo quem era?

— Uma líder precisa de sabedoria, altruísmo, inteligência e compaixão. E você tem tudo isso. Mas uma líder também tem que acreditar que é digna de governar. Se eu ficasse ao seu lado lhe dizendo como agir, você não teria se tornado uma imperatriz.

— Quem… O que é você? — quis saber Mulan.

— Eu sou… — Zhonglin crispou os lábios e encarou o nada enquanto procurava as palavras certas. — A personificação de uma magia antiga que auxilia a irmandade das governantes. Pode-se dizer que sou uma mensageira com certos dons que podem lhe ser úteis.

— E que dons seriam esses?

Zhonglin sorriu.

— Posso invocar espíritos.

— Você convocou meus ancestrais.

— Sim, pois você precisava de apoio e carinho. As mulheres da sua família eram as mais indicadas para essa tarefa, mas esse é apenas o primeiro passo.

Nai Nai coçou o queixo.

— Não somos guerreiras propriamente ditas, como pode ver, mas algumas de nós poderiam ter sido excelentes, se ao menos tivessem cogitado tentar.

— Uma rainha precisa de conselheiros de confiança — continuou Zhonglin. — Seus próprios ministros têm agido de forma egoísta e ardilosa, mas posso remediar isso, se essa for sua vontade.

— Se for minha vontade?

Por que aquela mulher/fantasma/entidade ancestral tinha começado a pedir permissão, depois de todo esse tempo?

— Não podemos fazer muita coisa sem a sua participação. Sei que já enfrentou muitos desafios, e eles só vão aumentar. Podemos oferecer ajuda, mas tem que estar disposta a aceitar.

Mulan sacudiu a cabeça para se livrar da tontura repentina. Era muita coisa para assimilar. O aparecimento súbito das ancestrais. O retorno de Zhonglin, não como traidora, mas como sua protetora em segredo.

A avó pousou a mão no braço da neta.

— Passei muito tempo com Zhonglin nas últimas semanas — disse Nai Nai. — Ela deseja seu sucesso, assim como aquelas que a enviaram até aqui.

Por um instante, Mulan tentou discernir a realidade que a cercava. Será que era mesmo sua avó ali, afirmando que Zhonglin era alguém em quem podia confiar? O pensamento, porém, durou apenas um segundo. Em seu íntimo, Mulan sabia que era mesmo Nai Nai ao seu lado, e confiava na avó mais do que em qualquer coisa no mundo.

— Quero ver mais — pediu ela a Zhonglin.

A entidade traçou um arco no ar. Faíscas prateadas seguiram o rastro de seus dedos, formando o contorno de uma porta. Do outro lado, Mulan viu uma floresta bem diferente daquela em que se encontrava, com árvores colossais de troncos prateados e galhos retorcidos. Quase tudo estava encoberto pela névoa. Com um sinal, Zhonglin a incentivou a entrar. Mulan se aproximou do portal e então se deteve. Nenhuma de suas ancestrais a seguia.

— Vá, pode ir — encorajou a avó. — Assuntos de guerra estão além da nossa alçada. Voltaremos a conversar mais tarde.

O que havia além daquele portal? Uma terra espiritual? Será que conseguiria voltar? Mulan cruzou a soleira, reprimindo uma onda de pânico quando o portal se fechou às suas costas. Com isso, todos os sons da floresta foram abafados. O silêncio era atordoante. Ela girou no lugar, assimilando o novo ambiente. A floresta era antiga, a julgar pelo tamanho das árvores e a densidade do ar. De repente percebeu que não era um bosque qualquer. Os galhos e as raízes tinham sido moldados em poltronas de madeira viva. Estavam dispostas em círculo e pareciam ser quentes ao toque. Bem no centro, erguia-se uma enorme mesa esculpida em pedra.

Mulan olhou para Zhonglin. A jovem entidade observava sua reação.

— E agora, o que fazemos? — quis saber Mulan.

— Esperamos a chegada das outras.

Só então Mulan reparou no outro portal aberto na ponta oposta do bosque.

— Ah, lá estão elas — anunciou Zhonglin com um tom satisfeito.

Uma mulher surgiu de repente. Era alta e vestia armadura completa, embora de um estilo diferente das que Mulan usava, feita de couro costurado em vez de escamas de metal ou madeira, e toda pintada com figuras empunhando espadas. A mulher fitou os arredores, avaliando o ambiente como um general que examina um campo de batalha, e por fim seus olhos pousaram em Mulan.

— É ela? — perguntou para Zhonglin.

A jovem fez um gesto amplo com a mão.

— Permita-me apresentar Fa Mulan, imperatriz da China.

A entidade fez uma reverência profunda, juntando as mãos diante do corpo.

— É um feito grandioso que uma mulher tenha sido escolhida para governar — declarou. — Eu me chamo Fu Hao e venho humildemente oferecer meus indignos conselhos.

— Fu Hao… — gaguejou Mulan. — General Fu Hao?

Mulan conhecia a história dela. Fu Hao tinha sido uma célebre líder militar, responsável por comandar milhares de soldados.

— Por favor, levante-se — continuou. — Não se curve diante de mim. Eu é que não sou digna dos seus conselhos.

A general mal havia se empertigado quando outra entidade atravessou o portal. Era jovem e nem parecia ter atingido sua altura máxima, com o peito ainda reto.

— Imperatriz — saudou a recém-chegada, os coques nas laterais da cabeça balançando com a mesura. — Eu sou Xun Guan.

— Também a conheço — respondeu Mulan, cada vez mais atônita. — Sei que liderou um ataque contra o exército inimigo quando sua cidade estava sitiada. E na época era só uma garotinha.

Xun Guan abriu um sorriso travesso.

— Às vezes, se feito do jeito certo, é mais fácil usar um pequeno grupo para romper as defesas inimigas.

Depois de Xun Guan, vieram mais duas mulheres. A primeira tinha uma beleza estonteante, com cílios compridos e dentes retos. A outra era baixa e encorpada, com os ombros mais musculosos que Mulan já tinha visto em uma mulher.

— Ouvimos dizer que a senhorita lidera uma tropa de guerreiras — comentou a beldade. — Eu sou Lin Siniang, e esta é Liang Hongyu. Nós duas lideramos contingentes femininos na nossa época.

— No nosso caso, porém, o processo de recrutamento foi um tanto diferente — acrescentou a mais forte.

Siniang sorriu com elegância.

— É verdade. Meu contingente começou com esposas-irmãs e concubinas — contou ela. — Meu marido não queria consortes indefesas, então nos tornamos companheiras de luta. Hongyu recrutou suas guerreiras da maneira mais tradicional.

Depois de Siniang e Hongyu, chegaram comandantes e piratas, chinesas han e guerreiras tribais, mulheres em trajes de montaria e outras com armadura completa. Uma a uma, elas tomaram seus lugares ao redor da mesa.

— Este é seu conselho de guerra, imperatriz — anunciou Zhonglin. — Às suas ordens.

Mulan contou vinte mulheres fortes e corajosas no total, à espera do seu pronunciamento.

— Eu jamais imaginei que...

Embora tivesse passado os últimos anos bordando o nome das mulheres guerreiras em suas túnicas, Mulan sempre as vira como lendas em vez de pessoas de carne e osso. Conhecer a história de cada uma não a impedira de se sentir uma anomalia, tanto no exército quanto, mais tarde, no palácio imperial. De repente, porém, aquelas guerreiras lendárias estavam ali, sentadas à mesma mesa, mulheres como ela. E pareciam esperar feitos grandiosos.

— O Conselho da Rainha deseja-lhe todo o sucesso — declarou Zhonglin. — As mulheres ao redor desta mesa, suas irmãs em espírito do passado e do futuro, querem conduzir você à vitória. Seja nossa comandante.

Mulan observou o mar de rostos à espera.

— Não sei como liderar um conselho de espíritos.

— Da mesma forma que lideraria qualquer outro conselho — explicou Zhonglin. — Nós vivemos nossa vida como mortais. Conquistamos honrarias no campo de batalha e aprendemos com nossos erros.

Zhonglin dissera "nós".

— Então você também era uma guerreira? Zhonglin era seu nome verdadeiro?

Os lábios da jovem se curvaram em um sorriso tímido.

— Na minha época, tive certa facilidade com a espada.

— Chega de conversa — determinou Fu Hao. — A imperatriz tem uma campanha a liderar.

A voz da general a fez pensar em Shang, na forma como suas palavras inspiravam atenção. O espírito de Mulan se rendeu ao desafio. Os hunos ameaçavam invadir o reino, e ela precisava impedir seu avanço.

— Qual é seu primeiro passo, imperatriz? — questionou Fu Hao.

Mulan refletiu por um breve instante antes de responder.

— Tenho que ir atrás de informações. Preciso descobrir a localização e as intenções dos meus inimigos.

Um grito agudo cortou o ar. Mulan procurou a origem do som, mas não havia nada ao seu redor. Zhonglin acenou a mão outra vez e uma imagem cintilante brotou em cima da mesa. A cena estava em constante movimento, como se os acontecimentos se desenrolassem em rápida sucessão. Logo ficou claro que a imagem mostrava vastas extensões de pradaria vistas de cima.

— Meu pássaro está na fronteira ao norte — anunciou Zhonglin.

— Pássaro? — perguntou Mulan.

E então lhe veio à cabeça a imagem de um falcão com asas de ponta vermelha. Zhonglin sempre levara jeito com animais.

— É isso que ela está vendo agora — explicou a jovem.

Pontinhos salpicaram a imagem, e logo Mulan se deu conta de que eram soldados. Os pontos maiores tornaram-se cavaleiros e suas montarias. À medida que o falcão sobrevoava o campo, mais e mais soldados apareciam. Estavam reunidos perto de uma fortaleza redonda com grossos muros de tijolo, o posto avançado que haviam capturado.

— Já estão em marcha? — quis saber Mulan.

— Ainda não — respondeu Zhonglin. — Por enquanto estão reunindo as tropas, mas vão marchar em breve.

A mente de Mulan se encheu de cálculos. A maior parte do exército imperial estava postada nos arredores da capital. Levaria semanas para chegarem às fronteiras do norte.

— Os hunos poderiam marchar livremente.

Imagens de aldeias queimadas cruzaram os pensamentos de Mulan, ruínas fumegantes, uma boneca abandonada em meio às cinzas.

— O exército imperial vai demorar muito tempo para chegar lá — declarou Fu Hao. — Outro destacamento, porém, pode ser capaz de retardar o avanço dos hunos. Talvez consigamos ganhar tempo.

— Mesmo com uma pequena quantidade de soldados, a estratégia certa pode causar danos consideráveis — acrescentou Hongyu, a mulher musculosa que já liderara uma tropa de mulheres. — Certa vez armei uma emboscada de oito mil guerreiros contra um exército de cem mil. Tudo deve ser coordenado com precisão. Na época, usamos tambores e bandeiras para transmitir mensagens entre as tropas.

— Tem razão — concordou Mulan, avaliando as opções. — Se tivéssemos um grupo pequeno e ágil, poderíamos perseguir os hunos e retardar seu avanço. Atacar e fugir.

— Os hunos são cavaleiros experientes — argumentou uma mulher cujo nome Mulan pensava ser Qacha, que estava envolta nos leves trajes de montaria das tribos do norte. — Não são soldados despreparados. Uma estratégia de guerrilha pode não funcionar tão bem quanto o esperado.

— Certo, então... — continuou Mulan. — Talvez seja possível encurralar as tropas. Não temos tempo para erigir defesas e fortificações. Vamos ter que usar o terreno a nosso favor.

De repente, um mapa se materializou sobre a mesa. Ela lançou um olhar surpreso para Zhonglin, que deu uma piscadela.

Mulan precisou de um momento para se recompor. A Cidade Imperial estava marcada com uma pequena representação do palácio. Quando olhou para o norte, na direção das vastas pradarias perto da fronteira, avistou a fortaleza caída.

— Aqui — disse, e apontou para a região ao sul da construção. — Os hunos teriam que marchar por esta passagem.

— Poderia usar algumas centenas de soldados para proteger o desfiladeiro — sugeriu Fu Hao. — Não vai durar para sempre, mas nos ajudaria a ganhar tempo. A sra. Zhu talvez tenha algumas ideias sobre como fortalecer sua posição.

Uma mulher que parecia mais uma avó do que uma guerreira assentiu em sinal de aprovação.

— Proteja bem a região. Cave trincheiras. Forre todas elas com estacas afiadas. Não dependa apenas do trabalho dos seus soldados. Não sou uma guerreira, mas durante a guerra liderei centenas de cidadãs comuns, todas mulheres, na restauração das fortalezas da nossa cidade. Foi a nossa salvação.

— É um excelente conselho, sra. Zhu — elogiou Mulan. — Apesar disso, eu ainda precisaria de tropas treinadas para lutar na linha de frente. — Depois se voltou para Zhonglin. — Por acaso sabe por onde anda Shang? Seu pássaro pode levar uma mensagem até ele?

A jovem negou com a cabeça.

— Meu pássaro só pode voar e ver como qualquer outra ave. Se não soubermos a localização exata, ela não será capaz de encontrar Shang.

De nada adiantaria, então, especialmente se o general tentasse se manter escondido. Por acaso havia outros postos avançados por perto? Bolsões de tropas que pudessem ser úteis? Mulan examinou o mapa.

— Há um posto avançado bem aqui, a dois dias de viagem ao sul — apontou, tentando se lembrar da quantidade de tropas estacionadas na região. — Eu mesma posso ir até lá e descobrir se os soldados ainda são leais.

Mas essas tropas conseguiriam chegar ao desfiladeiro a tempo? E, mais importante ainda, será que estariam dispostas a seguir a imperatriz até lá?

Zhonglin deu um pigarro.

— Existem outras tropas leais mais próximas da fronteira.

Mulan tornou a analisar o mapa.

— Existe outro posto avançado?

— Não se trata disso — explicou Zhonglin.

Em seguida, apontou para uma aldeia ao norte. Os arredores pareciam vagamente familiares, e Mulan demorou um instante para entender o motivo.

— Essa é a minha aldeia natal — disse, e aos poucos começou a entender a verdadeira intenção de Zhonglin. — Minhas guerreiras.

— Todas elas são treinadas e indiscutivelmente leais — declarou a jovem. — Está na hora de ser menos protetora em relação a elas. Permita que suas guerreiras nos ajudem a salvar a China.

E lá estava outra vez, a insistência de Zhonglin para que Mulan deixasse as guerreiras irem à luta, como vinha fazendo desde o início.

— Já faz um tempo que você tem me aconselhado a ser menos protetora.

Os olhos de Zhonglin cintilaram com séculos de sabedoria acumulada.

— Porque eu sabia que este dia chegaria. Está disposta a mandá-las para a luta?

Mulan pensou naquelas mulheres. Fu Ning, que apesar da perna machucada, treinava arduamente para recuperar as forças. Wenling, sempre brincalhona, cujas flechas nunca erravam o alvo. Ruolan, tão dedicada aos treinos enquanto o filho brincava na beira do campo.

— Tem razão — concordou ela. — São boas guerreiras. E vão lutar.

CAPÍTULO DEZESSETE

Mulan não sabia quantas horas passara ao redor daquela mesa, debruçada sobre o mapa, aprendendo o que podia com a visão aérea do inimigo fornecida pelo pássaro. Era como se a luz da floresta nunca mudasse. Nem parecia haver um sol acima daquela copa enevoada. A fome e a sede não a incomodaram, por isso se dedicou incansavelmente ao trabalho.

Por fim, ela se afastou da mesa, massageando o pescoço.

— Acho que, por ora, não nos resta discutir mais nada.

Suspiros de concordância irromperam das mulheres ao redor. Uma a uma, as conselheiras de guerra se levantaram e se dirigiram ao portal reaberto por magia, algumas pegando as mãos de Mulan ou dando-lhe palmadinhas de incentivo no ombro antes de partirem. Depois, as próprias árvores começaram a desaparecer e Mulan se viu de volta à floresta que havia deixado horas ou séculos antes. A fogueira onde queimara o casco de tartaruga tinha se reduzido a meras brasas. Com um sobressalto, ela percebeu que a avó e suas ancestrais não estavam mais lá.

— Sua família se foi — declarou Zhonglin. Estava parada a poucos passos de distância e vestia as mesmas roupas de antes, mas de alguma forma parecia menos etérea. — Mas elas vão voltar.

— E você continua aqui?

— As regras que regem nossa existência são complicadas. Eu tenho mais liberdade para ir e vir no seu mundo.

Ao ouvir isso, Mulan se lembrou da caravana de Guozhi. Será que tinham reparado na sua ausência? Virou-se na direção do acampamento.

— Eles ainda estão dormindo — avisou Zhonglin. — Logo devem acordar.

— Preciso me despedir direito — explicou Mulan. — Essas pessoas me ajudaram muito. Não seria certo ir embora sem mais nem menos.

Zhonglin concordou com a cabeça.

— Vá, se despeça. Quando partir, eu a encontrarei na estrada principal.

A jovem se embrenhou nas sombras enquanto Mulan retornava ao acampamento. O batedor nem a viu passar, alheio à sua presença conforme ela se deitava no colchonete. Apesar de achar que nem fosse conseguir dormir, quando Mulan tornou a abrir os olhos, o sol já estava alto no céu. Todos os outros já se ocupavam em arrumar as carroças.

— Acordou tarde, Ping — comentou Guozhi ao passar com um fardo de feno.

Mulan bocejou e se pôs de pé. Os acontecimentos da noite anterior pareciam ainda mais inacreditáveis à luz do dia, com os raios do sol se esgueirando entre os galhos. Será que Zhonglin de fato a esperava na estrada principal?

Aos cambaleios, Mulan avançou até a extremidade do acampamento, sem prestar atenção aos olhares confusos dos companheiros à medida que se embrenhava entre as árvores. Só parou quando viu os restos de uma grande fogueira. Cutucou o carvão com o pé e encontrou o casco de tartaruga. Quando peneirou as cinzas com os dedos, percebeu que ainda estavam quentes ao toque.

Uma vez de volta ao acampamento, Guozhi a encarou com uma pitada de curiosidade.

— Tem alguma coisa em mente? — perguntou o homem.

— Demorei a pegar no sono esta noite — respondeu Mulan, afastando a lembrança das chamas.

— O que houve?

— A invasão me preocupa — confessou Mulan. — O exército mal chegou e já causou danos consideráveis. Não poderei acompanhar a caravana até a Cidade Imperial. Tenho que retornar à minha aldeia e ajudar no que puder.

De certa forma, nem era mentira.

Guozhi a observou com atenção, pensativo conforme alisava as juntas dos dedos com o polegar. Não havia agressividade no seu olhar, apenas estima, e Mulan retribuiu com a mesma intensidade.

— Tempos difíceis nos aguardam — declarou o homem, de um jeito que a fez pensar que ainda havia muito mais por dizer. — Vai partir agora mesmo?

Mulan assentiu.

— Não consigo expressar o tamanho da minha gratidão. Se estiver ao meu alcance, farei o possível para retribuir a ajuda que me deu.

— Você foi de grande ajuda para minha caravana, e lhe desejo o melhor. Talvez eu volte a ouvir algo a seu respeito um dia.

Mulan já havia percorrido vários li de estrada quando Zhonglin apareceu.

— O caravaneiro foi generoso com as provisões — comentou a jovem ao ver os fardos de alimentos secos no lombo da égua.

— Às vezes chego a pensar que ele suspeitava de quem eu era — respondeu Mulan. — Seja como for, virei atrás dele depois da guerra e farei os devidos agradecimentos.

As duas avançavam com um rápido galope, parando apenas para comer e dormir por algumas horas. Vez ou outra, Zhonglin contava mais sobre sua história e sobre aquelas que a tinham enviado ali.

— Somos uma irmandade, um grupo de mulheres que detêm poder — explicou a jovem.

— Mulheres com poder?

— Rainhas, imperatrizes, duquesas... existiram muitas ao longo da história, mesmo que não pareça.

— Como essa irmandade surgiu?

Um faisão cruzou a estrada logo à frente, com penas em tons iridescentes de azul, verde e laranja. Zhonglin o observou desaparecer entre os arbustos, depois tomou fôlego para falar.

— Tudo começou com uma rainha. A história dela não é muito diferente da sua, embora ela já tenha nascido na realeza. Os pais morreram muito cedo e a garota teve que assumir o trono ainda jovem, cercada por homens que desejavam a controlar.

Com uma pontada desagradável no peito, Mulan pensou nos próprios ministros.

— O que aconteceu?

— Pressionada pelo tio, a jovem rainha ofereceu a mão em casamento como prêmio de um torneio — continuou Zhonglin, e voltou seu olhar para Mulan. — A rainha não se via como um troféu a ser conquistado, mas ela não sabia de nada. Era jovem e inexperiente. Acreditava que o tio só queria o bem dela e do reino.

A narrativa avançou de forma cadenciada, a voz melodiosa como uma canção.

— O torneio durou dias e muitos jovens príncipes tentaram arrebatar a mão da rainha para si. O vencedor foi um príncipe de uma terra distante, bonito e forte, um guerreiro poderoso. Ele não tinha outra escolha, uma vez que seu reino estava condenado a uma guerra perpétua. E, quando assumiu o trono ao lado de sua nova rainha, o rapaz passou a ver inimigos por todos os cantos, suspeitando até mesmo daqueles que sempre tinham sido seus amigos. Esperava ser apunhalado pelas costas a todo instante. Pouco a pouco, ele começou a envenenar a mente da rainha.

Zhonglin fez uma pausa, depois prosseguiu:

— Quando o rei declarou guerra contra os antigos aliados do reino, os conselheiros da rainha imploraram para que ela o impedisse. Até seu velho tio, responsável por arranjar o casamento, lamentou o próprio equívoco. Mas a rainha já estava demasiado enredada na teia do marido e julgava aquelas ações como certas. Somente depois de a guerra ter devastado o reino e matado seu marido, somente quando os antigos aliados a cercaram em busca de vingança, a rainha percebeu a gravidade de seu erro.

— O que aconteceu? — perguntou Mulan, um tanto receosa.

A história da rainha era mais parecida com a dela do que gostaria. Conhecia muito bem a sensação de dúvida nascida da confiança alheia, a suposição de que qualquer pessoa que parecesse tão segura de si deveria saber mais do que ela.

Zhonglin a observou, ciente de seu nervosismo, e retomou a história.

— A essa altura, já era tarde demais para vencer a guerra pelos meios costumeiros. Os exércitos da rainha tinham sido dizimados. Contar com os poucos soldados restantes teria condenado o povo à destruição. A rainha, porém, tinha outra fonte de poder: a magia que corria em suas veias.

— Magia? — repetiu Mulan.

Mas, se espíritos ancestrais podiam se passar por uma de suas guerreiras, a ideia de magia não lhe parecia tão absurda.

— Isso mesmo. A mãe da rainha pertencia a uma linhagem de feiticeiros. Apesar de ter um grande poder, a rainha o escondia por saber que o povo temia tais coisas. Encurralada, não teve escolha a não ser invocar sua magia, dobrando a terra de acordo com suas vontades. Abismos surgiram diante dos inimigos. Rochas irromperam do solo e formaram uma muralha ao redor do reino. Os invasores não conseguiram ultrapassar as defesas.

— Imagino que… você não possa fazer isso por mim?

Zhonglin sorriu, com uma expressão pesarosa.

— Não posso travar suas batalhas.

De certa forma, Mulan já sabia disso.

— A rainha conseguiu salvar o reino?

Estava muito envolvida com a história. Talvez acreditasse, em parte, que o destino da rainha seria um prenúncio do dela.

— Apesar de ter salvado o reino, a rainha pagou o preço. Os súditos viram o poder de sua magia e se encheram de pavor. Quando o medo que sentiam dos invasores minguou, passaram a temer o poder da rainha. O povo se rebelou contra ela e a queimou na fogueira.

Mulan sentiu o estômago embrulhar com as palavras de Zhonglin. Depois da fogueira da noite anterior, não precisava pensar muito para sentir o calor das chamas na pele. Para ouvir os gritos angustiados da rainha.

— Essa história deveria servir de incentivo?

A jovem torceu os lábios em uma careta.

— Peço perdão — disse. — Já contei essa história tantas vezes que me habituei ao seu teor. Apesar de não trazer uma mensagem de triunfo, ela deu origem a algo bom. Enquanto aguardava a morte no topo da pira, a rainha refletiu sobre tudo que a levara àquele ponto. Percebeu que havia deixado seu destino nas mãos de pessoas que não a amavam nem se importavam com ela, pessoas que só pretendiam usá-la para os próprios fins. Deixara de lado seus instintos para determinar quem era digno de confiança, e isso acabou por causar sua ruína. Ao morrer, desejou que outras rainhas não cometessem o mesmo erro. A magia dela lançou um último feitiço, e sua alma se transformou.

Um bando de pássaros levantou voo de uma árvore ali perto antes de se afastar. Mulan tentou imaginar como seria uma alma transformada.

— O eco do poder daquela rainha ainda vive — continuou Zhonglin. — Assume diferentes formas e abrange a vida, as experiências e a sabedoria de todas as rainhas auxiliadas por tal poder. Sou parte dele, assim como você será um dia.

Era muita coisa para assimilar. Por mais que Mulan tivesse testemunhado aqueles poderes de perto, ainda era difícil imaginar Zhonglin como parte de uma entidade poderosa e ancestral.

— Não consigo entender. Você é um espírito? Um fantasma? Já foi mortal?

— Já tive uma vida terrena.

— Aqui na China?

— Não devo revelar tantos dos meus segredos, não acha?

Os dias passaram em um borrão. A paisagem ficou cada vez mais familiar. Certa tarde, pouco depois do meio-dia, os contornos da aldeia de Mulan despontaram no horizonte. Ela puxou as rédeas da égua, nervosa apesar da urgência daquela missão. Admirou as casinhas de telhado preto, as paredes caiadas. Alguma coisa havia mudado no tempo em que esteve fora?

— Lá estão elas — anunciou Zhonglin, apontando para um campo ao longe.

Mulan estreitou os olhos para enxergar melhor. Esperava ver guerreiras em pleno combate, mas o campo estava vazio. Finalmente, seu olhar recaiu sobre um grupo de mulheres debaixo de uma árvore.

Zhonglin apeou do cavalo.

— Venha — chamou. — Vamos até lá.

Conforme se aproximavam, perceberam que alguém parecia falar ao resto do grupo. Alguns passos depois, ouviram a voz ser interrompida mais de uma vez. As mulheres estavam tão concentradas na discussão que nem se viraram para olhar as recém-chegadas. Com um sobressalto, Mulan reconheceu a voz de Liwen.

— Não tive notícias dela nas estradas — dizia a comandante.

— Será que ela foi para oeste? Por acaso você ou Shang procuraram naquela direção? — perguntou alguém ao lado.

— Não, mas os informantes da Cidade Imperial mencionaram que a carroça seguiu para o leste.

— E se você tiver entendido errado?

— Que tal você cavalgar sozinha para lá e descobrir? — retrucou Liwen.

— Ela tem que estar viva — lamentou-se outra voz.

Mulan avançou às pressas, extasiada por ver Liwen ali em segurança. Um torrão de terra estalou sob o pé dela, chamando atenção de uma das mulheres, que a encarou, boquiaberta. Outra seguiu o olhar da primeira, e depois mais e mais delas. Liwen parou de falar no meio de uma frase.

— Comandante — chamou uma das vozes, enquanto outra dizia "Mulan" e uma terceira exclamava "imperatriz".

Mulan avaliou suas roupas masculinas esfarrapadas e os sapatos sujos de lama, ciente de que o rosto também devia estar coberto de poeira.

Não estou parecendo uma imperatriz, não acham?

A multidão se dispersou e voltou a se agrupar em volta dela, como um enxame de abelhas a rodear um galho de árvore. Jiayi a envolveu em seus braços, a gargalhada fazendo tremer seu pescoço comprido. Wenling se juntou ao riso e abraçou Ruolan, a alegria estampada na expressão infantil. A tímida Mingxia observava tudo de longe com um sorriso no rosto. As vozes se sobrepunham, todas falando ao mesmo tempo.

— Não acredito que é você mesmo!

— O que aconteceu?

— Nós a procuramos por toda parte.

— Mas decepcionamos você — comentou Fu Ning, apoiada na muleta.

Com um gesto, Mulan a silenciou.

— Apesar de tudo que aconteceu, minhas guerreiras nunca foram uma decepção.

Liwen se juntou ao grupo e a encarou como se mal acreditasse na sua presença.

— Shang me encontrou — disse Mulan, dirigindo-se à comandante. — Ele me contou o que aconteceu. Obrigada.

A frustração transpareceu no rosto de Liwen, como se estivesse irritada consigo mesma.

— Eu não percebi que estava sendo seguida até a casa do astrólogo. Fui pega desprevenida…

Parou de falar de repente ao avistar Zhonglin, que se afastara em silêncio enquanto as outras rodeavam Mulan. Arregalou os olhos, incrédula, depois os estreitou de raiva.

— O que você está fazendo aqui?

Zhonglin nem pareceu se incomodar com a ameaça na voz de Liwen, limitando-se a espanar a poeira da roupa.

— Há muito trabalho a fazer.

A comandante se aproximou pisando duro, empurrando as mulheres em seu caminho.

— Sua traidora covarde e…

— Liwen, pare — pediu Mulan ao ver a amiga sacar a espada.

Gritos confusos encheram o ar quando Liwen se lançou na direção de Zhonglin.

— Pare já com isso! — gritou Mulan outra vez.

Tentou abrir caminho, mas estava cercada de gente. De súbito veio o clarão de uma lâmina, seguido pelo estrondo do metal. Com o coração acelerado, Mulan se esgueirou pela multidão para ver a cena. Encheu-se de alívio ao constatar que as duas guerreiras ainda estavam de pé.

Zhonglin empunhava uma espada curta, e Liwen, de queixo caído, encarava a própria arma atirada ao chão.

— Liwen — chamou Mulan. — Tudo não passou de um mal-entendido. Zhonglin é nossa aliada. Explicarei tudo mais tarde.

Logo começaram os cochichos e exclamações de surpresa, e mais de uma mulher apontava para a espada caída de Liwen. Mulan apressou-se em assumir as rédeas da situação antes que se instaurasse um pandemônio.

— Silêncio — gritou ela. — Muitas coisas aconteceram e não temos tempo a perder. Preciso que me ouçam com atenção.

O burburinho diminuiu.

— Fui traída pelos meus próprios ministros — continuou Mulan. — Em sua tentativa de tomar o poder para si, eles permitiram que nosso país caísse em desgraça. Os hunos aproveitaram o momento de instabilidade para atacar, e meus ministros não foram capazes de montar uma defesa adequada. O inimigo marcha por nossas fronteiras neste exato momento, sem qualquer obstáculo.

O silêncio reinou enquanto as guerreiras digeriam as palavras, e só então Mulan prosseguiu, encontrando o olhar de cada uma delas.

— Muitas de vocês queriam uma chance de provar suas habilidades em combate. Queriam lutar. Agora posso oferecer essa oportunidade a vocês. Por mais doloroso que seja arriscar aqueles que amo, a verdade é que já não estamos seguros. Se os hunos atravessarem o desfiladeiro, vão marchar livremente pela China. E então não teremos como escapar do banho de sangue que se seguirá. Temos que deter nossos inimigos. E *vamos* conseguir, porque acompanhei o treinamento de todas vocês de perto e sei do que são capazes.

Mulan observou o mar de rostos à sua volta. Alguns estavam contorcidos de preocupação e outros de perplexidade, mas também havia entusiasmo. Por fim, seu olhar recaiu sobre Liwen. A comandante estava a alguns passos de Zhonglin, no que parecia ser uma trégua recheada de tensão.

— Liwen, você ainda está no comando dessas tropas. Sei que as manteve prontas para a batalha, e sou muito grata por isso. Preciso que você envie nossa cavaleira mais rápida para a Cidade Imperial com uma mensagem para o general Shang. Ele deve reunir todos os soldados leais que puder e vir nos ajudar na fronteira.

Com sorte, antes que os hunos encontrem uma forma de furar o bloqueio.

Liwen se empertigou, e uma dose de orgulho iluminou seu belo rosto.

— Tomarei as providências o quanto antes.

Mulan fitou os arredores.

— Também preciso de voluntárias que saibam bordar.

Algumas mãos se ergueram.

— Ruolan e Wenling — chamou Mulan. — Quero que façam um estandarte vermelho e dourado com um emblema de um dragão e uma fênix. Deve ficar pronto esta noite.

O dragão do imperador, a fênix da imperatriz. Dragão, símbolo de poder e autoridade. Fênix, símbolo da harmonia yin-yang, para ostentar com orgulho o fato de ser mulher.

Enquanto as bordadeiras se afastavam, Mulan voltou o olhar para o sol. Tinham apenas metade de um dia para os preparativos.

— Esta noite, se despeçam de seus entes queridos e preparem suas armas. Partiremos logo cedo pela manhã.

Continuou ali por um tempo conforme a multidão se dispersava, trocando apertos de mão e abraços com as guerreiras. Não demorou muito, contudo, para que pedisse licença para se retirar. Tinha mais um lugar a visitar, e desejava ir sozinha.

Era início de tarde e uma porção de gente trabalhava nos campos de painço, arrancando ervas daninhas e conduzindo a água pelos canais de irrigação. Mulan tentou seguir pelos caminhos mais vazios, mas por onde passava as cabeças se viravam e os cochichos surgiam. Continuou a avançar, mesmo quando um punhado de pessoas se pôs em seu rastro. Pretendia se dirigir aos aldeões em algum momento, mas ainda não era a hora.

Como sempre, as paredes da casa dos pais reluziam de tão brancas, apesar das marcas deixadas pelo vento e pelas intempéries do dia a dia. O portãozinho da frente estava destrancado. Depois de entrar, Mulan sentiu que alguém se posicionava a suas costas. Liwen, pronta para manter a multidão afastada.

No jardim, o riacho borbulhava como se nada tivesse mudado, e a brisa agitava as folhas das árvores. Não havia ninguém à vista. Mulan deu a volta até chegar aos fundos da construção, a expectativa maior a cada passo. Seu coração quase saiu pela boca ao ver os pais sentados no banco, distraídos com uma conversa. Foi a mãe quem ergueu o olhar primeiro, com o semblante tomado pelo choque.

Uma sensação cálida arrebatou Mulan, e seus lábios se curvaram no primeiro sorriso genuíno que dava em dias.

— Mãe, pai — disse ela, e voou para os braços dos dois.

A manhã seguinte foi pontuada por passos silenciosos, pelo bater ruidoso de cascos de cavalo e por um ou outro relinchar à medida que as tropas se preparavam para partir. Mulan ficou ao lado dos pais e observou algumas guerreiras ocupadas em prender os suprimentos no lombo das montarias enquanto outras ajeitavam as mochilas nas costas e faziam os últimos ajustes nos equipamentos. Todas as guerreiras partiriam naquela empreitada, até mesmo Fu Ning, cuja perna ferida estava curada o bastante para lhe permitir uma lenta cavalgada.

— Bem diferente do meu desfile de coroação, não é? — perguntou Mulan.

Em vez de vestidos suntuosos com estampa floral, as mulheres usavam túnicas de viagem bordadas com o nome de guerreiras célebres. A única música vinha do chilrear ocasional dos pássaros. Apesar de saber o que as aguardava ao final daquela jornada, Mulan achava os trajes despojados muito mais familiares e reconfortantes do que os usados na coroação.

— Não são ocasiões iguais — concordou o pai. — Mas nem por isso este dia é menos honroso.

Mulan tinha orgulho de suas guerreiras. Tinha orgulho da forma calma como finalizavam os preparativos, da facilidade com que prendiam as armas, do modo firme e gentil com que tratavam os cavalos. E tinha orgulho, acima de tudo, do estandarte que tremulava sobre todas elas. Era de um tom lamacento de amarelo em vez do dourado profundo das sedas do palácio, mas foi o máximo que Ruolan conseguiu produzir com as ervas à mão. Só se via o contorno do dragão e da fênix, mas Wenling e Ruolan tinham passado a noite em claro para terminar o bordado, e Mulan conseguia ver o esforço que haviam dedicado a cada ponto. Naquele momento, as duas pousariam as agulhas e empunhariam a espada com a mesma habilidade.

— Nai Nai manda lembranças — disse Mulan aos pais.

Na noite anterior, os dois tinham ficado maravilhados quando ela lhes contara sobre os sonhos e visões.

— Sua avó vai olhar por todas vocês — declarou a mãe. — E a vitória certamente virá.

Liwen se aproximou com a lista de afazeres.

— Estamos quase prontas.

Depois lançou um breve olhar na direção de Zhonglin, como vinha fazendo durante toda a manhã.

— Você não confia nela — deduziu Mulan.

Tinha contado a história toda para Liwen na noite anterior, e, embora a comandante não tivesse criticado seu julgamento, estava claro que continuava ressabiada. O fato de Zhonglin a ter desarmado na frente das outras guerreiras também não ajudou.

— Só o tempo dirá — retrucou Liwen.

Em seguida se virou e se pôs a verificar os últimos itens da lista. Os sentimentos pessoais que nutria em relação a Zhonglin, quaisquer que fossem, não afetavam em nada sua eficiência.

— Prefere evitar as estradas principais na nossa jornada? — perguntou.

— Não — respondeu Mulan, ponderando as melhores opções. — Quero passar por todas as aldeias. Na verdade…

Tal como no dia anterior, uma multidão tinha se reunido para ver a nova imperatriz. Mulan deu alguns passos para se dirigir às pessoas, e foi o que bastou para que todas se calassem. Ao ver tantos olhares voltados na sua direção, ela avaliou a própria aparência outra vez. Estava vestida como um soldado, com túnica, calças e a armadura que Liwen encontrara para ela. O cabelo estava enfiado debaixo de um elmo de ferro. Não havia muita coisa que a diferenciasse de um soldado raso comum, mas Mulan percebeu que isso não a incomodava nem a fazia se sentir menos digna do poder.

Ela respirou fundo.

— Sou Mulan, filha de Fa Hsu. Cresci entre vocês, lutei para protegê-los e agora sou a sua imperatriz.

A voz dela ecoou na quietude da manhã. Um falcão crocitou ao longe.

— Venho diante de vocês neste dia porque nosso país enfrenta uma grande ameaça. Os hunos se aproximam pelo norte. Conspirações atrasaram nossos exércitos, mas ainda estou aqui. Minhas guerreiras e eu marcharemos para a batalha, e precisamos de mais voluntários para preencher nossas fileiras. Se alguém aqui souber manejar uma espada ou um arco, peço que venha lutar ao nosso lado. Se não tiver treinamento mas for saudável, nos ajude a construir as defesas, a cuidar dos feridos e a alimentar as tropas. Não deixaremos a China cair sem lutar.

As palavras foram saudadas pelo silêncio, mas era a calmaria das nuvens antes de uma tempestade. Mulan observou os rostos à sua volta. Apesar do medo, também viu esperança. E, o que era ainda mais espantoso, viu confiança.

— Eu irei — declarou um homem no fundo da multidão.

— Posso cozinhar — ofereceu uma mulher de avental.

— Tenho carroças para levar mantimentos — anunciou outro sujeito.

À medida que mais vozes se juntavam ao coro, Mulan trocou um olhar com Liwen. Talvez pudessem ter uma chance, afinal.

— Arrumcm suas coisas depressa — pediu Mulan para a multidão — e nos sigam.

Depois prestou as últimas homenagens aos pais e enfim se juntou a Liwen na frente da procissão. Quando começaram a lenta marcha pela estrada, um punhado de aldeões correu para se juntar ao séquito, carregando grandes fardos. Mulan se perguntava se teriam feito as malas de antemão, apenas à espera do seu convite.

— Logo virão outros — sentenciou Liwen. — Vi muita gente correr para arrumar as coisas em casa. Vão nos seguir o mais rápido que puderem.

Mulan esperava que isso bastasse.

Marcharam de aldeia em aldeia, parando em cada uma delas para que Mulan convocasse novos recrutas. Não se demoravam muito ali, sempre pedindo aos voluntários que acompanhassem a procissão pela estrada. Pouco a pouco, as fileiras começaram a encher.

Mulan se perguntou quanto tempo levaria até que a notícia do seu reaparecimento chegasse aos ouvidos dos ministros. Mais de uma vez, percebeu que era observada pelo que pareciam ser mensageiros imperiais. Ainda assim, não fez qualquer esforço para se esconder. Os ministros que a enfrentassem, se tivessem uma estratégia melhor para defender o país. Vez ou outra, passava por postos avançados diminutos, onde convidava os soldados a se juntarem à tropa. Muitos aceitavam, e as fileiras se enchiam mais e mais.

Como marchavam do amanhecer ao anoitecer, as guerreiras já não treinavam antes de o dia raiar. Mesmo assim, Zhonglin ainda acordava cedo para se dedicar à espada. Praticava movimentos que Mulan nunca vira antes, coreografias longas e rebuscadas que dobravam o corpo em todos os tipos de posturas. Exigiam um nível de habilidade que a jovem jamais demonstrara na época em que se disfarçava de recruta.

Certa manhã, Mulan apanhou a própria espada e se juntou ao treino. Zhonglin nada disse, apenas abrandou o ritmo para facilitar o nível dos exercícios.

— Que movimentos são esses? — perguntou Mulan quando terminaram de praticar.

— Eu os criei quando estava aprendendo a arte do combate com espadas — respondeu a jovem. — Há um equilíbrio de yin e yang, uma dança entre agressividade e gentileza capaz de despertar a força de qualquer guerreiro. Atacar e recuar. Estocar e defender. É de uma beleza única.

Mulan atacou com a espada e depois recuou.

— Um equilíbrio de yin e yang — repetiu. — Não tenho que me transformar em um homem para lutar ou governar. E não preciso ser uma mulher dócil para agradar meus ministros. Posso ser delicada e forte, conforme as circunstâncias exigirem.

E então se deteve, porque avistou Liwen parada no canto, observando as duas. A comandante se aproximou lentamente.

— Vejo que tem uma abordagem distinta para o manejo de uma espada — comentou, dirigindo-se a Zhonglin.

Falava com a mesma atenção deliberada que a mãe de Mulan usaria para medir uma dose de remédio.

Zhonglin assentiu com um movimento gracioso.

— Fui uma grande estudiosa na minha época.

Um raio de sol iluminou a espada da jovem, e Mulan a observou mais de perto. O punho mostrava sinais de idade, mas a lâmina ainda era brilhante e maleável.

— Essa espada é nova? — perguntou Mulan.

— É a que prefiro — respondeu Zhonglin, com uma pitada de orgulho na voz. — Eu mesma a forjei.

Liwen estendeu as mãos.

— Posso?

A jovem segurou a arma com delicadeza e a ofereceu a Liwen. Mulan nem respirava enquanto a comandante passava o dedo sobre a superfície da lâmina e a levantava para testar seu peso. Em seguida, traçou um zigue-zague no ar e se posicionou sobre uma das pernas, com o outro joelho apontado para cima e a espada estendida na altura do ombro. Liwen mirava a lâmina, trêmula como um arqueiro prestes a disparar a flecha.

Com um movimento abrupto, Liwen recolheu a espada e a entregou com as duas mãos a Zhonglin.

— É uma obra de arte — declarou.

— Obrigada — agradeceu a jovem.

Liwen sugou as bochechas para dentro, um gesto que destacava ainda mais suas maçãs do rosto.

— As monjas que me criaram tinham uma biblioteca cheia de tratados sobre o uso da espada. Eu passava horas lendo cada um deles quando era mais nova.

Mulan sentiu que havia um significado oculto por trás daquelas palavras, a que Zhonglin respondeu com um esboço de sorriso.

— E foram úteis? — perguntou a jovem.

— Extremamente — respondeu Liwen, e devolveu um sorriso antes de se afastar para cuidar das tropas.

As florestas se tornavam mais esparsas à medida que o bando marchava para o norte, acabando por se transformar em enormes campos de relva amarronzada. Todos os dias, Zhonglin relatava os avanços das tropas inimigas.

— Estão descendo pelas planícies mais ao norte — contou ela certa noite, enquanto se debruçavam sobre um mapa.

— A região é muito seca e plana — disse Mulan. — Não há tantos lugares onde poderíamos deter os hunos.

Tornou a olhar para o mapa, traçando a cadeia de montanhas em que depositavam suas esperanças.

— Acha que podemos chegar antes deles ao desfiladeiro?

— Se nos apressarmos — respondeu Zhonglin.

À medida que os dias passavam, outra preocupação crescia na mente de Mulan. Apesar de ter perguntado em todas as aldeias e postos avançados, ninguém tinha notícias de Shang. Será que havia retornado para a Cidade Imperial? Por acaso recebera o recado dela? Ainda estava vivo? A China era um reino enorme, então havia uma chance de os mensageiros dele simplesmente ainda não terem alcançado Mulan. Só restava torcer que fosse apenas isso e nada mais.

Decidiram aumentar as horas de marcha. As planícies deram lugar aos sopés das colinas, que se tornaram mais altas e mais irregulares. Ao observar os imensos penhascos de arenito, Mulan imaginava como a terra escorregaria sob seus pés e se perguntava quanto tempo levaria para as tropas escalarem as encostas íngremes. Contou os arbustos esparsos espalhados pelas áreas mais planas e estipulou quantos dos seus soldados conseguiriam se esconder ali. Um rio serpenteava aos pés dos penhascos, baixo e preguiçoso no calor do verão, a água cristalina o suficiente para revelar os bancos de areia logo abaixo da superfície.

Finalmente, chegaram a um ponto onde os penhascos se afunilavam.

— É aqui — anunciou Mulan. — A menos que os hunos tenham decidido seguir por outro caminho.

— Não, ainda avançam para cá — declarou Zhonglin. — Estarão aqui dentro de um dia.

Mulan se virou para Liwen.

— Você pode supervisionar a construção das defesas?

Liwen gritou ordens enquanto se afastava.

— Preciso de uma equipe de jovens saudáveis para abrir fossos nas linhas de frente e outra para usar a terra escavada para construir uma muralha. Uma terceira equipe deve procurar qualquer coisa que possa ser afiada e transformada em estaca. E a quarta equipe deve coletar e armazenar água.

Liwen não disse em voz alta que o rio já não seria potável ao final da batalha. Mulan convocou todos os guerreiros, uma mistura de mulheres das suas próprias fileiras, soldados imperiais vindos dos postos avançados e aldeões experientes no manejo de armas. Depois os dividiu em novos grupos e despachou os arqueiros para encontrar pontos de observação nas colinas. O ar do vale ficou marrom com a poeira levantada por centenas de pés.

Trabalharam juntos até o pôr do sol e se levantaram de novo ao amanhecer. Lá pela metade da manhã, enquanto Mulan caminhava pelas trincheiras inacabadas, Zhonglin se aproximou.

— Os hunos não vão demorar a aparecer — relatou a jovem em voz baixa.

A imperatriz concordou com um breve aceno de cabeça.

— Continuem a cavar! — bradou. — Quero as trincheiras lisas e íngremes. Somos o único obstáculo entre a China e os invasores.

Uma hora depois, Mingxia, uma das guerreiras, gritou do topo de um penhasco:

— Imperatriz, eu os avistei!

A pequena Mingxia apontou para o norte e Mulan reformulou a frase deixada pela metade.

— É chegado o momento de termos coragem — continuou a dizer aos trabalhadores.

Com um último olhar para os rostos atônitos, ela deu as costas e subiu a encosta do penhasco. Mingxia a aguardava no cume, sem tirar os olhos do horizonte.

— Ali — avisou a guerreira.

Uma nuvem de poeira se estendia a perder de vista, e dela emergiam pequenas silhuetas escurecidas, enxameando a paisagem como um carreiro de formigas.

Todos os movimentos cessaram ao redor de Mulan conforme as tropas a encaravam.

— Voltem ao trabalho! — gritou a imperatriz. — O inimigo ainda não nos alcançou.

Pás perfuravam a terra com vigor renovado. Marretas cravavam as primeiras estacas no chão. Partículas de poeira se desprendiam do solo. Os trabalhadores tossiam e seguiam em frente. Mesmo do topo do penhasco, Mulan conseguia sentir o cheiro de suor e medo. Ficou parada ali, tentando estimar o tamanho do exército inimigo. Dez mil hunos? Vinte? Nem dava para enxergar o fim das fileiras. À medida que se aproximavam, as formigas se transformavam em pessoas e cavalos com estandartes coloridos.

A luz do sol cintilava na ponta das lanças e espadas. Pássaros sobrevoavam a multidão. A princípio, Mulan achou que fossem falcões, mas logo se deu conta de que eram abutres.

— Tapem as brechas nos muros! — gritou ela. — Depressa!

Quando o exército estava próximo o bastante para que fosse possível distinguir o trote vigoroso dos cavalos, Mulan ordenou o fim dos preparativos e organizou as tropas de modo a parecerem o mais imponentes possível. Soldados fardados alinhavam-se diante da primeira trincheira. Bordados de dragões e fênix estampavam as mangas das túnicas das guerreiras, e o gesto aqueceu o coração de Mulan. Ao percorrer as fileiras, ela ficou surpresa ao ver Fu Ning de armadura completa, com o peso do corpo apoiado na perna boa.

— Você deveria estar ajudando a equipe de apoio — lembrou-a Mulan.

— Quero lutar ao lado das minhas irmãs — declarou Fu Ning.

— E a sua perna? Como vai lutar se mal consegue andar?

A guerreira ergueu o queixo.

— Posso ficar atrás da muralha e atirar flechas com o arco. Acertei um alvo a trezentos passos de distância na semana passada.

— Vai perder o equilíbrio.

Mulan não tinha tempo para lidar com uma guerreira teimosa a essa altura, mesmo que a rebeldia fosse motivada pela coragem. De repente lhe veio a lembrança de Fu Ning estirada no chão da casa de chá, cercada por uma poça do próprio sangue.

— Se algo der errado, você não vai reagir tão rápido quanto suas irmãs.

— No calor da batalha — começou a dizer Zhonglin, parada atrás de Mulan —, ela não será a única guerreira ferida a lutar.

Mulan nem sequer tinha notado a presença do espírito. O rosto de Fu Ning se iluminou ao ouvir aquelas palavras, o que só agravou a frustração da imperatriz. Como Zhonglin deixara de bancar a recruta rebelde, Mulan imaginava que também fosse parar de a contradizer diante das tropas. Pelo jeito, porém, isso não aconteceria tão cedo. Com os hunos cada vez mais próximos, ela não tinha tempo nem recursos para resolver aquela insubordinação.

— Como quiserem — retrucou, e voltou o olhar para os pontos mais altos da muralha.

A boca larga de Fu Ning se abriu em um sorriso.

— Obrigada, comandante.

Mulan deu as costas, sem querer ver a jovem mancar até sua posição.

Depois de posicionar todas as tropas, as defesas ainda pareciam escassas, então Mulan preencheu as fileiras com civis desarmados, dando-lhes instruções severas para recuar quando a batalha começasse. Não tinham espadas nem armaduras, mas só restava torcer para que os hunos não percebessem isso de longe.

Os inimigos, por sua vez, formavam uma visão imponente no horizonte. A maioria do exército huno consistia em guerreiros com montarias fortes e belas, homens e mulheres que empunhavam armas com confiança. E eram numerosos. Juntas, as tropas de Mulan não correspondiam a um quinto do exército inimigo.

— Mantenham a formação — gritou Mulan à medida que os invasores se aproximavam.

Como já suspeitava, os hunos interromperam a marcha a uma boa distância, fora do alcance das flechas.

— Venham comigo — pediu ela, virando-se para Zhonglin e Liwen.

As três mulheres cavalgaram sob o estandarte de dragão e fênix de Mulan. Quando se aproximaram, dois cavaleiros se separaram das tropas inimigas. Um deles era um guerreiro desconhecido, com duas espadas presas à cintura e uma lança amarrada na sela. O outro era mais baixo e tinha menos armas, mas ainda cavalgava com confiança. Ao ver o homem de perto, Mulan reconheceu as sobrancelhas negras e os lábios expressivos: Balambar, o embaixador que estivera no palácio imperial.

Ao menos ela teve a satisfação de ver a surpresa tomar o rosto do embaixador à medida que se aproximava. De longe, Mulan devia parecer um soldado como outro qualquer.

— Estão invadindo território chinês — declarou ela. — Exijo que suas tropas recuem imediatamente.

Balambar a encarou por mais um momento antes de recuperar a postura tranquila de antes.

— Majestade, ouvimos dizer que tinha se retirado para um descanso no campo.

— Então aproveitaram a oportunidade para invadir meu país? Pois saiba que suas fontes se equivocaram. Recuem agora mesmo.

Balambar franziu os lábios.

— Receio que isso já não seja possível. Nossa intenção era firmar uma aliança, mas Vossa Majestade não teve interesse. Com isso, nos vimos forçados a adotar outras alternativas.

— A proposta de casamento não foi conduzida de boa-fé. Sei que conspirou com os ministros pelas minhas costas.

— Apenas conduzimos a diplomacia — rebateu Balambar —, como qualquer outra nação soberana.

Mulan apontou para as tropas mais à frente.

— E aquilo? Também é diplomacia?

Até então, o homem ao lado de Balambar havia escutado a conversa com interesse, e enfim se pronunciou.

— Se esta é a extensão das suas tropas, imperatriz, então a diplomacia pode ser sua única esperança. Conceda passagem ao nosso exército. Aceite governar ao meu lado. Não vale a pena enviar seus guerreiros para o abate.

Mulan precisou de um momento para digerir aquelas palavras. Um sorriso malicioso se formou nos lábios do embaixador ao ver a expressão da imperatriz.

— Majestade, permita-me apresentar o príncipe Erban, filho mais novo do rei Ruga.

Ela não teve escolha senão olhar mais de perto o homem com quem deveria ter se casado. O príncipe tinha quase sua idade, com um físico esguio e musculoso, queixo pontudo e maçãs do rosto marcadas. Era bonito à sua maneira, mas o ar de arrogância arruinava o resto da aparência. Erban a encarava de forma possessiva, como se ela não passasse de um prêmio que ele havia perdido.

— Príncipe Erban, eu gostaria que tivéssemos nos conhecido em circunstâncias melhores — disse Mulan. — Ainda assim, não posso conceder passagem a seu exército.

A boca do príncipe se contorceu.

— Então as negociações serão conduzidas no campo de batalha.

Não havia mais nada a dizer. As três mulheres recuaram até uma distância segura e refizeram o caminho para retornar às tropas.

Conforme cavalgavam, Liwen vez ou outra se virava para espiar as forças inimigas.

— Aquele príncipe levou as coisas para o lado pessoal — afirmou Liwen. — Está com o orgulho ferido.

Mulan afastou um calafrio. A interação com Erban a tinha deixado com uma sensação viscosa na pele.

— A aliança jamais teria dado certo.

Começou a avaliar as defesas e fortificações, ciente de que a tropa sofreria milhares de ataques antes do fim do dia. Havia penhascos íngremes de ambos os lados do desfiladeiro, encurralando os dois exércitos no vale estreito. Duas trincheiras se estendiam de um penhasco ao outro, margeadas por uma fileira de estacas afiadas, longas e resistentes o bastante para deter cavalos. Logo atrás erguia-se a muralha, toda feita de terra escavada. O rio tinha sido desviado para um canal profundo e estreito na ponta oposta.

Apesar do pouco tempo de que dispunham, tinham feito um bom trabalho nas construções. Ainda assim, não deixavam de ser fortificações improvisadas erigidas em um único dia. Mas essa era a melhor chance de deter o exército inimigo, e Mulan preferia morrer a entregar a China nas mãos dos hunos. A mesma determinação parecia transparecer nos outros guerreiros, munidos de uma lealdade que semanas antes ela não se acreditaria capaz de inspirar.

Mulan conduziu a égua em direção à primeira trincheira, passando sobre a tábua que servia de ponte improvisada.

— Assumam suas posições! — gritou. — Preparem-se para o ataque.

Um civil levou a égua para longe enquanto Mulan corria para o ponto mais alto da muralha. Zhonglin a seguiu e Liwen se posicionou do lado oposto.

— Os inimigos estão preparando a investida — alertou Zhonglin.

Mulan não precisou dos relatos vindos do falcão da jovem para interpretar a comoção no exército huno. Os agressores reorganizavam as fileiras, posicionando os cavaleiros na linha de frente. Mulan quase podia ver os cavalos de guerra pateando o chão, relinchando com impaciência. Ela sacou a espada.

— Está pronta? — perguntou Zhonglin.

— Estou — respondeu Mulan.

— Ótimo.

O vento soprou com mais força, seu uivo serpenteando pelo desfiladeiro.

E então o inimigo atacou.

CAPÍTULO DEZOITO

— **M**antenham suas posições! — bradou Mulan.

O estrondo de mil cascos trovejou por todo o seu corpo. Uma onda de energia reprimida varreu as fileiras dos defensores.

— Em seus lugares!

Mulan sentiu a reação carregada das tropas, arqueiros com os arcos repuxados, as flechas a um dedo do disparo. Homens com as lanças em riste, mulheres com as espadas em punho, todos se preparando para o impacto.

Os inimigos estavam quase ao alcance das flechas.

— Arqueiros! — gritou ela, por fim.

Uma saraivada de flechas disparou pelo ar. Outras vieram dos penhascos. O primeiro garanhão tombou. Um cavaleiro despencou no chão, agarrado à própria clavícula. O restante dos cavaleiros continuou a marcha.

O medo a dominou quando os hunos lançaram a primeira leva de flechas.

— Protejam-se!

Mulan se agachou e cobriu a cabeça com o escudo, e logo Zhonglin fez o mesmo. O tempo se arrastou de forma lenta e horrível, e de repente uma flecha se cravou no solo entre as duas. O grito de uma mulher perfurou o ar, seguido por um som gorgolejante. Mulan não sabia quem tinha sido atingida. Conseguia identificar as vozes das suas guerreiras, mas ainda não conhecia seus gritos.

Um brado estrondoso reverberou do campo de batalha, e em seguida a infantaria inimiga se lançou no ataque.

— Arqueiros! — repetiu Mulan.

Outra saraivada. Soldados tropeçavam e caíam quando as flechas encontravam o alvo, derrubando seus companheiros de luta. Os atacantes continuavam seu avanço.

Quando a investida alcançou a primeira trincheira, os guerreiros da imperatriz contra-atacaram. Alguns hunos sucumbiam, empalados na ponta das lanças chinesas. Outros se esquivavam, jogando cestos cheios de terra e areia nos fossos antes de empunhar as armas. À medida que os atacantes e os defensores caíam em batalha, os hunos empurravam os mortos para o fosso, enchendo-o.

Mulan saltou de onde estava, agarrou uma lança e a ergueu no ar.

— Defensores da muralha, se aproximem!

Em seguida correu na direção das trincheiras, tomando o cuidado de não empalar ninguém enquanto se posicionava com a lança entre seus guerreiros. A ponta da lança encontrou um alvo. Mulan a enfiou no inimigo, depois a puxou de volta para encontrar outro oponente, depois outro. Os hunos continuavam a vir. Ao notar a haste da lança escorregadia, ela percebeu que estava com a mão coberta de sangue. A trincheira já estava cheia até a metade, e os inimigos não diminuíam a intensidade dos ataques. Alguns defensores trocaram as lanças por espadas para enfrentar os hunos que conseguiam furar o bloqueio.

Um grito soou da extremidade do vale. Mulan arriscou um olhar e viu cinco cavaleiros inimigos atacarem o fosso do outro lado do desfiladeiro, onde algumas estacas haviam caído. Os guerreiros chineses recuaram, e em seguida Liwen liderou um grupo de lanceiros no contra-ataque. Por um momento, só se via a colisão de armas e corpos. Mas de repente um cavaleiro inimigo caiu, depois outro, enquanto os soldados chineses tapavam as brechas em suas defesas. Ainda assim, os hunos não deveriam ter chegado tão longe.

— Recuar! — berrou Mulan. — Recuem para a primeira muralha.

Os arqueiros dispararam uma saraivada de flechas para dar cobertura. Pouco a pouco, os guerreiros recuaram do fosso e subiram as rampas de madeira apoiadas na muralha.

Mulan retornou ao posto de vigia, observando e esperando o máximo que ousou.

— Ergam as rampas! — ordenou.

Ainda havia soldados presos lá embaixo, e alguns a olharam no mais completo choque. *Espero que me perdoem.*

A culpa cortou seu coração. Os inimigos não diminuíram os ataques.

Ela examinou as muralhas, tentando avaliar o estado das tropas. Na outra ponta do vale, Liwen chutou um homem lá de cima enquanto aparava o golpe de outro. Zhonglin se juntara a ela, sua espada traçando arcos de prata no ar. Havia guerreiros espalhados por toda a extensão da muralha, mas a construção era baixa, quase uma berma, e os invasores podiam escalar com muita facilidade. Atrás das linhas de frente estavam os feridos em combate. Os civis corriam de um lado a outro, carregando os abatidos em macas para serem tratados nos fundos. A situação de alguns parecia tão grave que Mulan duvidava que fossem sobreviver à viagem.

Uma inimiga escalou a muralha e saltou lá de cima, pousando atrás dos defensores. Mulan deu um grito de guerra e correu de encontro a ela. A guerreira aparou o primeiro golpe com a espada, depois outro, mas a terceira estocada de Mulan passou por suas defesas e a derrubou.

Depois desse combate, Mulan perdeu a noção do tempo. A luta se tornou mecânica: golpear, aparar, procurar o próximo alvo. O rugido da batalha a cercava, uma mistura ensurdecedora de gritos e estrépitos de armas. De alguma forma, seus ouvidos conseguiam distinguir a cacofonia para avisá-la da aproximação dos inimigos. De alguma forma, seus olhos identificavam as lâminas que pretendiam a golpear. Seus braços doíam. A garganta ardia. Depois de um tempo, já nem sentia o cheiro da morte.

Mais hunos se infiltraram na muralha. Os defensores os faziam recuar, mas as brechas só aumentavam. As defesas estavam ruindo.

Era apenas uma questão de tempo até que a muralha, tal como os fossos, caísse nas mãos do inimigo, mas não havia mais para onde ir.

Mulan derrotou outro agressor, empurrando-o para longe com um golpe da espada. Quando se virou para encontrar o próximo alvo, percebeu que todos os guerreiros à sua volta eram chineses. Atordoada, esquadrinhou os arredores. Mais soldados chineses, alguns ainda de pé, outros feridos. No meio do vale, um grupo de hunos recuava para se juntar ao restante do exército. Não havia mais nenhum por perto.

Os inimigos tinham se retirado.

Só então Mulan se deu conta de que o céu já escurecia. Tinham lutado o dia todo. A constatação a atordoou por um momento, mas ela logo se recompôs.

— Recuem! — gritou. — Vigiem as muralhas. Contabilizem os feridos.

Todos estavam cobertos de sangue e poeira, alguns tão incrustados que pareciam estátuas humanas. Ao longo da muralha, aqueles que ainda tinham forças recolhiam os corpos de ambos os lados. Outros cavavam novas trincheiras para enterrar os mortos.

Mulan encontrou Liwen apoiada na encosta do penhasco, aninhada com uma tipoia e um odre de água. O cabelo pendia em um emaranhado selvagem ao redor dos ombros caídos.

— Foi só um arranhão — alegou a comandante quando a viu se aproximar, embora a tensão na mandíbula desmentisse suas palavras.

— Você está ferida — disse Mulan.

— Estou ótima. — A voz de Liwen estava enferrujada como aço. — Cuide dos outros.

Mulan abriu caminho entre a multidão. Apenas algumas cabeças se levantaram ao vê-la passar. Estava suja demais para ser reconhecida. Um soldado gritou quando três homens o acomodaram na maca. Perto dali, dois guerreiros se apoiavam um no outro, com o rosto abatido de exaustão.

Nos fundos do acampamento, uma longa fila de soldados aguardava a porção racionada de arroz.

— Imperatriz.

Embora não estivesse na fila, uma mulher serviu a Mulan uma tigela cheia.

— Já comi — disse ela, e devolveu a refeição.

A mulher insistiu, dessa vez com mais firmeza.

— Coma, imperatriz. Precisamos da sua força.

E saiu antes que Mulan pudesse recusar novamente.

O cheiro de arroz fresquinho invadiu suas narinas. A boca doeu ao salivar. Por fim ela sucumbiu à tentação e devorou metade da tigela, umedecendo os grãos com um gole do seu odre de água. Depois entregou o resto a um soldado na fila e se dirigiu à enfermaria.

A tenda dos feridos estava montada contra a encosta do penhasco. Cobertores foram estendidos no chão para abrigar os doentes. O cheiro de sangue dominava o ambiente, mesclado aos odores de suor e podridão. Um curandeiro fez uma mesura ao ver a imperatriz.

— Como estão as coisas? — perguntou ela.

Depois olhou em volta para ver quem mais se ocupava em tratar dos feridos, mas só viu um punhado de gente. Parecia muito pouco, considerando a quantidade de pessoas machucadas na tenda.

— Estamos cuidando deles como podemos — respondeu uma mulher idosa. — Mas são muitos.

Alguém gemeu de dor. Um homem lá nos fundos gritou pela mãe.

— Aquele não está nada bem — contou o curandeiro. — Vamos ter que amputar a perna. Vossa Majestade pode não querer presenciar tal coisa.

A culpa pesou ainda mais sobre ela.

— Já vi amputações. Como posso ajudar?

— Outras pessoas vão buscar água e curativos — disse o curandeiro.

Mulan abriu a boca para argumentar, pensando que ele a estava mandando embora, mas o homem continuou:

— Ver a imperatriz, porém, traria consolo aos feridos.

Consolar os feridos? Parecia uma tarefa ao mesmo tempo fácil e assustadora. Se o curandeiro lhe tivesse dito para ir buscar água, ela ao menos saberia como agir.

O homem pareceu sentir sua hesitação.

— Aqui tem uma bacia de água e algumas toalhas, Majestade.

Mulan pegou os objetos, grata por ter algo com que ocupar as mãos.

Primeiro visitou um soldado mais velho, provavelmente um veterano de alguma das tropas. Estava deitado no cobertor, com o rosto voltado para o teto da tenda, a coxa enfaixada e imobilizada com uma tala. Murmurava baixinho, e a princípio Mulan achou que ele estivesse delirando, mas havia lucidez em seu olhar.

— Imperatriz — chamou o homem quando a viu.

Mulan chegou mais perto, com a impressão de que tinha sido pega ao espionar.

— Como está, soldado? — perguntou.

Não sabia se deveria assumir uma postura mais régia, mas mal tinha energia para se manter de pé.

— Sinto que estou melhor do que muitos nesta tenda.

Mulan nem tinha como discordar.

— Eu o vi murmurando agora há pouco. Estava pedindo ajuda? Precisa de alguma coisa?

O sorriso do homem aprofundou a dor vincada em seu rosto.

— Dos meus ancestrais, apenas — respondeu o soldado. — Todos aqui precisam da ajuda deles.

O rapaz ao lado do veterano tinha um curativo empapado de sangue ao redor do peito. Estava de olhos fechados, a testa quente ao toque. Parecia entregue a um sono agitado, e vez ou outra gritava sobre flechas e chamas. Só se acalmou quando Mulan lhe enxugou a testa, sussurrando baixinho.

A pessoa no leito seguinte também dormia, embora quase não se mexesse. Seu corpo estava coberto, como todos os outros, pela sujeira da batalha. Quando Mulan se aproximou, porém, viu com espanto que se tratava de uma mulher. Com o coração na mão, ela se aproximou. Pouco a pouco, distinguiu o queixo teimoso e a boca larga por baixo da poeira, e todo o ar lhe faltou.

Fu Ning.

— De novo não — sussurrou Mulan.

Sua mente se encheu com lembranças da guerreira: Fu Ning no primeiro dia de treinamento, determinada apesar do nervosismo, com os ombros largos para trás e a cabeça erguida. Fu Ning rindo depois de acertar a flecha no alvo pela primeira vez. Confessando, acanhada, sobre o rapaz que chamara sua atenção, e que acabara por se tornar seu noivo. Fu Ning fraca e coberta de sangue depois da luta na casa de chá, aterrorizada por ter decepcionado sua comandante.

Mas, claro, a culpa nunca fora da garota. Mulan tinha errado ao permitir que ela fosse para a linha de frente com a perna machucada.

O que acontecera com ela? Mulan levantou o cobertor, apreensiva. Viu a atadura enrolada na cintura de Fu Ning, marcada por uma enorme mancha de sangue. Uma flechada na barriga.

Quanto tentou a cobrir de volta, a mão de Fu Ning se fechou ao redor do seu pulso. Mulan ofegou e tentou se desvencilhar por instinto, mas o aperto da guerreira era de uma força surpreendente. Os olhos de Fu Ning se abriram e pousaram nela, embotados como se não vissem nada ali.

Com a mesma rapidez, o vigor da guerreira desapareceu. O aperto afrouxou e a cabeça voltou a tombar para trás.

— Obrigada, imperatriz — sussurrou.

Aquele olhar... Mulan não sabia se era dirigido a ela própria ou a algum espírito que não conseguia enxergar.

— Ning... — chamou. — Eu...

Mas logo se deteve, porque Fu Ning soltou um suspiro entre-cortado que ela conhecia muito bem. A guerreira fechou os olhos e ficou imóvel.

— Não — sussurrou Mulan.

Segurou a mão de Fu Ning outra vez, desesperada para sentir a pulsação. Tinha que estar lá. A guerreira não podia estar...

O curandeiro se aproximou.

— Ela estava acordada agora mesmo. — As palavras de Mulan se atropelavam, colidindo umas com as outras. — Até chegou a falar.

O homem envolveu a mão de Fu Ning com delicadeza e pressionou três dedos na parte interna do pulso. Ao ver a expressão dele, Mulan entendeu tudo.

Atrás dela, um ajudante dizia ao outro que não havia mais ataduras. A tenda, antes sufocante, tornou-se insuportável.

Mulan fugiu, passando por entre os feridos e os cuidadores, sem prestar atenção aos olhares recebidos, consciente apenas do aperto na própria garganta e da ardência atrás dos olhos. Por que Fu Ning lhe agradecera? Teria sido melhor se a tivesse amaldiçoado por ter sido enviada para a linha de frente de uma batalha impossível de vencer.

— Onde está Zhonglin? — perguntou Mulan, primeiro para si própria e depois para os soldados à sua volta. — Onde ela está?

Em seguida atravessou o acampamento a passos largos, ignorando as cabeças viradas. Não importava. Já não tinha condições de manter as aparências.

Alguém apontou para uma guerreira perto da muralha. Mulan se encaminhou até lá, observando o estado da mulher conforme se aproximava. Apesar de estar imunda como todos os outros, Zhonglin andava com leveza. Sem ferimentos visíveis, portava-se com a mesma tranquilidade dos dias de treinamento. Só então Mulan se deu conta de como aquela criatura mística era diferente de todos os outros guerreiros. Zhonglin nunca se cansava. Jamais morreria. Por que Mulan decidira confiar a vida de suas amigas mais preciosas a ela?

Zhonglin equilibrava três copos de água nas mãos. Distribuiu dois para outros soldados e em seguida ergueu o olhar.

— Ela morreu — disse Mulan, mordendo as palavras como se fossem nacos de tendão seco. — Era essa a sua intenção?

A entidade se empertigou, piscando como se despertasse de um devaneio.

Fu Ning está morta — repetiu Mulan. — Levou uma flechada na barriga. Chegou a me agradecer antes de partir, embora nem devesse ter se juntado ao combate. — A voz elevada começou a atrair espectadores, mas ela não se importava. — Você falou que eu deveria confiar nas minhas tropas. Insistiu que eu as colocasse em risco. Está feliz agora?

Zhonglin encontrou seu olhar e se manteve firme diante daquelas palavras.

— Por que acha que ela agradeceu? — perguntou baixinho.

Não havia raiva em seu tom de voz, mas também não havia qualquer vestígio de culpa.

Mulan pestanejou.

— Muitos foram mortos em batalha hoje, mesmo aqueles que não estavam previamente feridos — continuou Zhonglin, pesarosa.

Só então Mulan viu o cansaço nos olhos da entidade, algo que lhe passara despercebido no auge da raiva. Viu também os rostos perplexos à sua volta, a sujeira, o sangue, o desespero. Sentiu o desânimo da multidão ao ver a imperatriz Mulan, sua heroína, comportar-se como uma mera mortal.

A raiva de Mulan se esvaiu, deixando apenas a exaustão.

— Preciso do meu conselho de guerra — declarou. — Pode convocar todas elas?

Zhonglin entregou o último copo de água a um soldado próximo.

— Vamos para a sua tenda — instruiu.

Cabeças se viravam conforme as duas atravessavam o acampamento, cada par de olhos servindo como um lembrete do fracasso da imperatriz, tanto no campo de batalha quanto fora dele. Mulan passava pelos curiosos com a consciência enturvada, avançando em silêncio ao lado de Zhonglin.

A tenda da imperatriz era grande, feita de couro de vaca e montada bem no meio do acampamento. Apesar do burburinho ao redor, o tecido grosso silenciava todos os sons vindos de fora. Zhonglin ergueu a mão, e uma luz pairou sobre seus dedos, iluminando o interior escuro. O brilho se expandiu até se transformar em uma porta pela qual, uma a uma, as entidades do conselho de Mulan emergiram.

As conselheiras se amontoaram na tenda, algumas sentadas junto às paredes, outras de pé sobre um pergaminho brilhante que aparecera de repente no chão. Mostrava um diagrama do vale, com as posições dos exércitos assinaladas por soldados em movimento. Se Mulan o tivesse visto em qualquer outro dia, teria ficado maravilhada.

— Um quarto da nossa tropa sucumbiu hoje — declarou ela sem preâmbulos. — Um terço dos guerreiros restantes sofreu ferimentos graves o bastante para os impedir de lutar. Todos estão exaustos. Os hunos, por sua vez, enviarão novas tropas amanhã, provavelmente assim que o sol nascer. Se o fizerem, não seremos capazes de manter nossa posição por muito tempo.

O cômodo mergulhou em silêncio enquanto todas contemplavam as palavras da imperatriz.

— Alguma notícia de reforços?

A general Fu Hao conseguia transmitir um ar de autoridade até mesmo nas perguntas mais simples.

— Meu falcão saiu para explorar os arredores pouco antes do pôr do sol — relatou Zhonglin. — Ela não viu nada em um raio de dois dias de viagem.

— Dois dias? — repetiu Mulan.

A jovem a encarou com pesar.

— Sim.

Mulan enfim fez a pergunta que tanto temia:

— Temos alguma informação sobre o paradeiro de Shang?

— Nenhuma.

A resposta por si só já era ruim o bastante, mas foi o tom de voz de Zhonglin que a assustou. Talvez os espíritos não se cansassem. Talvez nunca morressem. Naquele momento, porém, Mulan teve a certeza de que eram capazes de sentir medo.

— O que podemos fazer para manter nossa posição por mais tempo? — perguntou.

— Aumente suas muralhas hoje mesmo neste ponto e naquele — sugeriu a senhora Zhu, colocando uma mecha de cabelo grisalho atrás da orelha. — São os pontos mais vulneráveis. Tem estacas velhas caídas? Desenterrem o que puderem e usem a madeira para fortalecer a base das muralhas.

— Posicione os guerreiros mais descansados no meio — aconselhou Siniang, com uma expressão pensativa nas belas feições.

— Aqueles com ferimentos moderados podem escalar os penhascos e atirar pedras lá de cima. Mesmo pedregulhos podem ser letais daquela altura. E vão ser uma boa distração.

— E também piche em chamas, se tiver algum — acrescentou Fu Hao, tamborilando os dedos no punho de sua espada.

— Fogo para assustar os cavalos... — disse Xun Guan, com ferocidade nos olhinhos infantis.

Mulan ouviu com atenção, assimilando as sugestões intermináveis. As conselheiras, no entanto, pareciam ter deixado um detalhe importante de fora. Passado um tempo, ela ergueu a mão.

— São ótimos conselhos, de fato. Poderíamos sobreviver até o fim do dia, talvez, ou mesmo até amanhã. Mas qual é a probabilidade de resistirmos por mais de dois dias?

Ninguém se pronunciou. Um grito abafado atravessou as paredes da tenda. Siniang foi a primeira a se pronunciar.

— Um guerreiro nunca desiste da luta. Mesmo na morte, um exército pode mudar o rumo da guerra.

O mapa tremeluziu, agitando as sombras ao redor do cômodo. Mulan contemplou as expressões sombrias à sua volta e entendeu o verdadeiro significado das palavras de Siniang. As camadas de emoção na voz rouca da concubina a levaram a questionar qual teria sido o fim de suas guerreiras.

— Obrigada — disse Mulan. — Sou muito grata por seus conselhos.

As conselheiras se dispersaram em silêncio, dando as costas para o mapa antes de atravessarem o portal. Enquanto passava, Liang Hongyu a encarou com uma postura ampla e confiante, condizente com a comandante que era.

— Fui capturada pelo inimigo uma vez — contou em tom suave, inclinando o maxilar forte para o lado. — Eles ficaram intrigados com minhas habilidades de combate e me obrigaram a lutar para entreter a corte.

Uma lutadora. Isso explicava os ombros fortes da mulher. Mulan a esperou continuar.

— Foi humilhante — prosseguiu Hongyu, sem tirar os olhos dela. — Mas é possível superar. Com o tempo, encontramos um jeito de vencer.

— Eu entendo — respondeu Mulan, embora não entendesse.

Hongyu se virou e atravessou o portal. Depois que as entidades se foram, o mapa escureceu. Zhonglin levantou a aba da tenda para iluminar o ambiente com a chama de uma tocha.

— Gostaria de dizer mais alguma coisa? — perguntou.

— Quero me desculpar — declarou Mulan. — A respeito do que aconteceu mais cedo.

— A guerra deixa marcas até nos melhores de nós — refletiu Zhonglin.

A luz amarelada da tocha conferia à sua pele um tom mais quente do que o habitual. E de súbito ela também foi embora.

Sozinha na tenda, Mulan se viu inquieta demais para se acalmar. Pouco depois, saiu pela porta e se dirigiu outra vez para a muralha, onde assumiu seu ponto estratégico para examinar o campo de batalha lá embaixo. As fogueiras do exército inimigo pontilhavam o vale. Ela começou a contar quantas conseguia avistar, mas parou ao chegar a cem. Contemplou o punhado de fogueiras do seu próprio acampamento, feitas por pessoas que tinham se juntado à luta a pedido da imperatriz. Quantas delas haviam deixado família para trás? Quanto estrago suas mortes causariam?

Nem percebeu por quanto tempo se manteve perdida em pensamentos. Depois de uma última olhada ao exército inimigo, desceu da muralha e pediu à sentinela postada diante da sua tenda para a acordar duas horas antes do amanhecer. Uma vez lá dentro, Mulan tirou o elmo mas manteve o resto da armadura. As escamas ásperas se agarravam ao tecido do colchonete e ela se lamentou por ter que sujar os cobertores.

Ficou deitada ali, de olhos abertos durante um bom tempo, antes de enfim sucumbir ao sono.

Mulan estava no meio de um sonho agitado quando Liwen a chamou.

— Faltam duas horas para o sol nascer — avisou a comandante.

Depois de se levantar, Mulan esfregou os olhos e avistou Liwen de pé junto à porta da tenda, com uma aparência bem mais envelhecida do que dias antes. A pele se esticava sobre as maçãs do rosto. Olheiras profundas davam um tom acinzentado a toda sua face. A esperança de Mulan era que não passasse de uma ilusão criada pela luz da tocha.

— Conseguiu dormir um pouco? — perguntou ela à comandante.

— Acabei de voltar da tenda dos enfermos. Perdemos dez soldados durante a noite. Cerca de vinte lutam contra uma infecção.

Mais dez pessoas que não voltariam para casa.

Mulan vestiu uma capa e saiu da tenda. Ainda estava escuro lá fora, mais frio do que antes. A poeira do dia anterior tinha assentado, embora os campos ainda cheirassem a sangue. A maioria dos soldados ainda dormia, amontoados debaixo de cobertores e encostados junto às paredes do penhasco. Somente os batedores e os curandeiros continuavam de pé.

Liwen a seguiu em direção ao posto de vigia na muralha, e algumas pessoas se curvaram em reverência ao ver a imperatriz passar. As fogueiras do exército inimigo, apesar de numerosas, estavam mais fracas pela manhã.

— Por acaso Zhonglin viu mais alguma coisa? — perguntou ela a Liwen.

— Ela se recolheu na própria tenda há um tempo e não saiu mais.

Mulan se perguntava se a jovem ao menos dormia. Mesmo se não fosse o caso, o pássaro dela não teria visto nada de novo na escuridão.

O céu começou a clarear. Não demorou para que fosse possível distinguir as silhuetas dos inimigos ao longe, cada vez mais agitados. Deviam estar vestindo as armaduras, se preparando para outro ataque.

Quando fora dormir na noite anterior, Mulan tinha um esboço de plano na cabeça, algo que nem sequer parecia possível. A ideia, porém, havia ganhado forma durante o sono. E ali, ao acordar e ver que nada havia mudado, o plano se expandiu até se tornar a única alternativa viável.

Sem tirar os olhos dos hunos, Mulan perguntou:

— Confia em mim para tomar boas decisões?

O silêncio se estendeu por um instante enquanto Liwen a observava.

— Sabe muito bem que confio.

— Então vá acordar Zhonglin. Sele nossos cavalos e prepare uma bandeira de negociação.

Liwen nem discutiu.

Mulan ficou sozinha na muralha, sentindo os arrepios que a brisa deixava em sua pele. Pouco depois, passos ecoaram atrás dela. Zhonglin corria em sua direção, seguida por Liwen. As tranças da jovem estavam amassadas e desfeitas. Talvez entidades místicas dormissem, afinal.

— Vou me render — declarou Mulan assim que as duas chegaram.

Olhava para Zhonglin ao falar, talvez por temer mais a reação de Liwen, que de fato ficou boquiaberta.

— Quer se render? Mas…

— Não temos chance de vitória — explicou Mulan. — Nosso exército está desolado, ao passo que as tropas deles estão cheias de vigor. Os hunos vão invadir as muralhas até o fim do dia, talvez antes. Quando isso acontecer, todos sob meu comando serão massacrados.

Os olhos de Liwen se estreitaram.

— Não temos medo de morrer.

— Eu sei que não. Mas existe uma diferença entre uma morte digna e uma inútil.

A comandante ergueu a voz.

— Poderíamos atrasar o avanço deles.

— Por algumas horas — respondeu Mulan, no mesmo tom. — Um dia, no máximo. A vida de todos aqui vale mais do que isso.

— É melhor morrer no campo de batalha do que ser preso, torturado ou executado — rebateu Liwen.

— Já tomei minha decisão, soldado.

A voz de Mulan não dava margem para discordâncias.

Os olhos de Liwen faiscavam de frustração e mágoa. Por mais que lhe doesse recorrer à hierarquia de comando, Mulan se manteve firme.

— Já tomei minha decisão — repetiu, dessa vez com mais delicadeza. — Agora, preciso que obedeçam às minhas ordens. Quero que venham comigo.

Liwen abriu a boca e tornou a fechá-la, voltando seu olhar acusador para Zhonglin.

— Você está quieta.

— Dou apenas conselhos, não ordens.

— É por isso que não confio em espíritos — sibilou Liwen. — Que razão uma pessoa morta tem para lutar?

Houve um bater de asas, e Zhonglin ergueu o braço para receber o falcão.

— Os vivos podem escolher ignorar a verdade — declarou ela, enquanto a ave observava Liwen com seus olhos amarelados. — Os mortos não têm esse luxo.

— Já chega — interrompeu Mulan. A situação já era difícil o bastante sem ter que aturar as farpas das duas. — Disse que confiava em mim, não disse? Venham, temos que partir antes que os hunos lancem o próximo ataque.

Os soldados ao redor observavam com curiosidade enquanto Mulan preparava a égua para a viagem. Liwen selou o próprio cavalo, com a cara tão fechada que todos recuavam ao ver sua expressão tempestuosa. Depois de montar, Mulan esperou as duas tomarem suas posições de cada lado. Um silêncio se espalhou pela multidão quando Zhonglin ergueu a bandeira branca.

— Vamos — determinou a imperatriz.

Os cascos dos cavalos batiam em um ritmo constante, a marcha militar de um percussionista desamparado. Conforme se aproximavam do exército inimigo, Mulan começou a suar frio. A bandeira estava bem à vista. Só restava saber se os hunos a respeitariam. Bastava uma flecha perdida para acabar com tudo. Ao ver a aproximação de Erban e Balambar, respirou mais aliviada, ainda que apenas um pouco.

— Imperatriz Mulan — saudou o príncipe. — Foi um longo dia, seguido por uma longa noite.

Àquela altura, ela não tinha um pingo de ânimo para trocar gentilezas.

— Estou disposta a conceder passagem ao seu exército, desde que permitam que minhas tropas voltem para casa em segurança. É preciso que prometam não saquear as aldeias.

Os lábios de Erban se curvaram em divertimento.

— As ofertas de um exército à beira do extermínio não me interessam. Por que pouparíamos suas tropas depois de nos terem causado tantos problemas?

A mandíbula de Mulan se retesou. Apesar de ter se preparado para a negociação, ainda era difícil se obrigar a externar suas próximas palavras. Uma vez ditas, não teria como voltar atrás.

— Vão permitir que minhas tropas retornem para casa em segurança porque me ofereço como refém.

Os olhos de Erban se arregalaram de espanto. Até a expressão presunçosa de Balambar vacilou por um momento. As mãos de Liwen apertaram as rédeas, as juntas dos dedos brancas com o esforço. Zhonglin permaneceu imóvel, com o rosto de porcelana impassível.

— Eu me renderei à sua custódia — continuou Mulan. — Use minha presença para garantir uma passagem segura para a Cidade Imperial. Uma vez lá, poderemos discutir as condições do nosso casamento.

O príncipe trocou um olhar com o embaixador.

— O rei Ruga ficou profundamente magoado com sua recusa ao pedido de casamento — disse Balambar. — Foi uma grande ofensa para pai e filho. Depois, Vossa Majestade nos tratou de forma hostil. Que garantia teremos de que não voltará atrás na sua palavra quando chegarmos à Cidade Imperial?

— De que outra garantia precisam — retorquiu Mulan — quando estiverem com seu exército na capital sem terem enfrentado baixas e derramamento de sangue pelo caminho? Seria muito difícil expulsar suas tropas depois de terem chegado tão longe.

Erban e Balambar se entreolharam por um bom tempo. Por fim, o príncipe assentiu, dirigindo seu olhar cortante para Mulan.

— Aceitarei sua oferta desde que entregue sua espada e nos acompanhe agora mesmo.

Liwen chiou ao lado, e Mulan rezou para que ela não interferisse.

— Posso entregar minha espada — cedeu Mulan. — Mas manterei o punhal comigo até que minhas tropas tenham se retirado em segurança. Caso os hunos faltem com a palavra e ataquem meus guerreiros, usarei o punhal em mim mesma.

— Essa é uma ameaça bastante dramática — comentou o príncipe, com a expressão ligeiramente divertida. Ainda assim, era possível ver a exultação no seu olhar, a forma jubilosa como agarrava as rédeas do cavalo. — Mande suas companheiras de volta.

Mulan se virou para as duas. Liwen parecia prestes a saltar do cavalo e estrangular Erban com as próprias mãos. Zhonglin apenas observava tudo com uma expressão distante.

— Supervisionem a retirada das tropas — instruiu Mulan. — Vamos nos encontrar na Cidade Imperial.

— Mulan, por favor... — começou Liwen.

— Você ouviu minhas ordens.

A comandante estremeceu como se tivesse levado um soco, e Mulan sentiu o coração apertar. Liwen puxou as rédeas com firmeza e Zhonglin a seguiu. Com os dentes cerrados, Mulan se forçou a respirar fundo à medida que as duas sumiam de vista. Sabia muito bem que Balambar e Erban a observavam, atentos a cada uma de suas reações, e estava determinada a não lhes dar o gostinho de ver qualquer abalo em sua compostura.

O acampamento chinês ficou em polvorosa quando Liwen e Zhonglin chegaram à muralha. As duas foram recepcionadas pelas tropas de imediato e logo desapareceram atrás das barricadas. Em seguida, tudo se acalmou.

— Por que está demorando tanto? — perguntou Erban, e deu uma cusparada no chão.

— Eles precisam de um tempo para digerir a notícia — respondeu Mulan, sentindo a lâmina fria do punhal contra a pele do braço. — Vão recuar em breve.

O sol ficou mais alto no céu. Um pássaro sobrevoou o campo. Mulan ergueu o olhar, esperando ver o falcão de Zhonglin, mas era apenas um abutre.

— Quanto tempo? — insistiu o príncipe, com uma pontada de impaciência na voz.

— É um acampamento grande — declarou Mulan com firmeza. Só restava torcer para que os guerreiros não agissem com imprudência. — Não vai demorar.

As tropas finalmente começaram a se mover. As tendas foram desmontadas e carregadas. Os cavalos apareceram, transportando pessoas e mantimentos para o sul. O êxodo se estendeu por toda a manhã, como gotas escorrendo lentamente de um balde furado. Os músculos de Mulan doíam de tensão. O rosto ardia com o sol.

Liwen foi a última a partir. Mesmo de longe, Mulan a reconheceu no lombo do cavalo. A comandante lhe dirigiu um último olhar antes de se pôr a galope e desaparecer de vista.

— As tropas estão a salvo, Majestade — disse Erban. — Agora, entregue o punhal.

Mulan se endireitou, alongando-se depois de tanto tempo parada na mesma posição. As correias da bainha de braço estavam mais apertadas do que o normal, como se soubessem que estavam prestes a ser arrancadas.

— Chega de desculpas, imperatriz — insistiu o príncipe, inflexível.

Mulan arregaçou a manga e abriu os fechos da bainha, um a um. A lâmina escorregou até sua mão. Observada de perto pelos dois hunos, ela virou o cabo e o estendeu.

Os lábios de Erban se abriram em um esboço de sorriso.

— Obrigado, imperatriz. Agora, faça o favor de nos acompanhar.

CAPÍTULO DEZENOVE

— Vá na frente — instruiu o príncipe a Mulan.

As tropas já tinham começado a se reunir nas extremidades do acampamento. Milhares de olhares acompanhavam os movimentos dela, tão hostis que dificultavam o avanço. Mesmo assim, ela cerrou os dentes e incitou a égua a continuar.

Quando se aproximava dos alojamentos, ouviu a voz do embaixador.

— Vigie suas tropas de perto, príncipe. Os chineses podem ser influenciáveis, mas não perdoarão facilmente se a imperatriz for machucada ou humilhada além da conta.

— Além da conta — repetiu Erban.

O tom do homem dissipou qualquer alívio que o alerta de Balambar pudesse ter trazido. Só então ficava claro como era profundo o rancor que o príncipe nutria por ela.

Vaias e zombarias enchiam o ar à medida que adentravam o acampamento.

— A grande e poderosa imperatriz da China.

— Nem é lá grande coisa.

Erban a conduziu em direção a uma tenda redonda feita de couro de cavalo. Empilhados lá dentro estavam selas, armas e sacos de juta.

— Limpem isso — ordenou. — Finquem uma estaca no chão.

Enquanto os soldados se ocupavam com os afazeres, o príncipe revistou Mulan e prendeu um grilhão ao redor do seu tornozelo.

A corrente se arrastava aos pés dela. Se fosse comprida o bastante, poderia ser usada como arma.

O homem segurou uma das pontas da corrente.

— Venha — chamou, puxando-a até a tenda.

Todos os músculos de Mulan se retesaram. Estava disposta a arrancar os olhos do príncipe se ele a arrastasse sozinha para o interior da tenda. Por sorte, pararam bem diante da porta.

— Saiba que deve se comportar como uma verdadeira prisioneira — declarou o homem. — Não espere ser tratada como realeza. Vai marchar com o exército. Vai obedecer quando a mandarem parar e vai comer o que lhe for oferecido. Qualquer indício de rebelião ou tentativa de fuga só vai piorar as coisas. Esta tenda pode ser tirada, assim como sua comida. Os guardas vão permanecer do lado de fora da tenda por enquanto, mas podem ser levados para dentro a qualquer instante.

Mulan sustentou o olhar do príncipe, esforçando-se para controlar a língua e a raiva.

— Não sei o que a fez acreditar que seria capaz de governar o país por conta própria — vociferou ele. — Poderia ter evitado uma porção de problemas se tivesse simplesmente aceitado a oferta do meu pai, mas… quem sabe? Talvez agora você seja mais fácil de controlar.

Erban se afastou alguns passos da tenda e só então olhou para trás.

— Sabe, Mulan, até que sua aparência não é das piores para uma guerreira. Depois de se livrar de toda essa imundície, talvez até possa ser do meu agrado na nossa noite de núpcias.

Mulan cuspiu no chão. O príncipe se limitou a sorrir com malícia antes de ir embora.

Os hunos a deixaram sozinha durante a tarde, indo à sua tenda apenas para levar comida e cobertores. Na manhã seguinte, ela foi acordada pelos gritos dos guardas do lado de fora.

— Acorde! Vamos partir em breve.

Um deles atirou um naco de pão seco no chão, além de um odre de água. Mulan espanou a poeira da fatia e deu uma mordida. Apesar de ser duro e intragável, pelo menos não estava bolorento.

Soldados desmontaram a tenda, revelando o azul-brilhante do céu. O ar estava fresco e teria sido límpido se não fosse a poeira levantada por dez mil cavalos. Mais uma vez, Mulan se viu como alvo de escrutínio. Manteve o olhar voltado para a frente, observando o horizonte por cima da cabeça dos soldados, enquanto os guardas a soltavam da estaca e acorrentavam seus dois pés. O príncipe Erban entregou-lhe a tenda enrolada.

— Carregue isso.

O exército enfim começou a marchar. As correntes de Mulan arrastavam no chão, enroscando em pedras e tufos de grama. Ela tropeçou e caiu mais de uma vez, levantando-se ao coro de vaias. Logo aprendeu a melhor forma de segurar a tenda para amortecer a queda.

— Se a imperatriz ficar mais suja que isso — comentou Balambar do lombo do cavalo —, o próprio povo não a reconhecerá e ela será inútil como refém.

A gargalhada do príncipe cortou o ar, aguda e estrondosa.

Um odor pútrido ganhou força à medida que se aproximavam das construções abandonadas pelas tropas de Mulan. Tinham feito o que podiam para enterrar os corpos, mas era impossível apagar uma morte de tal magnitude. Abutres se banqueteavam com o que encontravam no chão, e ela se obrigou a desviar o olhar.

A uma ordem de Erban, os soldados avançaram com as pás. Sem ninguém para impedir seu avanço, rapidamente nivelaram uma grande porção da muralha e encheram as trincheiras que a cercavam. Quando o solo voltou a ficar plano, o exército retomou sua marcha. A corrente de Mulan enroscou na ponta de uma estaca afiada, mas ela conseguiu se equilibrar a tempo. Era melhor tropeçar em uma, pensou, do que acabar empalada na madeira.

O exército seguiu em frente. Embora a marcha não tenha ficado menos cansativa depois de atravessarem as construções, Mulan achou mais fácil avançar. Quanto mais se afastasse daquele campo de batalha sangrento, melhor. Assim que o sol se pôs, os hunos montaram acampamento, sem fazer qualquer esforço para se esconder. No dia seguinte, seguiram adiante.

Não tardou para que desembocassem na estrada percorrida pelas tropas de Mulan em sua jornada rumo ao norte. O exército huno avançou por ali, transbordando nas laterais como as margens inundadas de um rio. Mais ninguém passava por aquele trecho, e as poucas casas no caminho estavam com as portas e janelas fechadas.

— Um país de ratos — zombou Balambar, mastigando um talo de grama. — Todos correram para o esconderijo.

As palavras do embaixador foram calculadas para despertar a fúria dela, e, apesar de terem conseguido até certo ponto, Mulan estava contente por não haver mais derramamento de sangue. Enquanto marchavam, ela vez ou outra contemplava o horizonte e se punha a imaginar o que teria acontecido com Shang.

Ao fim da tarde, os hunos se aproximaram da primeira aldeia chinesa em sua rota. Centenas de soldados aguardavam do outro lado da estrada.

Batam em retirada, pensou Mulan. Mas os guerreiros permaneceram imóveis enquanto milhares de inimigos se aproximavam. Quem eram aquelas pessoas? Uma tropa local?

— Alto lá — bradou o líder em alto e bom som. Mulan não o reconheceu. — Não podemos permitir que seu exército avance por território chinês.

Erban, que cavalgava à frente de Mulan, trotou até o soldado.

— Fala em nome de quem?

— Da China e da nossa imperatriz — respondeu o homem.

Erban inclinou o queixo pontudo e desatou a rir.

— Da imperatriz? Por acaso conversou com ela? Sua Majestade deu as ordens em pessoa?

O soldado hesitou. Apesar de saber que era alvo das zombarias do príncipe, não entendia o motivo.

Erban fez sinal para os próprios homens.

— Tragam a imperatriz.

Os guardas a agarraram pelos ombros e a arrastaram até lá. Sem tirar os olhos do horizonte, Mulan sentiu cada centímetro do corpo encolher, ciente do que viria a seguir.

— Sua imperatriz é nossa prisioneira — declarou o príncipe huno. — Ela permitiu que nosso exército avançasse em segurança até a capital. Por acaso pretende ignorar as vontades da imperatriz?

Só então Mulan teve coragem de olhar para os soldados, preparando-se para enfrentar a perplexidade e o espanto no rosto de cada um. Apesar do seu estado, eles a reconheceram. A notícia da captura devia ter se espalhado, embora estivesse claro que aqueles homens não haviam acreditado nos relatos até então.

— Estas são suas tropas, não são? — perguntou Erban.

— São — respondeu Mulan em voz baixa.

— Fale mais alto — ordenou ele.

— São.

Ela canalizou toda a raiva que sentia nessa única palavra.

— Ordene que seus soldados se retirem — instruiu o príncipe, abrindo um sorrisinho presunçoso. — Não me obrigue a pedir de novo.

Mulan cerrou o maxilar e voltou os olhos para o chão. Por mais que detestasse Erban, não queria ter que aturar aquela voz arrogante outra vez.

— Recuem — disse ela sem rodeios. — Deixem o exército huno passar.

As tropas chinesas mudaram de posição, trocando olhares inseguros entre si.

— Pronto, ouviram a imperatriz — ironizou Erban.

Pouco a pouco, as tropas foram se afastando. Apenas um punhado de guerreiros se atreveu a olhar para Mulan, mas estes traziam no semblante confusão e decepção de sobra para evocar a vergonha por todos os outros. Depois de um tempo, ela parou de encarar.

Erban respirou fundo, com ar revigorado, como se passeasse por um jardim em vez de comandar uma invasão.

— Só mais uma coisinha — acrescentou em tom afável. — Ordene que eles entreguem as armas.

Mulan se virou para o príncipe.

— Não — sibilou ela. — Isso os deixaria indefesos.

— Ora, não seja irracional. — Apesar da voz suave, o olhar de Erban endureceu. — Não posso avançar com minhas tropas sabendo que a retaguarda está vulnerável.

— Talvez seja melhor voltar por onde veio, então — rebateu Mulan.

— Cuidado com a língua, imperatriz. — O príncipe cuspiu o título com o mesmo desdém com que falaria de cães ou ratos. — Podemos dizimar esses soldados em um piscar de olhos.

As palavras dele traziam o amargor da verdade. Não havia dúvidas do que aconteceria se os hunos decidissem atacar.

Mulan cerrou os dentes.

— Vai permitir que eles saiam ilesos?

— Conforme o combinado.

Ela fitou o chão. Depois fechou os olhos e respirou fundo. *A humilhação é irrelevante. A opinião deles é irrelevante. A vida do meu povo é a única coisa que importa.*

— Entreguem as armas — ordenou Mulan.

Os soldados a encararam, atônitos.

— Vocês me ouviram — insistiu ela. — Larguem as espadas.

Ninguém se mexeu. Erban pigarreou com impaciência e fez menção de sacar a própria espada.

Mulan se virou para o comandante das tropas, reunindo os últimos vestígios de autoridade que lhe restavam.

— É você quem está no comando?

O homem assentiu, cheio de cautela.

— Como sua imperatriz, ordeno que seja o primeiro a entregar suas armas.

Quando o comandante a encarou, a desilusão e a descrença pareciam permear cada centímetro do seu corpo. A impressão era de que Mulan havia arrancado o sol do céu e revelado que não passava de um monte de palha. Com movimentos lentos e deliberados, o homem se aproximou e desembainhou a espada, derrubando-a com um baque no chão.

Um a um, os outros soldados repetiram o gesto. O silêncio era interrompido apenas pelo retumbar de passos e o tilintar do metal. A pilha de armas não parava de crescer. Depois que o último homem entregou sua espada, Erban acenou e os soldados hunos recolheram o saque e acomodaram tudo no lombo dos cavalos.

Feito isso, o príncipe sorriu para Mulan.

— Agora — disse, com a arrogância de quem sabia ter poder absoluto sobre todos ao seu redor —, vamos retomar nossa marcha.

Passaram por mais uma porção de aldeias ao longo do caminho. Nessas ocasiões, Erban fazia questão de colocar Mulan à vista de todos, sem lhe dar a menor chance de se esconder e poupar o próprio orgulho. Pelo menos não houve outra rendição humilhante. A notícia devia ter se espalhado. Ela continuava a vasculhar o horizonte em busca das tropas de Shang, embora já não contasse com sua chegada.

Vez ou outra o príncipe lhe dirigia a palavra, quase sempre para tecer comentários sobre o clima e a paisagem ou dar sua opinião sobre as rações do exército. Por vezes, queixava-se do pai e do seu destino como filho mais novo, afastado do verdadeiro poder. Mulan nunca respondia.

Certa tarde, o príncipe voltou a falar com ela.

— Não precisamos ser inimigos.

Mais uma vez, não respondeu. Os grilhões machucavam seus tornozelos, tornando cada passo uma tarefa dolorosa, e a tenda dobrada era difícil de carregar.

— Não sou um homem irracional — continuou Erban.

Ele tinha entregado a própria montaria aos soldados para seguir a pé, para a tristeza de Mulan. A égua cinzenta do príncipe era, de longe, sua coisa favorita naquele acampamento. Sempre que o homem desembestava a falar sobre política, ela se divertia ao trocar olhares pesarosos com o animal. Quando recebia sementes de girassol na refeição do dia, sempre guardava um punhado para dividir com a égua.

O príncipe avançava com tranquilidade ao lado dela. Era bem mais fácil caminhar quando não se tinha os pés acorrentados um ao outro.

— Podemos aprender a cooperar — continuou ele. — Dá para ver que você leva jeito para os assuntos de guerra, e não sou de desperdiçar talentos. Sabe que temos mulheres lutando nas nossas fileiras, não sabe? Não muitas, mas temos. Não somos tão intolerantes quanto seu povo.

Tinham acabado de passar por uma aldeia e se dirigiam para uma área de mata. Uma árvore sombreou o rosto de Mulan conforme caminhavam.

— Algumas coisas não serão negociáveis, claro — retomou o príncipe. — Estabelecer tributos para o norte, por exemplo. E vamos cooperar com meu pai e meu irmão pelo bem do meu povo. Os recursos não são abundantes nas pradarias da minha terra. É por isso que exploramos o sul. Os chineses fariam a mesma coisa se estivessem no nosso lugar.

Erban trazia uma espada presa à cintura, bem como uma adaga de lâmina estreita e cabo de osso, mas nenhuma das armas estava ao alcance de Mulan.

— Se ganhar minha confiança, poderá me aconselhar no campo de batalha — propôs ele. — Não precisamos levar uma vida miserável. Vamos passar um bom tempo juntos, afinal.

— Eu disse que começaria as negociações quando chegássemos à Cidade Imperial — rebateu Mulan. — E ainda não estamos lá.

Ao pensar um pouco, ela percebeu que suas mãos estavam atadas por uma corrente razoavelmente frouxa.

O príncipe inclinou o queixo pontudo e começou a rir.

— É melhor você encarar a verdade o quanto antes, imperatriz. Seu governo está em frangalhos. Nem foi capaz de reunir um exército. Estou salvando seu reino de uma guerra civil. Insistir em resolver tudo por conta própria só vai lhe trazer mais sofrimento. Aceite minha ajuda, Mulan. Faça isso pelo seu povo.

Ela parou de repente.

— Tem razão, não posso governar sozinha.

Erban a encarou, intrigado, e ela deixou a tenda cair no chão. Depois o olhou no fundo dos olhos e acrescentou:

— Mas não é da sua ajuda que preciso.

Antes que o príncipe pudesse reagir, Mulan arrancou-lhe a adaga do cinto e abriu um talho no seu rosto. Ao vê-lo cambalear, ela disparou na direção da floresta, dando um encontrão no soldado parado no caminho. O impacto a atordoou, mas não a impediu de seguir em frente. Correr com as pernas acorrentadas era mais difícil do que esperava. Os tornozelos em carne viva gritavam a cada passo dado.

— Não a deixem fugir!

Folhas e galhos chicoteavam seu rosto conforme avançava aos tropeços pelas raízes das árvores, imaginando se acabaria empalada na adaga de Erban caso caísse. Passos ecoaram atrás dela. De repente sentiu um puxão na corrente do tornozelo, fazendo-a perder o equilíbrio. A adaga voou longe.

O ar escapou dos seus pulmões quando aterrissou na terra dura, afundando os joelhos nas pedrinhas pontiagudas. Braços a agarraram pelos ombros e a puxaram para cima. Mulan cuspiu algumas folhas enquanto era parcialmente arrastada, parcialmente carregada de volta para Erban.

O príncipe pressionava um pano no rosto ensanguentado, os olhos faiscando de fúria.

Enquanto era arrastada na direção dele, Mulan espiou o horizonte mais além. Havia nuvens cinzentas pairando sobre as montanhas, estranhamente deslocadas no céu azul.

De repente, o rosto de Erban dominou sua visão. O príncipe levantou o punho e tudo ficou escuro.

CAPÍTULO VINTE

Mais uma vez, os problemas não deram trégua nem enquanto ela dormia. No sonho, Mulan perambulava por aquela estranha floresta prateada onde suas conselheiras ancestrais haviam se reunido pela primeira vez. Uma névoa espessa pairava no ar, agitando-se como teias de aranha sopradas por uma brisa inexistente. O lugar estava repleto de magia, mas pelo jeito ela era ineficaz contra dores de cabeça.

Mulan massageou a têmpora com delicadeza, afastando a mão com um suspiro aflito quando encontrou o galo. Bastava encostar o dedo para desencadear uma pontada no crânio.

A neblina se tornou tão cerrada que ela mal conseguia enxergar um palmo diante dos olhos. Por isso, avançou com as mãos esticadas diante do corpo, afastando galhos e ramos pelo caminho. Por impulso, arrancou uma folha de uma árvore antiga e a pressionou na ferida. A dor diminuiu.

— Um jeito engenhoso de usar essas plantas — elogiou Zhonglin. Por algum motivo, Mulan não ficou surpresa ao ver a jovem ali.

— Vou mesmo me curar? Ou é só fruto da minha imaginação?

Zhonglin também arrancou uma folha da árvore, depois a rasgou ao meio e a cheirou. O aroma encheu o ar, refrescante como hortelã espalhada no fio de uma lâmina.

— Não sei. Você vai ter que me dizer quando acordar.

— Bem, não estou com pressa de voltar para onde estava — confessou Mulan.

Zhonglin jogou a folha no chão, franzindo os lábios rosados.

— Nunca a vi como alguém que desistiria tão facilmente.

Mulan reprimiu um resmungo.

— Eu estava tentando escapar. Foi assim que acabei nessa situação.

— Foi uma tentativa válida, e serviu para dar uma boa lição no príncipe — admitiu Zhonglin. — Hoje em dia, vejo que você está mais confiante em relação às suas perspectivas de matrimônio, ou pelo menos sabe com quem não quer se casar. Já é alguma coisa. Só me parece que sua tentativa de fuga foi motivada pelo desejo de agredir Erban, e não por qualquer estratégia sólida. Da próxima vez, certifique-se de ter uma rota de fuga antes de escapar.

A cabeça de Mulan voltou a latejar.

— Muito obrigada, vou escrever um tratado completo sobre o assunto antes da próxima tentativa.

— Suas guerreiras se reagruparam — contou Zhonglin, alheia ao sarcasmo de sua resposta. — Liwen as levou para uma aldeia próxima para tratar dos ferimentos de batalha. É provável que você tenha vinte ou trinta guerreiras à sua disposição, prontas para lutar a qualquer momento.

Mulan a encarou.

— O que isso significa? Quer que minhas guerreiras venham me salvar? Trinta mulheres contra um exército de milhares?

— A jovem senhora Xun ficaria decepcionada com sua falta de fé.

Senhora Xun. Mulan se lembrou de como a garotinha de treze anos tinha liderado um pequeno grupo de cavaleiros através das linhas inimigas.

— Acha que minhas guerreiras conseguiriam abrir caminho até mim?

Zhonglin se limitou a dar de ombros, lançando um olhar sonhador para a copa das árvores.

— Não sei. Não sou a comandante delas. Não as treinei.

Mulan fechou os olhos e inclinou a cabeça para trás, visualizando as mulheres no campo de treinamento.

— Nessas condições, acredito que elas tenham tantas chances quanto qualquer cavalaria bem treinada. Mas teriam que agir depressa. E não há margem para erros. Não é apenas uma questão de me tirar daqui. De nada adiantaria se eu fosse recapturada, ou pior, se Erban descontasse sua raiva nas aldeias.

— Vejo que começou a raciocinar. Já serve de algo. Agora só precisa abrir os olhos e perceber que tem mais recursos do que imagina.

Ao examinar a floresta, Mulan quase esperou ver um exército emergindo do nevoeiro. Mas apenas as árvores retribuíram seu olhar, tão desabitadas quanto sempre. Tudo seria mais simples se Zhonglin simplesmente lhe entregasse a solução de bandeja.

— Uma verdadeira guerreira sempre procura uma vantagem — declarou a jovem.

— Tudo o que vi foram hunos, dia após dia.

— Pense mais um pouquinho — incentivou Zhonglin.

Uma suspeita começou a tomar forma na mente de Mulan, parecendo mais certeira a cada segundo. Pouco antes de perder a consciência, ela tinha visto o céu azul atrás de Erban e…

— Entende agora? — perguntou Zhonglin. — Por que ainda pode haver esperança?

— Sim, entendo — respondeu Mulan. Aquilo abria uma brecha, por menor que fosse. — Venham me resgatar. Farei o possível para estar pronta.

Zhonglin abriu um sorriso radiante que iluminou todo o seu rosto.

— Essa é a imperatriz guerreira que eu conheço.

— Quanto tempo vão levar para chegar até aqui?

O sorriso dela se alargou.

— Nós a seguimos de perto enquanto marchavam. Se conseguir despistar os guardas, não terá que esperar muito tempo.

Zhonglin fazia parecer tão fácil, como se Mulan pudesse simplesmente se livrar das correntes e mandar os guardas embora. Depois da tentativa de fuga, era provável que os hunos a vigiassem ainda mais de perto.

— Ah, quase ia me esquecendo — disse a jovem, e estendeu a própria espada. — Isso pode lhe ser útil.

A lâmina cintilava na luz prateada da floresta. Dava para ver marcas de uso por toda a extensão, com alguns amassados e arranhõezinhos aqui e ali, mas não havia dúvidas de que a espada se manteria firme em uma luta.

Mulan esticou as duas mãos para receber a arma.

— Esteja preparada — aconselhou Zhonglin.

E no instante seguinte já não estava mais lá.

Estava escuro feito breu quando Mulan abriu os olhos. Foi tomada por um pânico repentino, acreditando estar enterrada ou cega, mas logo se deteve e se obrigou a respirar. Quando o ar encheu seus pulmões, a escuridão se dividiu em diferentes tons de preto. Avistou, através da costura da tenda, a luz bruxuleante de uma tocha. Já era noite. Provavelmente a tinham levado para lá quando perdeu a consciência. Se isso fosse mesmo verdade, ela tinha passado várias horas desacordada.

Com cuidado, levou a mão à cabeça. O galo já não doía mais. Será que tinha sido curada pela planta do sonho? Ou o ferimento não era tão grave quanto parecia? Ao esticar as pernas, sentiu a corrente se arrastar pelo chão. Notou as algemas frias ao redor dos pulsos. Ainda era tão prisioneira quanto antes, mas talvez…

Começou a tatear o chão, dando palmadinhas em vez de deslizar as mãos e arriscar se cortar na lâmina afiada. De repente, os dedos dela pousaram em um punho de couro.

Prendeu a respiração, com o coração na garganta, e apalpou o cabo até encontrar a bainha de couro. Pouco a pouco, com o máximo de movimento que as algemas permitiam, puxou a lâmina para fora.

Era estranho segurar a espada de Zhonglin com as mãos atadas, embora isso não diminuísse em nada a exultação que sentia. As algemas eram grossas, adicionando peso à arma que, de outra forma, seria leve. Ainda assim era uma arma, bem melhor do que o esperado.

Em seguida, apurou os sentidos e tentou ouvir os sons vindos de fora. Não identificou nada, mas sabia, pelas outras noites, que haveria um guarda na porta e outro do lado oposto da tenda. Seria melhor não gritar. O barulho chamaria atenção dos dois, e a ideia era lidar com um de cada vez.

Em vez de gritar, Mulan gemeu de dor.

— Água — pediu. — Minha cabeça.

Ouviu um leve arrastar de pés vindo de fora.

— Socorro — insistiu, dessa vez mais alto. — Por favor. Eu não consigo...

Em seguida, fingiu vomitar. Fez o som de engulho mais alto que conseguiu, depois tornou a repetir. A segunda tentativa desencadeou um acesso de tosse genuíno, e a bile lhe subiu à garganta.

Uma sombra se mexeu do lado de fora da tenda. Um passo soou, depois outro. A aba foi erguida, revelando a silhueta iluminada de um soldado.

Mulan agarrou a espada. Precisava atrair o homem mais para perto. Tinha apenas alguns instantes até que os olhos dele se ajustassem à escuridão.

— Socorro — repetiu ela com a voz rouca, e dobrou o corpo para esconder a espada.

A luz da tocha não parecia ser forte o bastante para iluminar a tenda, mas era melhor prevenir.

— Por favor, me ajude.

Quando o guarda se aproximou, Mulan cravou a lâmina em seu pescoço. O homem desabou com um baque. Será que tinha sido muito alto? Os sons viajavam com facilidade através das paredes da tenda.

Com desespero, ela começou a procurar as chaves no cinto do guarda. De repente, ouviu passos vindos de fora.

Acelerou a busca, tentando ignorar o pânico na própria respiração. Finalmente, seus dedos se fecharam ao redor do metal irregular, arrancando-lhe um suspiro de alívio. Seria melhor soltar primeiro as pernas ou os braços? Trêmula, alcançou os grilhões nos tornozelos, tateando até encontrar o buraco da fechadura.

Um huno gritou alguma coisa ao longe.

Mulan enfiou a chave na fechadura. Com um estalido, a corrente ao redor do seu pé direito se soltou. Hora de libertar as mãos.

A aba da tenda foi aberta e outro soldado apareceu.

— O que está acontecendo? — perguntou o homem em um chinês carregado.

Depois de se levantar, Mulan vacilou por uma fração de segundo antes de desferir um chute na cabeça do soldado, que tombou no chão. Ela tentou aparar a queda, mas entre as mãos atadas e o peso do homem, quase acabou caindo junto.

Às pressas, Mulan se libertou das outras correntes e então apurou os ouvidos. Não escutava nada. Será que ninguém tinha percebido ainda? Ela revistou o soldado caído até encontrar o fecho do seu manto, que se soltou com facilidade. Foi mais difícil arrancar a túnica, mas enfim conseguiu, vestindo ambas as peças por cima das próprias roupas. Desfez a trança emaranhada e deixou o cabelo cair solto ao redor dos ombros. Em seguida alisou o uniforme, prendeu a espada de Zhonglin no cinto e afastou a aba da tenda. Um punhado de soldados dormia do lado de fora. Alguns roncavam, e um deles falava durante o sono. Muitos outros andavam pelo acampamento, mas nenhum deles pareceu reparar em sua presença.

Mulan contornou os corpos adormecidos o mais depressa que podia sem parecer uma fugitiva. A certa altura, um soldado se aproximou e ela assentiu em saudação, mas o homem apenas a ignorou.

O que faria a seguir? Ao longe, avistou as tochas que marcavam o limite do acampamento. Andar até lá sem ser pega exigiria mais sorte do que ela acreditava ter. Além disso, os batedores percorriam todo o perímetro.

Uma voz veio de trás, falando a língua dos hunos. Ao se virar, Mulan deu de cara com um sujeito atarracado de ombros caídos. Ele repetiu a pergunta. Pelo tom, parecia questionar o que ela fazia ali.

À medida que o silêncio se prolongava, a desconfiança do homem aumentou. Fez outra pergunta, dessa vez mais hostil, e se aproximou pisando duro. Quando ele tentou a segurar pelo braço, Mulan agarrou seu pulso e o dobrou contra a articulação, apoiando todo o peso do corpo no movimento. O homem deixou escapar um grito surpreso de dor.

Alto demais. A vontade dela era mandar o soldado calar a boca. De repente, mais gritos ecoaram por todos os lados. Mulan lançou olhares frenéticos ao redor, pronta para lutar, mas logo percebeu que os gritos vinham de fora do acampamento. Os batedores do exército soaram o alarme. O som de cascos chegou até ela, seguido por — seria mesmo possível? — gritos de guerra femininos.

Uma cavaleira surgiu de repente. Embora o rosto estivesse encoberto pela escuridão, Mulan logo soube que era Liwen liderando o ataque, com a espada em riste. A comandante não diminuiu a velocidade enquanto os hunos cavalgavam de encontro a ela. Ao lado dela vinha Zhonglin, e, mais atrás, avançando em formação de cunha, estava o resto de suas guerreiras.

Lâminas colidiam. Cavalos e guerreiros gritavam na colisão entre invasores e defensores. A espada de Liwen cortava o ar, o cavalo de Zhonglin empinava e escoiceava e a lança de arremesso de Ruolan, a bordadeira, traçava um arco no céu.

Só então Mulan se lembrou do soldado à sua frente, que também observava as agressoras na mais absoluta perplexidade. Quando ela se lançou para o ataque, o homem foi lento demais para impedir.

O grito exultante de uma mulher se elevou acima dos ruídos da batalha.

— Pela China!

Jiayi sempre conseguia se fazer ouvir no meio da multidão.

Outro soldado atacou Mulan. Ela aparou o golpe, depois furou a guarda dele com a espada e o derrubou. Em seguida correu para um cavalo preso a uma tenda ali perto. A égua cinzenta sacudiu a cabeça em confusão.

— Como vai, lindeza? Peço desculpas pelo tumulto — disse Mulan, desatando a corda que prendia as rédeas.

E pulou nas costas da égua no instante em que o príncipe Erban saía da tenda. Soldados sonolentos saltavam para fora do caminho conforme Mulan passava a galope. Na extremidade do acampamento, as guerreiras já ultrapassavam as linhas inimigas. A pequena Mingxia se equilibrava na sela, as mangas castanhas da túnica contrastando com a palidez da pele à medida que aparava os golpes de um oponente. Liwen se aproximou para ajudar, desviando a atenção do huno até que Mingxia o derrubasse.

Mulan precisava chegar até lá. Quanto mais se embrenhassem em território inimigo, mais difícil seria a retirada. Por isso, incitou a égua a cavalgar mais depressa.

Um soldado inimigo gritou, apontando na sua direção. Cabeças se viraram para olhar, e Mulan soube que o disfarce caíra por terra. Ainda vestia a túnica do guarda por cima das roupas velhas, mas logo a arrancou. Não queria ser abatida por engano por uma das flechas de suas guerreiras. Conforme avançava, ergueu a espada de Zhonglin bem alto no céu. O brilho azulado iluminou a escuridão.

— Venham até mim! — chamou Mulan.

— Para a imperatriz! — gritou Liwen, com as tranças duplas dançando ao redor do rosto.

— Para Mulan! — entoou o coro de vozes.

As guerreiras avançaram com determinação renovada. Olhos faiscavam. Lâminas cantavam. Mulan lutou para abrir caminho, dando pontapés nos soldados de infantaria e aparando os golpes dos que a seguiam a cavalo. Pouco a pouco, cruzou a distância até estar lutando lado a lado com Liwen.

— Atrás de você! — avisou Mulan.

Mais soldados inimigos se juntavam à luta. Era apenas uma questão de tempo até que as guerreiras fossem subjugadas. De canto de olho, ela viu Erban montado em outro cavalo, com o rosto enfaixado contorcido de raiva.

— Recuem! — gritou Liwen, flanqueando a imperatriz de um lado enquanto Zhonglin a protegia do outro.

Mulan incitou a égua adiante, enfrentando os inimigos pelo caminho, mas sem diminuir o ritmo. Aparou o golpe de outro cavaleiro e o derrotou com uma estocada no braço. Quando o soldado caiu, ela avançou.

Finalmente cruzaram os limites do acampamento.

— Mais rápido, vamos.

Mulan arriscou uma última olhada para ver as guerreiras cavalgando logo atrás.

— Está faltando alguém?

— Ruolan e Jiayi — respondeu Liwen.

Com o vento fustigando seus ouvidos, Mulan rezou para que as duas tivessem sido capturadas vivas. Por ora, o melhor que podia fazer por elas era escapar logo dali.

— Tem mais cavaleiros vindo atrás de nós — relatou Zhonglin. — Estão se aproximando depressa.

Mulan também os viu.

— Nossos cavalos estão descansados?

— Estamos cavalgando há uma hora.

Ela espiou por cima do ombro. Seria possível que os perseguidores já estivessem tão perto?

— Não podemos parar.

Só restava torcer para que as montarias aguentassem pelo restante do trajeto.

— Vamos, sigam naquela direção! — instruiu, apontando para um amontado de penhascos ao longe.

Se cavalgassem a uma velocidade razoável, demorariam mais uma hora para alcançar os rochedos. Avançar nesse ritmo moderado, porém, significaria captura e morte na certa. Mulan parou de falar e se ajeitou na sela. Pedras, areia e arbustos passavam como um borrão pela estrada. A garganta doía de tão seca, e ela desejou ter um pouco de água para saciar a sede.

Um grito cortou o ar. Mulan olhou para trás e viu Mingxia agarrar a lateral do corpo.

— Flechas! — avisou Zhonglin.

Mulan praguejou baixinho.

— Ela consegue montar?

Virou a cabeça de novo e fitou Mingxia curvada para a frente, agarrada à crina do cavalo, com o rosto tomado pela dor.

De repente, a guerreira começou a escorregar da sela.

Não, de novo não. Mulan piscou para afastar as lágrimas que ameaçavam turvar sua visão. Cavalgar às cegas naquela velocidade seria uma sentença de morte. Ela sentia o cansaço da égua, via a tensão em seu pescoço. Se não diminuíssem o ritmo, os cavalos não resistiriam. Se não avançassem depressa, Mulan e suas guerreiras não sobreviveriam. Voltou a espiar por cima do ombro, dessa vez mirando o olhar ainda mais longe. Os hunos estavam cada vez mais perto.

— Mais rápido! — gritou ela, embora a força se esvaísse a cada palavra.

Os penhascos ainda pareciam tão distantes.

Um lampejo de movimento chamou sua atenção. Alguém cavalgava ao seu lado, com a postura perfeitamente equilibrada sobre a sela, apesar do ritmo alucinante. A cavaleira, apesar de mulher, não era uma das guerreiras de Mulan. Também não usava as túnicas forradas de pele e couro do exército huno. O cabelo, livre de elmo, estava preso em dois coques no topo da cabeça. Parecia difícil encontrar o olhar da mulher, e só então Mulan entendeu o porquê. A cavaleira era ligeiramente translúcida. Era possível ver a poeira, as rochas e o próprio horizonte através da sua silhueta.

— Xun Guan — sussurrou Mulan bem baixinho.

O espírito da garota sorriu antes de se afastar a galope. Depois vieram mais cavaleiras. A general Fu Hao, montada em um imenso garanhão de guerra. A nômade Qacha, vestida com roupas tão semelhantes às dos hunos que Mulan chegou a levar um susto. Liang Hongyu vinha logo atrás, seguida por um contingente inteiro de cavaleiras. Em pouco tempo, as guerreiras de Mulan estavam cercadas de espíritos. Dava para saber, pelas exclamações e suspiros, que as outras mulheres também os viam.

— Encontre sua força — bradou Fu Hao por cima do barulho de cascos.

Mulan sentiu os músculos da égua se contraírem. Com um salto, a criatura recuperou a velocidade. Liwen soltou um gritinho de alegria e Zhonglin gargalhou de entusiasmo. Os penhascos, antes tão diminutos, assomavam no horizonte, tapando uma extensão cada vez maior do céu.

— Estamos quase lá! — gritou Mulan.

Entre as rochas estendia-se um desfiladeiro largo o bastante para abrigar cinquenta cavalos. Quando as guerreiras avançaram pela abertura, os espíritos das cavaleiras desapareceram, deixando-as cercadas pelos paredões íngremes. O ruído de cascos ecoava nas laterais do desfiladeiro. Ao perceber que estavam sozinhas, Mulan torceu para que tivesse tomado a decisão certa ao conduzir as guerreiras até ali.

Finalmente, os penhascos se abriram em uma ampla clareira com paredes de arenito, revelando o que estivera escondido até então. Lá estava Shang, montado em seu cavalo, com o rosto inundado de alívio ao avistar as guerreiras. E, de cada lado dele, alinhadas em fileiras disciplinadas com as armas em riste, estendiam-se as forças do exército imperial.

CAPÍTULO VINTE E UM

Mulan puxou as rédeas da égua, espalhando pedregulhos com a freada brusca. As pernas cederam quando ela desmontou, e teve que se agarrar à sela para não desabar no chão. Uma mão forte a segurou.

Shang.

Vestia uma armadura limpa, com as sobrancelhas franzidas enquanto a examinava em busca de ferimentos.

— Está machucada? — perguntou ao ver o galo na têmpora de Mulan.

— Não foi nada — tranquilizou-o ela. Depois varreu os arredores até avistar os restos de uma fogueira. — Eu vi seus sinais de fumaça.

Logo após a tentativa de fuga frustrada, enquanto os guardas a arrastavam para receber a punição do príncipe, Mulan não tinha entendido as nuvens cinzentas no céu azul. Só juntou as peças depois de Zhonglin ter aparecido em sonho.

As pessoas se aglomeravam à sua volta, servindo água e comida. Os cavalariços ajudaram as guerreiras ilesas a descerem dos cavalos e outros levaram as feridas para longe. Mulan matou a sede e não reclamou quando uma mulher se pôs a limpar seu rosto, mas afastou um médico que a tentou levar para fora do desfiladeiro.

— Os hunos estão chegando — avisou ela. — Vão despontar no horizonte a qualquer momento.

— Minhas tropas estão prontas — declarou Shang.

— Posicionou arqueiros nos penhascos?

— Cinquenta de cada lado.

Ao ouvir isso, Mulan reparou no brilho distante dos elmos nas rochas.

— Peça que só atirem quando todos os inimigos estiverem no desfiladeiro. Assim não vão ter tempo de recuar.

— Quantos são? — perguntou Shang.

— Eu diria que uns quinhentos. O exército principal não se juntou à perseguição.

Mulan olhou para Zhonglin para confirmar a estimativa. A jovem assentiu, depois acrescentou com um sorrisinho travesso:

— O príncipe Erban está liderando as tropas.

O grito de um falcão perfurou a noite.

— Estão quase aqui — acrescentou Zhonglin.

Mulan tampou o odre de água.

— Assumam suas posições — ordenou. — Preciso de outra montaria.

— Tem certeza de que está bem para lutar? — perguntou Shang. — Pode ficar de fora dessa.

Mulan refletiu um pouco, fazendo um inventário do próprio corpo. Apesar dos membros doloridos, a exaustão não estava mais lá, talvez afugentada pela empolgação da cavalgada. A cabeça não doía desde aquele sonho.

— Vou tomar cuidado — prometeu ela. — Mas preciso ir até o fim.

Shang assentiu. Um momento depois, um garanhão preto familiar se aproximou e aninhou o focinho na orelha dela.

— É bom ver você, Khan.

Depois de montar no cavalo cheio de energia, Mulan seguiu Shang até a frente do exército. As tropas da imperatriz. Os soldados estavam divididos em dois grupos, um de cada lado da boca do desfiladeiro, fora de vista e prontos para surpreender o inimigo.

Mulan, Shang e Zhonglin cavalgaram até a parte mais central de um dos grupos.

— Estão quase chegando — alertou Zhonglin.

— Saquem as armas! — ordenou Shang.

O tilintar de dez mil espadas sendo tiradas da bainha ecoou na parede do desfiladeiro. Um estrondo baixo reverberou pelas rochas, anunciando o bater de cascos dos cavalos.

O sangue de Mulan pulsava em antecipação. Àquela altura, só precisavam ter paciência.

— Avise quando estiverem na metade do gargalo.

Zhonglin esperou um momento, sem tirar os olhos do falcão.

— Agora.

— Dê o sinal para os arqueiros — instruiu Mulan.

Um soldado levantou uma bandeira vermelha. Mal dava para ver a inclinação suave dos arcos no topo dos penhascos, prontos para disparar. As cordas vibraram. Gritos encheram o ar quando as flechas encontraram seus alvos.

Os primeiros inimigos despontaram no gargalo. Avançavam com mais cautela, já conscientes de que tinham caído em uma emboscada. Alguns tentavam recuar, mas as flechas impediam sua fuga.

Mulan ergueu sua espada. Shang soprou a trombeta. Com um grande rugido, o exército imperial atacou, avançando sobre as tropas inimigas. A sensação dela era que avançava na crista de uma onda, fortalecida pelas batidas dos cascos e pelos gritos de guerra ao redor.

Os hunos tiveram apenas um momento para se preparar antes que os chineses se lançassem em seu encalço. Começaram a bater em retirada, esmagados pelo poderio do exército imperial. Alguns se atreveram a lutar. Mulan aparou o golpe de um cavaleiro inimigo enquanto Shang o atacava do outro lado. Outras investidas terminaram com a mesma rapidez. Os hunos sabiam que estavam em menor número. Não demorou muito até começarem a largar as armas e erguer as mãos em sinal de rendição.

Enquanto o combate se acalmava ao seu redor, Mulan varreu o desfiladeiro com os olhos. A maioria dos soldados hunos tinha se rendido, embora alguns ainda lutassem aqui e ali. Um grupo em particular chamou sua atenção. Era formado por guerreiros habilidosos, a julgar pelo trabalho que estavam dando aos soldados chineses que o cercavam. Ainda assim, os inimigos eram derrotados um a um, até que um cavaleiro se separou dos outros e avançou a toda velocidade em direção ao desfiladeiro, atropelando alguns dos próprios aliados pelo caminho.

— É o príncipe Erban! — gritou Mulan. — Parem os disparos. Quero que ele seja capturado vivo.

Nem esperou para ver se as ordens seriam cumpridas antes de se lançar a galope no lombo de Khan, abrindo caminho por entre as tropas. O cavalo era rápido e ainda estava cheio de vigor depois da batalha rápida, mas Erban tinha assumido a dianteira.

Os cascos ressoavam atrás dela, mas Mulan nem lhes deu atenção, sem querer tirar os olhos do príncipe. Erban não parecia estar ferido e cavalgava com o mesmo desespero que Mulan sentira apenas uma hora antes. A distância entre os dois diminuía, ainda que aos poucos. Mulan cerrou os dentes quando o príncipe se encaminhou para a boca do desfiladeiro, sem saber onde estava o resto do exército huno.

Um borrão castanho-avermelhado mergulhou do céu. Erban cobriu os olhos em desespero enquanto o falcão de Zhonglin tentava lhe bicar o rosto. O cavalo do príncipe empinou e escoiceou, e o fato de não ter sido atirado da sela dizia muito sobre sua destreza como cavaleiro.

O falcão levantou voo quando Mulan se aproximou. Erban sacou a espada bem a tempo de bloquear o primeiro golpe, mas foi mais lento ao aparar o segundo. Mulan canalizou toda a raiva acumulada dos últimos dias para os ataques, fazendo o príncipe recuar mais e mais, sem dar trégua. A certa altura, o equilíbrio de Erban vacilou. Mulan o desarmou com um giro da lâmina, e em seguida a espada dele saiu deslizando pelo chão. O falcão de Zhonglin piou em desafio e pousou no punho da espada, com as asas abertas.

— Príncipe Erban — disse Mulan. Os olhos do príncipe, antes tão frios e ameaçadores, a encaravam cheios de medo. — Estou pronta para começar nossas negociações.

CAPÍTULO VINTE E DOIS

O falcão de asas vermelhas sobrevoou a cabeça de Mulan e soltou um trinado agudo.

Zhonglin esticou o pescoço para olhar.

— Eles estão à sua espera.

— Quem? — perguntou Mulan.

— Seu povo — respondeu a jovem, com os olhos cintilando. — A notícia da sua chegada se espalhou.

A estrada para a Cidade Imperial estava razoavelmente vazia, ocupada apenas pelas tropas de Mulan, mas não tardou para que um burburinho fraco começasse a ecoar de uma curva mais à frente.

O burburinho se transformou em vivas e aplausos conforme se aproximaram. Mais adiante, a estrada desembocava em um vale, e a Cidade Imperial assomou no horizonte. Filas e mais filas de pessoas se alinhavam na beira da estrada. Fazendeiros com o rosto queimado de sol, mães com crianças nas costas e bebês no colo, comerciantes ricos com trajes finos de seda, todos ergueram a voz para saudar a imperatriz.

— Viva a imperatriz Mulan. Que seu reinado perdure por milhares de anos!

Ao sentir o endireitamento coletivo nas tropas que a acompanhavam, Mulan também se empertigou na sela. O olhar dela encontrou o de Shang, que cavalgava bem ao lado, e os dois sorriram um para o outro. Liwen vinha logo atrás, carregando o mesmo estandarte de fênix e dragão que tinham levado para a guerra.

Uma flor fez uma trajetória arqueada pelo ar e caiu mais adiante na estrada. Mulan procurou quem a tinha jogado e avistou uma camponesa com os dedos cruzados diante do rosto. A mulher logo fechou as mãos e empilhou os punhos cerrados um sobre o outro. O gesto, antes confundido com um sinal de rebelião, se espalhou pela multidão ali reunida. Mulan se virou para Zhonglin, que respondeu com uma piscadela.

Com a captura do príncipe Erban, as negociações com o exército huno tinham transcorrido sem grandes problemas. O rei Ruga nutria grande apreço pelo filho mais novo e ansiava por ter o caçula de volta inteiro. Dois dias após a captura, as tropas inimigas se retiraram para o norte, em direção à fronteira. O príncipe, por sua vez, regressava com Mulan à Cidade Imperial, onde permaneceria até a entrega do devido resgate.

Quando o exército se aproximou dos portões da cidade, os aplausos se transformaram em um rugido ensurdecedor. A imperatriz sorriu e acenou até o braço doer.

— Você não parece tão desconfortável quanto da última vez que entramos juntos por esses portões — comentou Shang.

Livre dos perigos da batalha, ele cavalgava com tranquilidade, com a postura mais leve e um sorriso fácil nos lábios. Mulan riu baixinho. Uma vida parecia ter se passado desde aquele dia, quando chegou à capital sem ter ideia do que o imperador havia reservado para ela. Naquela época, sentia-se insegura e indigna de tanta atenção.

Shang a observou com interesse.

— Em que está pensando?

— Que eu não deveria deixar nada disso me afetar — respondeu Mulan. Ao ver a expressão curiosa de Shang, ela acrescentou: — Acima de tudo, eu me sinto grata por ter amigos tão leais.

— Só isso?

Mulan ponderou por um segundo.

— Não — continuou. — Tem mais. Já não me sinto como uma farsante no trono. Sou grata pelo amor do povo e estou pronta para arcar com a responsabilidade que isso traz.

Os portões do palácio se abriram diante deles. Toda a equipe tinha se alinhado no enorme pátio de entrada para dar as boas--vindas à imperatriz. Criadas, eunucos, jardineiros, cavalariços e soldados aguardavam em posição de sentido, estendendo-se por todo o caminho para a sala do trono. As tropas recuaram conforme Mulan continuava a última parte da procissão com Shang, Liwen e Zhonglin ao seu lado. O silêncio reinava dentro dos muros do palácio, um contraste e tanto com a barulheira da cidade. O único som vinha das botas dos viajantes se chocando contra as lajotas do pátio. Para Mulan, o silêncio parecia tão carregado quanto a celebração estrondosa lá fora. E ali a energia parecia mais forte, tal como a sensação de ter centenas, se não milhares, de olhares voltados para ela, observando-a com expectativa.

Uma enorme escadaria assomava do outro lado do pátio, com degraus que conduziam ao salão nobre de colunas vermelhas. Ting e as outras criadas de Mulan a aguardavam com ansiedade no topo, debaixo das padieiras em tons de vermelho, azul e dourado. Os eunucos a serviço da imperatriz e os demais membros do conselho também estavam lá, mas havia algumas ausências notáveis.

— Onde estão meus ministros?

O chefe dos eunucos se aproximou e fez uma mesura.

— Eles não foram vistos no palácio desde a noite passada.

A alegria de Mulan se dissipou. Ao lado, o semblante de Shang escureceu.

— Eles fugiram — deduziu ela.

— É o que parece — concordou o eunuco.

Dessa vez, o homem se curvou como se tentasse se proteger da reação da imperatriz.

Mulan sacudiu a cabeça, decidida a não deixar que esse imprevisto estragasse seu retorno. Poderia resolver tudo mais tarde. Por ora, o povo precisava dela.

Subiu a escada e parou no último degrau. Dali podia ver toda a equipe do palácio, com seus uniformes em tons de azul, verde e marrom. Atrás deles, uma multidão menos ordenada de plebeus se acotovelava para ver a imperatriz.

— As últimas semanas têm sido difíceis para nossa nação — começou Mulan, no tom mais alto e claro que pôde. — Conspirações nascidas no interior do palácio e invasores vindos do norte quase nos entregaram nas mãos dos inimigos. Mas o povo permaneceu fiel à China. Meu povo veio em meu auxílio quando o convoquei para nos defender. E hoje, graças à coragem de cada um de vocês, estamos seguros e prontos para prosperar.

A multidão irrompeu em aplausos. Enquanto esperava o burburinho se acalmar, Mulan voltou sua atenção para um soldado solitário que avançava por entre o mar de gente lá embaixo. Não parecia estar armado, mas sem dúvidas avançava em direção à escadaria. Shang se afastou em silêncio e desceu os degraus para encontrar o homem. O soldado fez uma reverência ao general e falou-lhe ao ouvido.

Com os lábios franzidos, Shang voltou a galgar os degraus e se pronunciou em voz baixa, para mais ninguém além dela ouvir.

— Seus ministros foram pegos tentando escalar os muros da cidade. Meus guardas estão com eles do lado de fora do portão.

Apesar do desconforto deixado pela notícia, a resposta surgiu com facilidade.

— Tragam todos eles aqui — determinou Mulan.

Demorou um tempo até os ocupantes do pátio se darem conta do que estava prestes a acontecer. Pouco a pouco, a multidão abriu caminho para a procissão de aspecto deplorável que se dirigia à imperatriz. Sem os trajes finos, a aparência dos ministros era bem menos impressionante. O ministro Fang, outrora tão elegante, tinha um ar de desalinho com aquelas roupas largas de camponês, os olhos de coruja parecendo confusos em vez de sábios. Wei, o imponente ministro da justiça, a essa altura mais parecia um dos criminosos que acusava no tribunal. Um a um, foram levados escada acima e obrigados a se ajoelhar perante a imperatriz. A maioria deles manteve a cabeça baixa. Apenas o ministro Liu, aquele que fingira ser seu amigo, a encarava abertamente. Já parecia inofensivo antes, mas ali, envolto em trajes de plebeu e ostentando o mesmo ar erudito de sempre, era quase invisível a qualquer olhar desatento. Mulan nunca mais o subestimaria, porém, nem aos outros ministros. As tramoias deles quase lhe custaram o trono, mas ainda mais enervante era saber que a tinham feito duvidar da própria capacidade de governar, que quase a tinham convencido de que era inútil enquanto imperatriz.

Apesar de se dirigir diretamente aos ministros, Mulan fez questão de elevar a voz para que todos pudessem ouvir.

— Os cinco aqui reunidos são traiçoeiros em todos os sentidos da palavra — começou a dizer. — Desonraram os desejos do antigo imperador e depois conspiraram para entregar nosso reino nas mãos dos inimigos. E agiram dessa forma por benefício próprio, porque não queriam ser governados por uma mulher. Por acaso têm alguma coisa a dizer em sua defesa, antes de serem levados para aguardar o julgamento?

Seguiu-se um longo silêncio. O ministro Fang enfim ergueu a cabeça, e um traço de sua antiga arrogância reapareceu nos vincos da testa.

— Galinhas não devem anunciar o amanhecer — declarou.

Mulan ofegou de choque, sem acreditar que o homem seria capaz de tal insolência a essa altura. Liwen sibilou ao lado dela, e Shang deu um passo à frente. Mulan fez sinal para que ele recuasse. Quando abriu a boca para falar, porém, uma forte rajada de vento varreu o pátio do palácio. Em vez de amansar, ficou cada vez mais intensa, até as roupas começarem a se agitar. Era difícil até mesmo se manter de pé. Os conselheiros agarravam os próprios futous. Enquanto chapéus voavam por todo lado, um ruído baixo encheu o ar, cada vez mais alto até se transformar no som trovejante de cascos.

Alguém na multidão gritou.

— Fantasmas!

— Cavaleiros celestiais!

Mulan esticou o pescoço em direção ao céu. Formas semelhantes a nuvens pareciam se aproximar do horizonte. Por um momento, ela foi inundada pelas lembranças terríveis da noite de sua coroação, pelo eco do seu pânico e pavor diante das estrelas cadentes. No instante seguinte, porém, as formas se transformaram em cavaleiras. A general Fu Hao vinha na frente, com a espada erguida. Em seus calcanhares, com o olhar aquilino voltado para a mulher mais velha, vinha a jovem Xun Guan. Atrás dela vieram outras, arqueiras e nômades e até mesmo a velha sra. Zhu, cavalgando como alguém com metade da sua idade. Lin Siniang liderava um contingente de mulheres, cada uma mais linda que a outra, e por fim aproximavam-se Liang Hongyu e suas guerreiras em formação cerrada. As cavaleiras estavam mais fantasmagóricas do que nunca, cinco vezes mais altas do que qualquer mortal, brancas como as nuvens, com os olhos iluminados pelo fogo do sol e as armaduras reluzindo com as cores do arco-íris. Chegaram com o mesmo estrondo de um terremoto, e as pessoas no pátio taparam os ouvidos. As cavaleiras avançaram até rodearem os telhados do palácio. Depois Fu Hao puxou as rédeas do próprio cavalo. Lá de cima, as cavaleiras fantasmas observavam a multidão atordoada.

Fu Hao ergueu a espada em saudação.

— Viva a imperatriz Mulan. Que seu reinado perdure por milhares de anos.

Em perfeita sincronia, as cavaleiras desmontaram e se curvaram sobre um joelho. Era uma cena impressionante, os espíritos reunidos e imóveis naquela homenagem. O silêncio era tanto que ninguém se atrevia a respirar. E de repente, uma por uma, as pessoas no pátio também se ajoelharam.

Enquanto todos à sua volta caíam de joelhos, Mulan tornou a observar os ministros. Liu, Huang e Kin já se curvavam em reverência. O ministro Wei olhava de um lado para o outro, com uma aparência insegura que não convinha a alguém do seu tamanho. E o ministro Fang, que lhe falara de forma tão arrogante, estava lívido. Quando o olhar de Mulan recaiu sobre os dois, eles seguiram o exemplo dos outros ministros e também se ajoelharam.

Mais uma vez, Mulan era a única pessoa ainda de pé. Ao contrário das outras ocasiões, porém, em que apressava todos a se levantarem, ela se manteve de cabeça erguida.

— Esses homens alegam que galinhas não devem anunciar o amanhecer — disse ela com força suficiente para que todos ouvissem. — E, no entanto, isso tem acontecido todas as manhãs desde o dia em que fui coroada. Presumem conhecer a vontade dos Céus, afirmando que as cinco estrelas cadentes eram sinal da insatisfação celestial em relação à nova imperatriz, em vez de indícios de sua própria traição. Mas os espíritos se pronunciaram. Eu sou a legítima imperatriz da China, escolhida pelo meu antecessor e agraciada com o Mandato do Céu. E continuarei a ser imperatriz da China até que os deuses, e não os homens, decidam o contrário.

Havia muito a ser feito nas semanas seguintes. Governar um reino não era tarefa fácil, e as dificuldades se multiplicavam quando cinco dos seis ministros se encontravam atrás das grades. Mulan iniciou o longo processo de avaliação de funcionários e seleção de novos candidatos para os cargos vagos. Também se ocupou em planejar uma longa viagem por toda a China, determinada a conhecer melhor o povo e identificar aliados em outras regiões do país.

Shang estava sempre ao seu lado, oferecendo conselhos, ajuda e serviço quando necessário. A presença dele era muito bem-vinda. Como de costume, colaboravam de forma eficiente e agradável, mas uma incerteza pairava entre os dois quando estavam juntos. Os ministros estavam presos. Os hunos tinham voltado atrás com a proposta de casamento. Mulan, no entanto, ainda era a imperatriz de Shang. O que isso significava para eles? Nenhum dos dois tocava no assunto, e, com todas as atribulações daqueles dias, nunca parecia haver um momento apropriado para tal conversa.

E, ainda assim, vez ou outra Mulan o flagrava olhando para ela, com uma expressão que deixava claro que seus sentimentos não haviam mudado. Aqueles momentos de descuido em que Shang deixava transparecer seu desejo a abalavam. Sempre que acontecia, algo dentro dela ecoava o mesmo desejo. Pensava com frequência naquele encontro secreto perto da caravana de Guozhi, e deixava a imaginação correr solta.

Certo dia, algumas semanas após seu retorno à capital, Liwen adentrou os aposentos de Mulan.

— Está na hora de escolher um novo ministro da justiça — declarou a comandante, apanhando uma nêspera na fruteira e a enfiando na boca.

Mulan pegou um punhado de frutas para si, pois sabia que não durariam muito na presença de Liwen.

— Quem me dera fosse só um. Todos os ministros, com exceção de Shang, precisam ser substituídos.

Liwen cuspiu um caroço.

— Sei disso. Mas tenho a pessoa perfeita para o cargo: eu mesma — anunciou, e arqueou a sobrancelha perfeitamente esculpida ao ver a cara de Mulan. — O que foi? Conheço bem o país. Já o explorei de cabo a rabo. E, caso não saiba, passei boa parte da vida perseguindo foras da lei.

Mulan enfim encontrou a própria voz.

— Conheço bem suas qualificações, apenas não… imaginava que gostaria de continuar na Cidade Imperial.

Liwen encolheu os ombros.

— Acho que toda essa história de honra e dever começou a me afetar. Agora entendo como se entregar a uma causa maior pode mover montanhas.

A tranquilidade de Liwen ao tratar do assunto chegava a ser inusitada. Parecia mais interessada em descascar uma nêspera do que em discutir uma decisão que contrariava tudo o que ela sempre afirmara ser.

— Tem certeza? — perguntou Mulan. — Não quero que abra mão da sua felicidade só para me ajudar.

Liwen limpou o queixo melado com as costas da mão.

— Não se iluda, minha amiga. Gosto muito de você, mas farei isso pela China. E, além do mais, sei que a imperatriz me deixaria sair para viver umas aventuras de vez em quando, não é?

Ao ouvir isso, Mulan finalmente sorriu.

— Creio que isso possa ser arranjado. Desde que você faça um bom trabalho.

Naqueles dias, Zhonglin também permaneceu na Cidade Imperial. Com exceção de suas visitas à corte, porém, ela não aparecia muito. Mulan não sabia ao certo onde o espírito passava o resto do tempo, ou quanto tempo planejava ficar na capital. Mesmo quando estava por perto, Zhonglin parecia mais distraída e sonhadora do que o normal, como se sua atenção já estivesse voltada para outro reino, tempo ou lugar. Muitas coisas a respeito dela ainda permaneciam um mistério. Apesar de ter suas suspeitas quanto à identidade da jovem em sua vida como mortal, Mulan acreditava que Zhonglin não estaria disposta a confirmar nem negar qualquer suposição.

Uma noite, durante um raro passeio no jardim antes do jantar, Mulan avistou Zhonglin ocupada em colher flores, que logo guardava em uma cesta. Os guardas não tinham dito nada sobre visitantes, mas não era a primeira vez que a jovem perambulava por ali sem ser convidada. Dessa vez, porém, não tentou fugir ao ver imperatriz. Apenas sorriu e fez sinal para que ela se aproximasse.

— Bem-vinda, imperatriz. Como está a adaptação ao seu reinado?

— Ainda tenho muito a aprender — confessou Mulan. — Mas tudo tem sido mais fácil.

— É mais simples governar quando não se tem conselheiros conspirando para sabotar seu poder.

Parecia um momento adequado para abordar o assunto.

— Por falar em conselheiros, eu gostaria de perguntar se...

Zhonglin ergueu os dedos compridos.

— Não posso permanecer aqui, por mais que queira. Há outras mulheres que precisam de nossos conselhos. Agora que você já está estabelecida como imperatriz, eu devo ir ajudar as outras.

De certa forma, Mulan já esperava por essa resposta. Vencida pela curiosidade, perguntou:

— Quando for até essas mulheres, vai aparecer como si mesma? Como Zhonglin?

— Não, pois o Conselho da Rainha não assume uma única forma. Aparecemos sob muitos rostos diferentes. A próxima governante que precisar da nossa ajuda pode estar em outra época e lugar, muito além da Rota da Seda.

Mulan se pôs a imaginar todos aqueles lugares distantes, sentindo certo inveja por Zhonglin ter visto tanto do mundo.

— Quando pretende partir? — perguntou.

— Daqui a alguns dias — respondeu a jovem. — Mas não fique tão abatida. Voltarei para visitá-la.

— Ficarei muito feliz em ver você.

Por um bom tempo, ficaram apenas sorrindo uma para a outra. E então o rosto de Zhonglin se iluminou.

— Uma pessoa insistiu para desfrutar dos meus dons uma última vez antes de eu ir embora. Sei que ela ficaria muito chateada comigo se eu esquecesse.

— Quem?

Mulan tentou se lembrar se tinha assuntos pendentes com algum membro do seu conselho espiritual.

Com uma expressão enigmática, Zhonglin acenou com a mão e o portal mágico tomou forma no jardim. Mulan espiou pela abertura, esperando ver a floresta prateada, mas em vez disso a porta levava a um jardim familiar, com um templo vermelho encarapitado no topo de uma colina.

Mulan atravessou o portal com o coração acelerado. Enquanto subia a colina em direção ao templo dos seus ancestrais, uma figura acenou para ela lá de cima, fazendo-a apertar o passo.

— Venha, Mulan, minha querida imperatriz — chamou a avó, com a expressão cálida como uma brisa de verão. — Vamos aproveitar o tempo que nos resta.

Todos corriam com os preparativos para a primeira grande viagem da imperatriz pela China. Mensageiros partiam diariamente com missivas para os governadores das províncias e retornavam com desejos de boas-vindas e promessas de hospitalidade. Mulan lhes dizia que não havia necessidade de banquetes luxuosos e entretenimentos.

Em vez disso, desejava apenas se reunir com líderes de todos os setores e visitar as principais indústrias. Fora isso, fez planos para perambular com Liwen pelas aldeias, sozinhas e disfarçadas.

Mulan também enviou mensageiros em busca da caravana liderada por um homem chamado Guozhi. Esperava ter notícias dele antes de partir em sua longa jornada, pois desejava convidar o caravaneiro para uma longa conversa durante o chá. Em parte, era pura curiosidade para descobrir o quanto ele sabia sobre seu disfarce. Além disso, Guozhi era um homem de confiança que rodava todo o reino. Seria um aliado valioso se estivesse disposto a colaborar.

Em uma rara noite tranquila antes da viagem, Mulan convidou Shang para a sala de visitas dos seus aposentos. Fazia um ou dois dias que não se encontravam, e ver o rosto dele a encheu de alegria.

— Como tem passado? — perguntou ela.

— Ocupado, sem dúvidas — respondeu Shang —, mas bem. Terminei de escolher sua escolta. São bons soldados, todos leais e muito capazes. Além disso, o comandante das tropas de Chengdu me escreveu de volta. Disse que está muito ansioso para colaborar com as defesas do exército imperial.

— Fico feliz com a notícia.

Mulan ainda ficava maravilhada ao ver como tudo parecia fluir melhor dessa vez, sem a intervenção dos ministros.

— Essa viagem foi uma ótima ideia — elogiou Shang. — O povo vai se alegrar com sua presença.

Depois de se acomodarem ao redor da mesa, Mulan serviu uma xícara de chá para os dois. Shang apreciou o aroma do crisântemo antes de levar a bebida aos lábios. Por um momento, bebericaram o chá em um silêncio amigável, enquanto desfrutavam do que ela suspeitava ser o primeiro momento de paz em um dia atribulado.

— Vejo que começou a servir seu próprio chá — comentou Shang, enfim quebrando o silêncio.

Mulan riu baixinho.

— Eu deixo as criadas me servirem quando a ocasião exige, mas achei melhor que estivéssemos a sós para esta conversa.

Apesar do tom despreocupado, o ambiente pareceu mudar depois da frase. Ambos voltaram a mergulhar em silêncio. Mulan baixou o olhar para a xícara de chá, onde uma pétala solitária de crisântemo rodopiava à deriva. O coração dela acelerou.

— Acho que não cheguei a agradecer sua lealdade durante o golpe de Estado — começou a dizer bem devagar. — E por ter saído à minha procura.

Por um momento, Mulan se distraiu com a lembrança do que mais acontecera na noite em que Shang a encontrou.

— E por ter reunido meu exército.

— Sabe muito bem que não precisa me agradecer — respondeu Shang.

As palavras foram ditas com tanta naturalidade, muito diferentes da forma melosa e bajuladora dos antigos ministros. Como se aquela fosse apenas a mais pura e simples verdade.

Mulan assentiu.

— Quero me cercar de conselheiros de confiança, pessoas honestas e leais que se importam com a China. Também quero aprender a confiar no meu próprio julgamento quanto à melhor maneira de governar nosso reino — declarou, e depois se virou para ele. — Você confia no meu julgamento?

Shang ergueu o olhar, alerta com seu tom de voz.

— Claro que confio.

Mais uma vez, falava com sinceridade. Mulan sentiu uma onda de gratidão por sua presença.

— Tenho pensado muito na dinâmica do meu reinado, nos desafios de ser uma mulher a comandar o império. Casamentos políticos são especialmente perigosos para alguém na minha posição. O cargo de imperador oferece um poder grandioso demais. É muito suscetível à cobiça. Qualquer príncipe estrangeiro que se case comigo pode querer se apossar desse poder e se tornar o governante de fato. Mesmo que eu seja amada pelo povo, sempre haverá quem prefira ser liderado por um homem.

Shang acenou com a cabeça, perdido em pensamentos, embora sua expressão não revelasse nada.

— Parece uma preocupação válida.

— Há formas de conduzir a diplomacia sem recorrer a casamentos arranjados. Comércio, tratados, embaixadores confiáveis... — Sentiu o coração acelerar, apesar da fachada calma que buscava transparecer. — O que eu preciso — acrescentou baixinho — é de alguém que fique ao meu lado. Alguém que me apoie como imperatriz. — Mulan o encarou, com os sentimentos transbordando no olhar. — Alguém que me ame, e que seja amado por mim.

Enquanto Shang retribuía seu olhar, tudo ao redor pareceu se transformar em um borrão. Finalmente, Mulan se preparou para dizer aquelas palavras tão carregadas de medo e esperança.

— Quero que você se case comigo, Shang.

Naquele momento, Mulan não ouvia nada além do próprio coração martelando nos ouvidos. Durante o que pareceu uma eternidade, o silêncio pairou entre os dois.

Shang soltou um suspiro trêmulo. A alma de Mulan congelou ao ver a dúvida estampada em seu semblante.

— Mulan — começou a dizer ele. — Os céus são testemunha de que não desejo mais nada além disso, mas tenho medo de ficar no seu caminho.

As palavras a inundaram de alívio.

— Shang — respondeu ela, segurando-lhe ambas as mãos. — Juntos, já levamos a China à vitória não uma, mas duas vezes. Saiba que você nunca ficou no meu caminho. Pelo contrário, seu amor me torna mais forte.

Ele baixou o olhar para as mãos dos dois, com as sobrancelhas franzidas em profunda concentração, como se não conseguisse entender o entrelaçamento dos dedos.

De repente, sua expressão se suavizou e ele riu baixinho.

— É difícil argumentar contra você, sabia? Ou talvez eu só queira muito ser convencido a aceitar.

Mulan sorriu.

— Isso é assim tão ruim?

Shang abriu um sorriso inseguro.

— Não. É que quando se deseja tanto algo... alguém... — Ele parou e tentou de novo. — Sonho em estar ao seu lado há tanto tempo. E agora que finalmente parece possível... Acho que tenho medo de acordar e descobrir que tudo não passou de um sonho.

— Vamos garantir que se torne realidade. — Mulan deslizou o dedo pela borda da xícara. — Não estou dizendo palavras bonitas da boca para fora, Shang. Se tem algo que aprendi nesses últimos meses, é que não podemos esperar que o destino se encarregue de nos trazer o que queremos. Temos que conquistar por conta própria.

Shang deve ter visto a certeza estampada no olhar de Mulan, porque o sentimento se refletiu no dele. Por fim, suspirou de alívio, com o rosto radiante de alegria.

— Nesse caso, me permite a honra de beijar a imperatriz?

Mulan sorriu de volta, e, mesmo que a resposta já estivesse clara em cada fibra do seu ser, ela a externou. E, mesmo que ela e Shang já se inclinassem um para o outro, superando uma distância que dias antes parecera tão intransponível, ela se aproximou. E, mesmo quando Shang a puxou para mais perto, olhos fechados e respirações misturadas, Mulan disse as palavras um momento antes de seus lábios se tocarem:

— Sim, general. Por favor, vá em frente.

AGRADECIMENTOS

Escrever meu primeiro romance sobre as princesas da Disney foi uma experiência incrivelmente divertida, graças ao apoio de um montão de pessoas.

Quero agradecer ao meu agente, Jim McCarthy, por ter me indicado para este projeto e por ter oferecido conselhos e incentivo durante todo o processo.

Sou grata por ter contado com a orientação e a genialidade de Jocelyn Davies nesta empreitada, desde a troca de ideias ao rascunho e às revisões. Obrigada por ter embarcado na minha quando sugeri que mais personagens precisavam morrer. Também quero agradecer a Kieran Violan por ter pastoreado e refinado as últimas etapas do manuscrito. Sou grata a muitos outros membros da equipe, incluindo Vannesa Moody, Cassidy Leyendecker e todo mundo que trabalhou nos bastidores para tornar este livro realidade.

Tenho a sorte de contar com o apoio das outras autoras da série Queen's Council, Emma Theriault e Alexandra Monir, que me ofereceram conselhos e camaradagem e deixaram esta jornada muito mais divertida. Alexandra também me deu ótimas sugestões ao ler o primeiro esboço, incluindo algumas dicas excelentes para fortalecer o romance.

Durante os preparativos para escrever este livro, pesquisei muito sobre a cultura e a história da China antiga. Esse processo se tornou mais simples graças à minha assistente, Birgit Saalfeld, que se dedicou arduamente a procurar artigos e livros sobre assuntos variados, desde vestuário a oráculos e biografias de mulheres guerreiras.

Como sempre, sou muito grata pelas minhas redes de apoio. Um enorme agradecimento aos escritores do Courtyard Critiques & Fantasy on Friday por sua amizade e incentivo. Agradeço ao meu marido, Jeff, por ter assumido as tarefas domésticas enquanto eu lutava contra os prazos. E às maravilhosas professoras da minha filha por terem lhe proporcionado um lugar divertido e acolhedor para brincar enquanto eu escrevia. Depois que as escolas foram fechadas por conta da pandemia, o catálogo de desenhos animados em mandarim da Netflix assumiram o controle como um pouco de entretenimento bilíngue. Sou muito grata aos meus pais por terem tomado conta da minha filha quando era possível e por terem se gabado a todos sobre este livro. Também quero agradecer aos meus sogros por terem lido tudo o que escrevi até agora.

As recomendações de distanciamento social da pandemia começaram algumas semanas depois de eu ter terminado o primeiro rascunho deste livro. Enquanto escrevo estes agradecimentos, os Estados Unidos vivem um novo aumento dos casos de covid, o pior até agora. Eu, assim como tantos outros, devo muito aos trabalhadores da linha de frente e aos profissionais de saúde que arriscam a própria vida para manter o mundo funcionando. Muito obrigada. Espero que, quando este livro chegar às prateleiras, tudo isso seja apenas uma lembrança.

França, 1789. Bela quebrou a maldição da feiticeira, devolvendo à Fera sua forma humana e enchendo o castelo de vida outra vez. Em Paris, porém, as chamas da mudança se alastram em um prenúncio à Revolução Francesa, e é apenas uma questão de tempo até que a rebelião chegue ao principado de Aveyon.

Quando Bela se depara com um espelho mágico imbuído de um aviso terrível, tudo o que deseja é ignorar a voz misteriosa que a impele a aceitar uma coroa que nunca quis. Mas facções de revolucionários violentos já podem estar à espreita dentro do próprio palácio, e ficar de braços cruzados pode pôr em perigo tudo o que ela mais ama. Com o destino de seu país, seu amor e sua vida em jogo, Bela deve decidir se está pronta para abraçar a própria força – e a magia que a liga a tantas governantes que vieram antes dela – para se tornar a rainha que está destinada a ser.